von Westen
NACHAHMUNG VERBOTEN.
Gruss aus Schloss Neukloster
Post Heilenstein i/Sannthal
Steiermark

EVROPA

URSULA RÜTTEN

Im unwegsamen Gelände

Paul Parin – Erzähltes Leben

Europäische Verlagsanstalt

Alle Fotos: Privatarchiv
Ursula Rütten und der Verlag danken Paul und Goldy Parin für die freundliche Überlassung der Abbildungen für dieses Buch.
Die handschriftlichen Bildlegenden sind von Paul Parin.

Paul Klee, Hammamet mit der Moschee, 1914, 199 (Ausschnitt)
20,5 x 19cm; Aquarell und Bleistift auf Papier; Metropolitan Museum of Art, New York, NY, The Berggruen Klee Collection, Inv. Nr. 1984.316.4.

Die Deutsche Bibliothek – CIP-Einheitsaufnahme

Rütten, Ursula:
Im unwegsamen Gelände – Paul Parin : erzähltes Leben / Ursula Rütten. – Hamburg : Europäische Verlagsanstalt, 1996
ISBN 3-434-50400-1

Umschlaggestaltung: MetaDesign, Berlin
Motiv: Paul Klee, Hammamet mit der Moschee, 1914
Vorsatz: Postkarte Novi Kloŝter, 1904
Nachsatz: Route der 4. Reise ins Dogon-Land, Dez. 62–April 63
Signet: Dorothee Wallner nach Caspar Neher »Europa« (1945)
Herstellung: DIE HERSTELLUNG, Stuttgart
Satz: Utesch Satztechnik GmbH, Hamburg
Druck und Bindung: Freiburger Graphische Betriebe, Freiburg

Printed in Germany 1996

Inhalt

Prolog

> Da man nicht ›zweimal durch denselben Fluß gehen‹ kann, hat jede Geschichte aus vergangenen Zeiten erst ihre Zeit, wenn sie geschrieben und wenn sie gelesen wird. Um sie richtig zu verstehen, muß man noch wissen, wo sie hingehört
>
> PAUL PARIN

I

Als ich die Anfrage vom Verlag erhielt, zögerte ich keine Sekunde: Ein Buch über Paul Parin. Es sollte zu seinem achtzigsten Geburtstag erscheinen. Dieser Auftrag kam wie ein Geschenk. An jenem Tag hatte ich Geburtstag. Parin ist so alt wie meine Mutter.

Gehört habe ich zuerst von ihm, etwa 1990, im Zusammenhang mit der Zuspitzung der politischen Lage in Jugoslawien. Dieses Land prägt einen großen Teil auch meiner Biographie.

Sein »Kultbuch« über die Dogon in Westafrika aus dem Jahr 1963, das man »unter Studenten in Westdeutschland kennen mußte« in der Zeit des »erwachenden Interesses der Protestbewegung von 1968 ›an anderen Formen der Gemeinschaft, an anderen womöglich freieren Erziehungs- und Sozialisationsmustern, an einer menschlicheren Gestaltung des Lebens‹«, kannte ich folglich nicht. Mein »mit der Protestbewegung von 1968 erwachendes Interesse an anderen Formen der Gemeinschaft, an einer menschlicheren Gestaltung des Lebens«, richtete sich alsbald auf das nähergelegene Modell einer konkreten Utopie: auf das sozialistische Jugoslawien und dessen System der gesellschaftlichen Selbstverwaltung.

Nach der Lektüre des Buches über seine Erlebnisse als Arzt bei den jugoslawischen Partisanen war Parin für mich der ›Partisan im Geiste‹ und der gute, aufrichtige Sozialist ›vom alten Schlag‹ schlechthin.

Noch immer keine rechte Vorstellung von seinen eigentlichen Lebenskoordinaten: weder vom »Psychoanalytiker und Ethnologen, der die Kräfte studiert, die Packeis zum Schmelzen bringen«, noch davon, was Paul Parin und Goldy Parin-Matthèy miteinander verbindet.

Parins meist autobiografische Erzählungen lernte ich wenig später kennen. Und damit auch seine intrinsische Sprache, die mir von Band zu Band immer ausdrucksreicher, ›literarischer‹ erschien, die stereoskopische Bilder vor dem inneren Auge entstehen läßt: Bilder schöner, bizarrer, unbekannter Landschaften, von Städten aus einer anderen Zeit, Vorstellungen von menschlichen Gefühlen und vom »subjektiven Faktor«, von charakterlichen Verbiegungen, die für die politischen und moralischen Verbiegungen späterer Generationen oder auch Nationen mitverantwortlich wurden. Das Gut Novi Kloŝter in Slowenien, das Gut Wloszakowice in Polen, die Städte Zürich, Mailand, Landschaften: Wüste, Savanne, Regenwald, kanadischer Herbst, buddhistische Tempel, Pferde, Affen, Haie. ... ›Untrügliche Zeichen von Veränderung‹.

Ihn selber erlebte ich zuerst auf der Frankfurter Buchmesse im Jahr 1992. Parin war Gast einer Diskussionsrunde über Jugoslawien am Ost-West-Treffpunkt vom ›Palais Jalta‹. Zu viele Menschen, zu laut, Gedränge, Hektik, Nervosität. Parin kam nicht zum Zuge, machte eher eine unglückliche Figur. Anders beim mitteleuropäischen Schriftstellertreffen im sonnenverblichenen slowenischen Karst im Herbst des folgenden Jahres. Müßiggang mit Dichterfreunden in der zeitlosen Gelassenheit einer entgrenzten Landschaft. Im italienisch-istrischen Hinterland der kindheitsvertrauten Savinjska Dolina. Ein unberührt erscheinender Mikrokosmos ineinandergreifender Sprachen und Kulturen.

Parin, jetzt im authentischen Erscheinungsbild: stets an der Seite von Goldy. Vermählte Zwillinge.

Erste Gespräche, behutsame Erwiderungen, anekdotische Erzählungen aus erster Hand bei manchem guten Glas dunkelroten Kraški Teran.

Damit nahm die Freundschaft zu Paul und Goldy Parin ihren Lauf.

Erster Besuch in der großbürgerlichen Parterrewohnung am Zürichsee zwei Monate später. Reminiszenzen an der Eingangstür: ein Messingschild, das auf die psychoanalytische Praxis Parin, Parin-Matthèy und Morgenthaler hinweist. Der Freund, Praxiskollege und Wegbegleiter auf Forschungsreisen nach Westafrika, Fritz Morgenthaler, ist 1984 gestorben. Draußen an der Haustür weist nur noch ein Schild auf »Dr. med. Paul Parin – Facharzt für Nervenkrankheiten«.

Erste journalistische Porträtzeichnungen. Schwerpunkt: Parin und Jugoslawien – »Requiem auf eine konkrete Utopie«.

Die Begegnung mit P. & G. Parin ist weit mehr als die mit einem brillanten, phantasievollen Erzähler, einem welterfahrenen unangepaßten Seelenforscher und seiner geistesverwandten Lebensgefährtin. Paul und Goldy Parin haben beide ein hohes Alter erreicht. Aber das ist es nicht vordergründig, was zählt, wenn man sich beeilen will, diese beiden Menschen nach ihrem eng, um nicht zu sagen: symbiotisch aufeinander bezogenen Leben und nach ihren Lebensdeutungen zu befragen. Es ist mehr der Wunsch, überliefern, konservieren zu wollen, was den existentiellen Bedürfnissen einer anderen Zeit, einer anderen Generation anzugehören scheint: Eine weitreichende geistes- und naturwissenschaftliche Bildung und deren Essenz, eine kulturkritische, antiautoritäre Gesinnung, die sich dem gegenwärtig weltweit salonfähigen Rufmord an authentischen (revolutionären) Idealen individueller und gesellschaftlicher Emanzipation ungebrochen widersetzt.

Das ist der Kern der Literatur und der Essays von Paul Parin, an denen Goldy Parin-Matthèy bedeutenden Anteil hat.

Menschen mit einer derartigen Biografie, die beinahe über einen Jahrhundertbogen nachvollziehen läßt, welche Konsequenzen unter welchen Alternativen (und Antagonismen) beide aus ihrem Leben gezogen haben, sind eine vom Aussterben bedrohte ›Art‹. Es gibt nicht mehr viele, die man noch fragen könnte.

II

Neugier bewahren, Fragen stellen und nach weiterführenden Antworten forschen, das ist immer das Lebens-und Arbeitselixier beider Parins gewesen. Oft unbequeme Fragen im Spektrum zwischen Anpassung, Widerspruch und Widerstand, Stupor und Revoluton. Eine Schriftenauswahl:

Die Kriegsneurose der Jugoslawen, 1948
Das ›sinnlose‹ Fragen der Patienten, 1952
Die Weißen denken zuviel, 1963
Zur psychoanalytischen Theorie der sexuellen Perversion, 1966;
Zur Bedeutung von Mythos, Ritual und Brauch für die vergleichende Psychiatrie, 1967
Fürchte deinen Nächsten wie dich selbst. Psychoanalyse und Gesellschaft am Modell der Agni in Westafrika (gemeinsam mit F. Morgenthaler und G. Parin-Mattèy), 1971
Die hoffnungsvolle Kindheit und das gefährliche Leben des Kleinbürgers, 1976
Warum die Psychoanalytiker so ungern zu brennenden Zeitproblemen Stellung nehmen. Eine ethnologische Betrachtung, 1978
Zunehmende Intoleranz in der Bundesrepublik, 1978
Psychoanalyse als Gesellschaftskritik im Werk von Alexander Mitscherlich, 1983
Subjekt im Widerspruch (zusammen mit Goldy Parin-Matthèy), 1988[1]

Bereits 1980 erschien die erste Auflage von *Untrügliche Zeichen von Veränderung*, damals noch bei Kindler, München. Acht Erzählungen aus dem ehemaligen Jugoslawien bis zum Sommer 1945: *Geschichten aus meiner Kindheit, die ich Goldy erzählt hatte und die sie lesen wollte.*

Das »literarische Duett« Paul und Goldy Parin. Er erzählt, schreibt es nieder, liest dies seiner Frau vor.

An Goldy Parin vorbei gelangt kein Gedanke von Paul nach außen.

»Vielleicht wäre ich ohne sie doch zu so einem Mann unserer Welt geworden, der versucht, ›die Frau‹ zu unterdrücken. Schließlich habe ich einen Beruf gewählt, in dem es erstes Gebot ist, auf Menschen einzugehen und die eigenen Grundsätze, Urteile und Vorurteile radikal in Frage zu stellen.«[2]

Die zwölf Erzählungen *Zuviele Teufel im Land* sind in den Jahren 1983 und 1984 entstanden. Dieses 1985 erschienene Buch sollte ihr Abschied von Afrika sein, »ein literarischer Abschied, wie das berühmte Buch ›Out of Africa‹ von Karen Blixen«. Parin zeichnet darin die Ereignisse aus acht gemeinsamen ethnopsychoanalytischen Forschungsreisen nach Westafrika zwischen 1954 und 1977 auf. Fast dreißig Jahre nach der ersten und sieben Jahre nach der letzten Reise, »ohne Notizen zu Hilfe zu nehmen, so wie sie sich in der Erinnerung zusammengefügt hatten.«

1 Eine ausführliche Bibliographie der Schriften von Paul und Goldy Parin enthalten der 1991 im Verlag Brandes & Apsel erschienene 2. Band zur Ethnopsychoanalyse: *»Herrschaft, Anpassung, Widerstand«*, sowie der 1995 im Fischer Taschenbuch-Verlag erschienene Band *»Einführung in die Ethnopsychoanalyse – Geschichte, Theorien und Methoden«* von Johannes Reichmayr.

2 P. P.: *Karakul*, Ergänzung einer Grabrede, S. 27

Noch einmal ein halbes Jahrzehnt braucht Parin, bis er sich, von nun an kontinuierlich, als Schriftsteller mit seinem Lebensrückblick auseinandersetzt. 1990 geben Goldy und Paul Parin die psychoanalytische Praxis auf. Im selben Jahr erscheint die Erzählung *Noch ein Leben*:

»Der Roman eines Mannes, der noch ein Leben fand, nachdem er den sozialen Tod erlitten hatte. Dieser hätte auch mein Leben sein können. »Noch ein Leben« ist vieldeutig: Kann man das überhaupt noch Leben nennen? War es unter so extremen Verhältnissen überhaupt lebbar? Oder ist der Protagonist durch die Ereignisse gezwungen worden, mit Energie und Phantasie ein zweites Leben in Angriff zunehmen, und hatte also doppelt so viel Leben als irgendwer?«[3]

Es war indes nicht sein eigenes Leben; auch wenn er lediglich »ein Leben erfindet und erzählt«, sei er immer »auch Psychoanalytiker, Ethnologe, Ethnopsychoanalytiker, politisch engagierter Bürger, citoyen und Kritiker der Kultur«.

Nach seinem literarischen Abschied von Afrika findet Paul Parin zu Beginn dieses Jahrzehnts als Autor wieder zu Jugoslawien zurück. Das Land, in dem er noch zu Königszeiten geboren wurde, läßt ihn in seinen schillernden mentalen und landschaftlichen Facetten von nun an als Schriftsteller wie als politischen Kommentator und Analytiker nicht mehr los. Die Niederschrift seiner Erinnerungen an jene Jahre im Dienste der jugoslawischen Volksbefreiungsarmee, »als wir bewußt an einem Stück revolutionärer Geschichte teilgenommen haben«, erfolgt, schon lange gedrängt,

3 P. P.: *Noch ein Leben*, Vorbemerkung S. 7

dies zu tun von Goldy, Guido, Elio und auch Gojko Nikoliš[4], mithin wieder erst Jahrzehnte nach diesem Ereignis. Zu diesem Zeitpunkt hat auch diese Revolution längst ihre Kinder gefressen. Die jugoslawische Erde ist versengt, vermint und mit Blut getränkt, auf daß nur ja keine Saat jener Brüderlichkeit, Einheit und Solidarität zwischen den Völkern mehr zu gedeihen vermag.

»Was ich vertrackt nenne, ist das doppelte Bewußtsein, das uns aufgezwungen ist. Wir haben ein sorgenfreies Alter, liebe Freunde, die Erinnerung an die anderen, die vor uns gestorben sind. Wir lesen, schreiben, plaudern und reisen, wohin es uns beliebt, neugierig und ohne drückende Pflichten. Die Beschwerden des Alters halten sich in Grenzen; wir gehen leicht darüber hinweg, ›ne smeta‹, was soviel heißt, wie ›unerheblich‹. Gleichzeitig wissen wir: Nein, das sind doch nicht wir selber. Es ist ein schreckliches Leben, das wir führen. Denn es ist Krieg. Es wird getötet, gefoltert, verfolgt, in Lager gesperrt. Menschen verhungern, sterben. ... Die Person zerfällt in zwei, eine, die normal (ist das normal?) weiterlebt, fröhlich, zufrieden, ›bis daß der Tod ...‹, und eine andere, die etwas tun will, Einhalt gebieten, kämpfen, solidarisch mit dem Leben, das allen gehört, zu dem wir gehören.«[5]

1992 übernimmt die Europäische Verlagsanstalt die dritte Auflage der Erzählungen *Untrügliche Zeichen von Veränderung*.

Mit *Karakul*, 1993 und *Eine Sonnenuhr für beide Hemisphären*, 1995, verwebt Paul Parin aufs neue fiktive poetische Bilder mit

4 Außer Paul und Goldy Parin nahmen an der Ersten Chirurgischen Mission der Schweizer Ärzte-und Sanitätshilfe in der jugoslawischen Partisanenarmee 1944–1945 noch Elio Canevascini, Hannes Merbeck, Marc Oltramare, Gustl Matthèy-Guenet und Guido Piderman teil. Gojko Nikoliš war der Chef der Sanitätsdienste im Hauptquartier der Jugoslawischen Befreiungsarmee.

5 P. P.: *Es ist Krieg ...*, S. 17, 18.

detailgetreuen Nahaufnahmen und Kreuzblenden zurück in seine erlebnisreiche Vergangenheit. Bilder, losgelöst von Raum und Zeit, mal überlagert, gegeneinander durchsichtig, mal protokollgenau. Zu den schönsten gehören die Bilder jener seltenen historischen Momente, wenn, wie Karl Marx es formuliert, die Hoffnung auf eine bessere Welt »Menschen und Dinge wie in Feuerdiamanten gefaßt« erscheinen läßt. So etwa im spanischen Bürgerkrieg oder im jugoslawischen antifaschistischen Volksbefreiungskampf oder auch im Autonomen Jugendzentrum Zürich.

Erst in dieser Rückschau im hohen Alter wird aus dem Erinnern Begreifen. Nicht nur mit Blick in die Ferne, sondern in die nach dem Grunde hin sich stufende Tiefe des gelebten Lebens.

Erst diese der vertrauten Gefährtin erzählte Rückschau ließ Erlebnis nach Erlebnis wie Wasserwellen an die Gegenwart heranspülen. Verdichtet zu einem zusammenhängenden Ganzen: nun alles in *einer* Gegenwart.

III

»Die Vergangenheit ist immer neu: Sie verändert sich dauernd, wie das Leben fortschreitet. ... In die Gegenwart wirkt nur jener Teil des Vergangenen hinein, der dazu bestimmt ist, sie zu erhellen oder zu verdunkeln.« (Italo Svevo, zitiert von P.P. in *Untrügliche Zeichen von Veränderung*)

Ein Buch über Paul Parin.

Ich bin immer tief berührt worden von dem, was er geschrieben hat und wie er es geschrieben hat. Gleichzeitig öfter auch unsicher in meinen Kriterien diesem Geschriebenen gegenüber und meiner zugewiesenen Rolle, damit umzugehen.

Chronologisches, narratives Rekapitulieren dieses Lebensbogens mit seiner Fülle an menschlichen Begegnungen, Schicksalen, Gefühlshöhen und -tiefen und an Erkenntnissen würde der Persönlichkeit Paul Parins zu wenig gerecht. Abgesehen davon, daß er seine autobiografischen Erzählungen mit einem reichen Vorrat an unverstellt elementaren und intimen Ereignissen in einer Weise aufgezeichnet hat, wie sie kein Außenstehender ohne Peinlichkeit leisten könnte.

Ein Buch über Paul Parin kann nur der Versuch sein, seinen Lebensspuren am Kompaß seiner über fast 50 Jahre notierten Innenansichten in jene Einheit von Ferne und Tiefe zu folgen und die verschiedenen und doch miteinander verzahnten Ebenen des Beruflichen, Privaten und Politischen zusammenzuführen.

IV

In meiner Aufarbeitung des »erzählten Lebens« von Paul und Goldy Parin folge ich der Chronologie meiner Annäherungen an beide. Das Ergebnis ist eine Montage aus den Kenntnissen, die ich aus seinen und ihren Publikationen erwerben konnte, aus selbst geführten, in der Regel mit Tonband aufgezeichneten Interviews und aus der Nachbereitung durch zahlreiche informelle Gespräche in Zürich. Manches wiederholt sich, wenn man sich mehrmals trifft, erhält einen anderen, verdeutlichenden Akzent; manche mir zur Kenntnis gebrachten Interviews aus vergangenen Jahren, die besonders nahestehende Kolleginnen und Kollegen der Ethnopsychoanalyse mit ihnen führten, sind in Fragen und Antworten so gut und substantiell, daß keine Ambitionen zu Wiederholungen aufkamen. Solche Informationsquellen werden im Text aufgenommen und als Zitate entsprechend kenntlich gemacht.

Darüber hinaus hat für die Recherche lediglich ein kleiner

Kreis besonders vertrauter Freundinnen und Freunde interessiert, die ich aufsuchte und über ihre spezifische Beziehung zu Paul und Goldy Parin erzählen ließ. Diesen Kreis zu ziehen, Namen zu benennen, ist keineswegs leicht. Viele Menschen stehen Paul und Goldy Parin nahe. Etliche haben diese Beziehung mit einer Analyse begonnen, die dann nicht nur in Freundschaft mündete, sondern auch zuweilen im Durchbruch zum Schreiben oder auch in der (ethno-) psychoanalytischen Professionalisierung. Hierzu zählen zum Beispiel Maja Nadig, Mario Erdheim, Emilio Modena, Andreas Benz und Berthold Rothschild. Aufgesucht habe ich Gundl Herrnstadt-Steinmetz in Wien, Genossin von Goldy in der Sanität im Spanischen Bürgerkrieg, Johannes Reichmayr, ebenfalls in Wien, Historiker der Ethnopsychoanalyse, und seinen Bruder Michael, entfernte Verwandte von Goldy, sowie die Söhne von Fritz Morgenthaler, Jan und Marco und ihre Freundinnen, die Ethnologin Claudia Roth und die Malerin Manú Hophan, alle Zürich. Weggefährten der Parins seit Kinderjahren beziehungsweise aus den »wilden Zeiten« der Zürcher Jugendbewegung in den achtziger Jahren. Ihnen allen bin ich sehr verbunden für ihre große Offenheit und Anteilnahme an diesem Buchprojekt.

Ich möchte hinzufügen, daß ich Paul und Goldy Parin dankbar bin für ihre Freundschaft und ihr Vertrauen. Vor der Gefahr, wegen dieser großen Hochachtung und Verehrung dieses beispielhaften Lebens in Schönfärberei zu verfallen, bewahrten mich beide durch ihre Bescheidenheit und den gänzlichen Mangel an Geltungsbedürfnis sowie durch die ausgesprochene Warnung, Parin durch dieses Porträt zu einem Guru zu küren.

Die Neugier ist es, die mich zieht

Yaak Karsunke:
musik für mich

:& für Goldy

wenn morgen der Klavierstimmer kommt
& die falschen töne – unbarmherzig
& laut angeschlagen – aus dem
vergitterten Fenster entfliehen
werde ich
mir einen gassenhauer pfeifen

:ihnen nach & auf alle
tonleitern fingersätze etüden
meiner kinderklavierstundennachmittage
auf all die sonaten
für vaters geburtstag
worauf mutter bestand
zu mutters geburtstag
worauf vater beharrte:
dann werde ich an mein zischbecken gehen
& ein paar kreuz-&-quer-rhythmen schlagen
mit jeder menge synkopen
für mama
für papa
beide tot

Ein Gedicht von Yaak Karsunke, einem langjährigen Freund von Goldy und Paul Parin. Er widmete ihr dieses Gedicht zum 80. Geburtstag im Mai 1991.[1]

Fünf Jahre später. Zürich. Die alte großräumige Wohnung im Hochparterre am Utoquai. Gegenüber der Zürichsee. Bis zum Beginn dieses Jahrzehnts zugleich Praxis, mit Wartezimmer vor den Räumen mit der obligatorischen Couch. Früher war auch Fritz Morgenthaler dabei. Er starb bereits 1984. Bilder von Morgenthaler an den Wänden. Plakate von Veranstaltungen mit Paul Parin: Lesungen, Podiumsdiskussionen. Requisiten aus Afrika. Und im Schrank tatsächlich Pauls italienische Beretta aus dem Partisanenkrieg in Jugoslawien.

Wer Goldy Parin-Matthèy heute kennenlernt, trifft auf eine liebenswürdige alte Dame. Ein stolzer, aufrechter Gang, immer noch, trotz der leicht nach vorn gebeugten Schultern. Wachsamkeit und Präsenz, immer noch, trotz der fast erblindeten, allmählich auch ermüdenden Augen. Bemüht trittsichere Bewegungen; ungern läßt sie sich helfen. Graues kurzgeschnittenes glattes Haar. Eine rauchige Stimme. Gerne lachend. Sie hat etwas Veteranenhaftes an sich. Die Spätversion eines fühlbar gelebten Lebens. An einem Tag trägt sie ein schlichtes, sehr kleidsames Kostüm aus kornblumenblauem Baumwollstoff. Selbstgeschneidert vor vielen Jahren. Der Stoff, Geschenk einer Afrikanerin in irgendeinem abgelegenen Savannendorf. Immer zieren Silberringe mit kunstvoll eingefaßten Steinen – walnußgroß ist eine Untertreibung – ihre kräftigen, langfingrigen Hände. Und immer eine Halskette, meist kurz, mit dicken Perlen oder aufgezogenen Holzscheiben, afrikanisch. Und immer trägt sie ihre Silberreifen am rechten Arm.

Alltag ist: wenn Paul ihr die Zeitung oder ein Buch vorliest und überhaupt alles interessante Gedruckte. Ab und zu ein Caféhaus,

1 In: *Ethnopsychoanalyse 2*, Herrschaft, Anpassung, Widerstand, S. 123.

ein auswärtiges Essen mit immer noch zahlreich sich einfindenden Gästen; ab und zu ein Kinobesuch; immer noch Reisen, auch mit dem eigenen Auto. Paul chauffiert.

Gitanes-Zigaretten ohne Filter, ein gutes Glas Wein und Whisky, starker Kaffee, nur wenig, aber gutes Essen.

»Lieselotte« Matthèy

Wien, im Februar 1996. Besuch bei Gundl Herrnstadt-Steinmetz. Ein Rückblick auf einen Lebenshöhepunkt: »Wir haben beide im selben Spital in einem ehemaligen Kloster gearbeitet, die Goldy als Röntgenschwester und Laborantin. Ich hatte gerade eine schwere Krankheit hinter mir, und man hatte mir eigentlich verboten, weiterhin im Krankenbereich zu arbeiten. Doch dann hat mich die Goldy zu sich ins Laboratorium genommen und mich dort ausgebildet als Laborantin. Ich bin keine, die sehr rasch auf jemanden fliegt – aber von mir aus war das sofort großes Interesse an dieser Frau und Sympathie auf den ersten Blick. Erstens war sie bildhübsch, aber das Entscheidende ist, sie war wirklich sexy. Ich war ja ganz jung, neunzehn Jahre alt, als ich aus Paris gekommen bin, wo alle Spanienfreiwilligen aus aller Welt zusammentrafen und ihre Einsatzbefehle erhielten. Sie war wohl schon ein paar Jahre älter, gut Mitte zwanzig. Also, ich hab' damals zum ersten Mal so eine Frau in der Nähe gesehen mit einem so ungeheuren Sexappeal. Und nicht nur das; sie hat einen so mitreißenden Humor gehabt. Wir bekamen dann so eine kleine Hütte zugeteilt, wo wir zusammen gewohnt haben, gleich bei dem Laboratorium, und dann waren wir fortan sehr eng beisammen. Ich kenne sonst niemanden mehr aus dieser Zeit. Es war der Beginn einer lebenslangen Freundschaft.«

1937. Albacete in der zentralspanischen Mancha. – In den Reihen der Internationalen Brigaden begegnen sich die Krankenschwester Gundl Steinmetz aus Wien und die Röntgenschwester und medizinische Laborantin Elisabeth Charlotte Matthèy-Guenet aus Graz. Beide kommen soeben aus Paris, dem zentralen Umschlagort für den Einsatz der Internationalen Brigaden im Spanischen Bürgerkrieg. Dort aber sind sie noch nicht aufeinandergetroffen. Nach dem Durchbruch der Faschisten muß ihre Einheit in den spanischen Norden weichen. Beide gelangen in die Stadt Vic.

Beseelt und besetzt von dem unbeugsamen Willen, den Faschismus zu bekämpfen, treten weltanschauliche Differenzen in der sich vertiefenden Frauenfreundschaft vollends in den Hintergrund: die kommunistische Überzeugung Gundls und die anarchistische Grundhaltung Goldys. Erst viele Jahre später wird sich Gundl umstellen und ihre Genossin aus jener Zeit nicht mehr mit dem Tarnnamen der Widerstandsbewegung, »Lieselotte«, sondern wie alle anderen Freundinnen und Freunde längst zuvor nur mehr »Goldy« nennen.

»Nach unserer Niederlage und der Flucht nach Frankreich hat sie dann eines Tages die Möglichkeit gehabt, nach Haus zu fahren. Wir haben sie im Wagen begleitet, und es war sehr traurig, in Marseille an der Bahn. Dann kam dieser große, wie die einen sagen, ›vaterländische Krieg‹, die anderen sagen ›Eroberungskrieg‹, und wir sind völlig auseinandergekommen. Nach 45 – oder war das schon 46? – habe ich dann angefangen, sie zu suchen. Erst in Wien, wo ich erfahren habe, daß sie durchgefahren sei. Ich hab' dann, ich glaub' über ihren Freund Walter Fischer, ihre Adresse erfahren und hab' ihr dann einen ziemlich bösen Brief geschrieben, daß sie mich nicht aufgesucht hat. Das ist einer der wenigen Briefe, die ich mir sogar aufgehoben habe. Dann habe ich sie schließlich in Zürich entdeckt. Da hat sie dann auch wieder als Laborantin gearbeitet, und da habe ich denn auch den Paul kennengelernt. Auch ein sehr hübscher, attraktiver Bursch, der sich um meine Freundin Goldy sehr bemüht hat, und so nahm das denn seinen Lauf. Wir haben uns seither gegenseitig häufig besucht, bis heute. Ich kann von ihnen beiden sagen, daß sie meine innigsten und besten und langjährigsten Freunde sind.«

Goldy und Paul

»Besonders aber die Goldy, das sage ich Ihnen ganz ehrlich. Aber das ginge gar nicht ohne den Paul. Das ist so ein einmaliges gutes, wirklich vorbildliches Zusammenleben. Was ja nicht so häufig ist, wenn zwei so starke Persönlichkeiten zusammenkommen, wobei …, ich weiß ja nicht, wie lange Sie die Goldy kennen, sie hat sich in den letzten Jahren sehr zurückgenommen und auch zurückgezogen. So war sie nicht immer.

Der Paul hat sicher einen ganz großen und nicht zu unterschätzenden Beitrag zu ihrer psychoanalytischen Bildung beigetragen. Aber ebenso hat sie zu seiner Profilierung beigetragen. Sie hat ihm immer unglaublich imponiert. Er erwähnt das ja auch jetzt: die Frau, die in Spanien war! Für mich ist Paul ohne Goldy unvorstellbar. Es ist aber auch sehr schön und großartig von ihm, daß er keine Gelegenheit ausläßt, das zu unterstreichen, wie sehr ihn das Zusammenleben mit ihr auf allen Gebieten gefördert hat.«

U.R.: Aber er ist derjenige, von dem man in der Öffentlichkeit am meisten Notiz nimmt. Nicht erst seit seinem literarischen Debut im Jahr 1980. Dabei vermag sie doch noch immer recht spannende Sachen zu erzählen, und sie hat doch auch selber recht gut geschrieben!?

»Es stimmt, sie schreibt ausgezeichnet, das wenige, was sie geschrieben hat, ist ausgezeichnet. Wie ist das zu verstehen? Man könnte das fast wie eine Bewegung beschreiben: Sie war, als sie jung war, unwahrscheinlich aktiv und in ihren Erlebnissen viel weiter. Sie hat Spanien erlebt und war so erfüllt davon, wie wir alle. Und er ist ihr dann, insbesondere wo sie sich für die Psychoanalyseausbildung interessiert hat, in seiner Erneuerung der Schweizer Psychoanalytischen Gesellschaft sozusagen zuvorgekommen, da ist er vorgeprescht. Da war es für sie selbstverständlich, daß er sie mitzieht. Aber da war dieser Vorsprung anders: Da war er dann derjenige, der etwas sehr Neues, sehr Fortschrittliches zuwege brachte. Die Tatsache, daß sie nie so recht schreiben wollte, und auch wenn sie etwas erzählen wollte und dann aber doch bald sagte, ›ach, geh, Paul, erzähl du weiter‹, das hat mich immer sehr geärgert. Ich hab dann immer darauf beharrt, ›erzähl das selber zuende‹, und zum Paul, ›laß das die Goldy erzählen‹. Sie ist dann, glaube ich, in diese neue Rolle hineingewachsen. Das läuft grad so wie wenn zwei sich einen Ball zuwerfen.«

U.R.: Aber dann doch wohl eher spielerisch, ohne den anderen »austricksen« zu wollen!? Oder haben Sie den Eindruck, daß sich Goldy soweit zurücknimmt, daß sie hinter sich selbst zurückfällt?

»Nein, nein. Das ist nicht der Fall. Aber das ist ja das Interessante. Sie sind völlig verschieden. Ich glaube, gerade deshalb geht das so gut, weil sie sich so unglaublich akzeptieren, gegenseitig. Aber sie ist in ihrer Art – soll ich ein ganz häßliches Wort sagen? Sie ist überhaupt nicht publicitygeil. Das ist ihr ganz unwichtig. Und ich bin dann immer erstaunt, daß er, der aus so einer Großfamilie stammt, daß ihm die Öffentlichkeit doch sehr wichtig zu sein scheint.«

Wurzeln: die »Brüdergemeinde«

»In der tristen Stadt Graz, der Hitler bei seinem Einmarsch im Jahr 1938 den Ehrentitel ›Stadt der Volkserhebung‹ verliehen hat, gab es eine Insel: die Morellenfeldgasse. Dort ist Goldy aufgewachsen. Ihr Großvater kam aus dem schweizerischen Jura. Getreu der Tradition seiner hugenottischen Vorfahren, aus dem Übel der Vertreibung Gewinn zu ziehen, gründete er gegen Ende des 19. Jahrhunderts eine Fabrik für Steindruck. Die bunten Etiketten zierten bis zum Ende der österreichischen Monarchie japanisches Spielzeug, kubanische Zigarren und französische Weine. Zwischen der Fabrik und dem Wohnhaus lag der Park mit Glashaus, Obstgarten und Gemüsegarten. Das Grundstück ist heute von Nebenbauten eingeengt, der Rest des Parks ist ein städtischer Kinderspielplatz, der zur Erinnerung an Goldys Vater ›August-Matthèy-Garten‹ hieß, bis die Tafel einer Neugestaltung zum Opfer fiel. … In den zwanziger Jahren wurde das Inselreich der Matthèy-Kinder das Zentrum einer Jugend, die ›anders‹ war. Graz war die Stadt verarmter Kleinbürger und apathischer Arbeitsloser. Katholische Staatsbeamte und steirisch-nationale Studenten prägten das öffentliche Leben. In die Brüdergemeinde fand Einlaß, wer radikal gegen alles war, was die Insel umgab. Im Park oder Wintergarten trafen sich Künstler und Kommunisten, Dichter und schöne Mädchen, Architekten und Germanisten. Sie tranken Rotwein und türkischen Kaffee und diskutierten bis zum Morgengrauen. Goldy sang Chansons von Brecht zur Gitarre, und Wolfgang Benndorf trug die Lieder vor, die er komponiert hatte.«[2]

Wenn Paul Parin heute derart über die Herkunft seiner Frau Goldy schreibt, so ist dies nicht nur schriftstellerisches Vermögen, das den Eindruck entstehen läßt, er wäre selbst dabei gewesen in dieser Brüdergemeinde. Ein wenig spielt wohl auch eine Rolle, daß er mit seinem Temperament und seiner Eloquenz, seinem Esprit und sei-

2 P. P.: *Eine Sonnenuhr …*, S. 165, 166.

ner Lebensfreude ganz sicher in diesen gesellschaftlich höchst suspekten subkulturellen Zirkel gepaßt hätte. So etwas hat er in seiner Jugend nie gehabt. Und wenn Goldy schließlich davon erzählt, prägen sich die gleichen Bilder und die gleichen Akzente ins Bewußtsein. Nur ist er es eben, Paul, der es aufschreibt. Lebendig ist dieses Grazer Inseldasein auch heute noch, wenn Goldy es sich in Erinnerung ruft:

Im Gespräch mit Goldy, im April 1996:

»Wir waren eigentlich immer eine Ausnahme. Die Familie war evangelisch, Hugenotten, generationenlang in der Schweiz angesiedelt. Der Großvater ging dann nach Österreich, nach Graz. Wir waren immer eine Ausnahme in einem katholischen Umkreis. Die Familie war eigentlich vollkommen isoliert, ganz fremd in diesem Kreis. So bin ich denn auch aufgewachsen, eher herausgehoben: Ich hab nicht dazugehört, zu diesen ganzen Grazern, um Gottes Willen, nicht dazugehört! Das waren damals wilde Zeiten. Wir waren eine Gruppe von Linken, Gleichgesinnten, von außen immer scheel angesehen. Niemand war in der Partei. Das war etwa ab meinem 15. Lebensjahr. Wir haben auch blöde Sachen gemacht, um der Polizei eins auszuwischen, Demonstrationen. Die Polizei war damals beritten. Natürlich kam sie, um uns zu verfolgen. Wir flüchteten dann meist in den Stadtpark. Dort waren um die Grünflächen herum Drähte am Boden gespannt, damit man nur gar nicht aufs Gras tritt. Wir also immer mit einem Satz darüber, die Pferde sahen die Drähte natürlich nicht und purzelten hin. Alles lauter so dumme Sachen haben wir gemacht – bis ich die Chance bekam, nach Spanien zu gehen.«

U.R.: Und was war mit den Eltern, wie war die Beziehung zum Bruder Gustl?

»Als mein Vater 1920 pleite machte, blieb er fortan wie gelähmt, wie ausgeschaltet, aber nicht eigentlich depressiv.

Er saß nur da, dachte nach, war sehr besinnlich. Das Geschäftemachen war halt nicht sein Metier; er war ja Maler. Bei all diesen Fehlkalkulationen konnte er sich gar nicht wehren. Er hat dann auch nicht mehr gemalt, aber er war immer sehr lieb zu allen. Ich hatte eine gute Beziehung zu ihm. Zur Mutter hatte ich ein sehr zwiespältiges Verhältnis. Sie war nur da für ihren ›Goldsohn‹, meinen zwei Jahre jüngeren Bruder. Ich stand dabei immer abseits. Mit Gustl aber hab ich mich immer gut vertragen. Mit ihm hab' ich mich verbündet, gegen alle Großen, Erwachsenen. Ich war ihm sehr verbunden bis zu seinem Tod. Meine Mutter ist dann allerdings damals ganz groß geworden, als der wirtschaftliche Zusammenbruch war. Sie ging putzen und brachte die Familie damit durch.«

Paul Parins Erinnerungen an seine Schwiegermutter folgen in Schwächen und Stärken ähnlichen Konturen, wie Goldy sie hervorhebt. Der Schriftsteller ersinnt schließlich doch eine Steigerung und kleidet sie in einen Nachruf auf ihre beeindruckende Stärke. In seinem Buch: *Es ist Krieg und wir gehen hin* beschreibt Parin die Abschiedsszene in beiden Elternhäusern, bevor Goldy und er als Freiwillige in den jugoslawischen Partisanenkrieg ziehen.

»Goldy und Gustl hatten nur die alte Mutter, die vollkommen taub mit ihren zwei Katzen in der primitiven gemütlichen Wohnung in der Schlüsselgasse zurückblieb. Der männlichen Katze hatte sie den Kosenamen des über alles geliebten Sohnes Gustl gegeben.... Beim Abschied strahlte die kleine alte Franziska unter Tränen. Sie hatte sich ein Lehrbuch der serbokroatischen Sprache gekauft und beschlossen, die Sprache der Partisanen zu lernen: ›Bis ihr wieder da seid, kann ich's, und ihr werdet mir von der Niederlage der Nazis und dem Triumph der Revolution erzählen.‹ Sie war eine bürgerliche Frau gewesen, die den finanziellen Ruin der Familie, den Tod des geliebten Mannes und eine schlimme Krankheit ertragen hatte. Beim einzigen Glück, das sie erwarten konnte, dem Sieg ihrer Kinder für eine gerechtere Welt, wollte sie dabeisein.«[3]

Im Gegensatz zu Paul besucht Goldy eine öffentliche Schule. Sie schildert diese Jahre als eine Zeit, in der sie bereits »aus der Familienglocke heraushing. Das allerwichtigste für mich war damals die Entdeckung eines Büchleins von François Villon in der Übersetzung von Paul Zech. Es war für mich das ganz andere: die Rebellion.« Mit siebzehn liest sie die *Dialektik der Natur* von Friedrich Engels sowie die *Traumdeutung* von Sigmund Freud. »So haben sich beide Gedankenströme für mich vereinigt. Beide waren subversiv.«

1933 kommt Goldy Matthèy nach Wien, findet eine Anstellung in einem Heim für Schwererziehbare am Kahlenberg, um mit ihnen zu malen. »Wien war irrsinnig lebendig, der Kreis um Elias Canetti, Musiker, das hat mir wahnsinnig gut gefallen.«[4] Als die Mutter erkrankt, kehrt sie jedoch kurz vor der Niederschlagung des Arbeiteraufstandes im Februar 1934 nach Graz zurück.

»Die Polarisierung zwischen links und rechts in Österreich nahm Anfang der dreißiger Jahre rapide zu. Der größte Teil meiner Verwandschaft wurde Nazis, meine Eltern aber nicht.« Gerne hätte Goldy Matthèy Medizin studiert, wie ihr Bruder. Aber das Geld reicht nur für die Ausbildung eines Kindes, »und es war mir völlig klar, daß das Gustl sein muß. Ich fand das auch ganz in Ordnung, und mußte für mich selbst schauen. ... Zum Geldverdienen arbeitete ich im Universitätsspital, zuerst in der Histologie, dann im Labor, später beim Röntgen. Damals hat sich auch das mit der ›Brüdergemeinde‹ in mir festgesetzt: Wir waren immer eine Grup-

3 P. P.: *Es ist Krieg...*, S. 49.

4 G.P.-M. ist Canetti in Wien nicht persönlich begegnet; sie traf ihn erst viel später in Zürich, woraus sich aber keine Freundschaft entwickelt hat.

pe junger Sozialisten, ..., die Aktionen gegen die Diktatur unternahm.«[5] Mit ihrem Freund Walter Fischer diskutiert sie »stundenlang über Marxismus und Psychoanalyse. Die Psychoanalyse erschien uns als das, was bei Marx fehlte und was wir jetzt noch dazu beitragen mußten. ...«

1986 führt das Freie Zürcher Radio LORA ein Interview mit Goldy Parin über ihren politischen Hintergrund und ihren Einsatz im Spanischen Bürgerkrieg:

»Als 1933 Dollfuss als Bundeskanzler das Parlament auflöste und den christlich-faschistischen Ständestaat ausrief, also den Austrofaschismus begründete, beschloss die Arbeiterschaft mit bewaffneten Schutzbundformationen, die nur der Sozialistischen Partei unterstellt waren, im Februar 1934 den bewaffneten Sturz der Regierung. Am Vorabend des Aufstandes flüchteten die Bonzen, unter ihnen der Parteisekretär der Sozialisten, Otto Bauer, nach Prag – mit den Schlüsseln der Waffenarsenale des Schutzbundes in der Tasche. Der Generalstreik wurde drum nur teilweise befolgt. Der Aufstand der Schutzbündler wurde von der Armee, der Polizei und den bewaffneten christlichen Heimwehrmilizen nach langem Widerstand blutig niedergeschlagen. Es folgte die standrechtliche Liquidierung der Führer und Kämpfer.«

Als sie von der Organisation der Internationalen Brigaden hört, meldet sie sich sofort als Freiwillige bei der kommunistischen Jugend in Wien. Zum Glück, wie sie sagt, sei sie als Röntgenassistentin und medizinische Laborantin gebraucht worden – im Gegensatz zum Beispiel zu ihrem ebenfalls interessierten Bruder Gustl. Der studierte damals noch Medizin, was aber nicht für eine Zulassung in den Reihen der Aufständischen ausreichte. »Der Februaraufstand in Österreich ist gescheitert. Es war mir klar, daß jetzt auf spanischer Erde unser Kampf gegen den Faschismus ausgefochten

5 *TELL*, Nr. 6, März 1984, ehemalige Züricher Wochenzeitung.

werde. Dort fand, sozusagen, die Generalprobe für den kommenden Krieg statt.«

Die moralische Anarchistin

Eine Mitgliedschaft in einer Partei, einschließlich der kommunistischen kommt für sie zu keiner Zeit in Frage: »Ich war immer eine moralische Anarchistin: jeder ist für sich selbst verantwortlich.

Das ist auch das wichtigste, was ein Analytiker in seiner Ausbildung erlernen muß«, bekennt sie 1984 in einem Interview mit zwei späteren »Schülern« der Parins in Ethno-Psychoanalyse, Maja Nadig und Mario Erdheim.[6] Im Gespräch mit ihrer langjährigen Freundin, der Baseler Ethnologin Claudia Roth (in dem bereits erwähnten freien Zürcher Radiosender LORA), reflektiert Goldy Parin 1986 ihre Erfahrungen und politischen Lehren aus dem spanischen Bürgerkrieg:

»Ich glaube, daß die anarchistische Utopie die menschlichen kreativen Möglichkeiten und den Respekt vor den Menschen am besten gewährleisten, besser als das kommunistische Modell, an dessen Gerechtigkeit ich früher geglaubt habe. Sie fördert Selbstverantwortung und das eigene Denken, lehnt Anpasserei und Abhängigkeit ab. Sie ist horizontal organisiert und schafft Vernetzungen unter gleichberechtigten Individuen.«

Angesprochen auf Leo Trotzkis Aussage über den Anarchismus »Wer auf die Eroberung der Macht verzichtet, schanzt sie denen zu, die sie immer schon gehabt haben« und den von der feministischen Bewegung thematisierten, sich für Frauen ähnlich darstellenden Konflikt, meint Goldy Parin-Matthèy:

»Die Parallele zwischen den Anarchisten damals und den Fe-

6 *TELL*, a.a.O.

ministinnen heute bezüglich der Machtausübung gefällt mir sehr. In der Tat findet man in Trotzkis zweibändigem Werk über den spanischen Bürgerkrieg deutlich eine ... männliche Verachtung für die als weiblich diskriminierte Ablehnung der Macht durch die Anarchisten. Er schmäht sie: ›Die verstehen nicht zu kämpfen. Revolutionen sind eben nur Männersache. Anarchisten sind Phrasendrescher: mutlos, murrend-flennend, haben nur Angst, sind durch und durch verweichlicht von der Routine friedlicher Zeiten‹ etc. Dieses ›weibische Pack‹ kann er nicht verstehen. Er, anstelle der Anarchisten, die damals in Barcelona zu neunzig Prozent herrschten, hätte die Macht durch hierarchische Organisationsformen gefestigt und an sich gerissen. Er, der Organisator der Roten Armee, trifft auf ein fremdes, unheimliches Phänomen. Er muß es entwerten, es am besten vernichten. Die Geschichte gibt ihm nicht recht.

Der spanische Krieg ging wahrscheinlich auch deshalb verloren. Der jugoslawische Befreiungskrieg, der die Lehren aus Spanien beherzigt hat, militärisch nach anarchistischen Prinzipien organisiert war – Milizen, Guerilla, eigenverantwortliche Gruppen, sofortige revolutionäre Umwandlung in befreiten Gebieten – dieser Volksbefreiungskampf führte zum Sieg! Ich glaube, die Feministinnen müssen bei ihrer libertinären, solidarischen Strategie einer horizontalen Vernetzung bleiben.« Auf die Frage nach der Solidarität zwischen Männern und Frauen in den Widerstandsgruppen antwortet Goldy Parin: »In einer so solidarischen Atmosphäre, wie ich sie getroffen habe und die dem Klima in den anarchistischen Kollektiven ähnlich war, trägt jede und jeder alles mögliche zu dem gemeinsamen Ziel bei. Da gibt es keinen Clinch und keine antagonistischen Widersprüche zwischen Mann und Frau, wenn alle die gleichgerichteten, idealisierten Ziele gleichermaßen stark besetzen. ... Ich meine, unter revolutionären Bedingungen und gemeinsam solidarischem Kampf arbeiten beide Hälften des Himmels an der gemeinsamen Utopie der Respektierung der Freiheit und

Würde des anderen. Die Frauenfrage ist dabei keineswegs isoliert. Sie ist durchaus ein gemeinsames Ziel. In einer solchen Situation habe ich keine Beschneidung der Rechte der Frauen erlebt.« Radio LORA: Und wie beurteilt Goldy Parin-Matthèy die Situation heute (1984)?

»Ich habe den Eindruck, es gibt schon jetzt gewisse Inseln, wo Frauen und Männer zusammen ein anderes, eben ein nicht kämpferisch gegeneinander gerichtetes Verhältnis aufgebaut haben.«

Radio LORA: Also kein Geschlechterkampf?

»Nein, Geschlechterkampf ist nicht der Weg. Ich glaube nicht, daß man da weiterkommt, denn dann werden die Männer wieder versteift und müssen kämpfen – gegen die Frauen. Ich glaube, wenn die Frauen sich ihrer Rechte und ihrer selbst sicher sind, dann muß ein solcher Kampf nicht sein.«

Nach der Niederlage der Republikaner gelangt »Lieselotte«-Goldy Matthèy gemeinsam mit ihrer Freundin Gundl Steinmetz über Schleichwege durch die Pyrenäen im Frühjahr 1939 nach Südfrankreich, wo sie einige Zeit in einem Auffanglager für Spanienkämpfer verbringen. Als Schweizer Staatsbürgerin hat sie Anspruch auf einen neuen Paß und auf Einreise in die Schweiz. Das Geld, das das Schweizer Konsulat in Marseille für die Ausstellung des Passes verlangt, treibt ein Freund der Familie für Goldy auf, Lion Feuchtwanger, Emigrant in Frankreich. Die Österreicherin Gundl Steinmetz kann aufgrund ihres politischen Steckbriefs nach dem »Anschluß« nicht nach Wien zurück. Sie gelangt wieder nach Paris, lebt eine Zeitlang mit falschen Papieren als Fremdarbeiterin in Belgien. Im Sommer 1944 wird sie von der Gestapo verdächtigt, angeschossen, verhaftet, gefoltert und nach Deutschland deportiert. Erst nach Kriegsende, 1945, kann sie in ihre Heimatstadt zurückkehren.

Bereits 1939 erscheint in Zürich ein Buch über Schweizer Freiwillige im Spanischen Bürgerkrieg, voll des Lobes, voll der Anerkennung ihrer Taten, voller Stolz mit Nennung der Namen und mit Fotos. Auch Goldy Matthèy findet sich darunter, hervorgehoben unter den ruhmbedeckten Frauen. Ein richtiges Buch – nur zur falschen Zeit. Die so publik gemachte politische Vergangenheit ist Grund genug, daß Goldy in der jetzt auch in der Schweiz einsetzenden nationalsozialistischen Eiszeit keine Anstellung mehr findet. Mit geringsten Mitteln, einer billigen Wohnung in der Schlüsselgasse, dem Studienmikroskop von Paul Parin, ein paar Reagenzgläsern, Färbelösungen und Pipetten sowie einer Schreibmaschine betreibt sie fortan ein eigenes Labor für Blutuntersuchungen. Im selben Jahr lernt sie über ihren Bruder Gustl Paul Parin kennen. »Wir hatten alle sehr wenig Geld, konnten aber von meinen Einnahmen doch noch halbwegs gut leben. Aber es war schwer, diese Kriegszeit in der Schweiz auszuhalten, und so packten wir 1944 die Gelegenheit, als ärztliches Team nach Jugoslawien zu gehen, wo wir auf der Seite der Partisanen das Zentralspital eines Armeekorps führten. Gegen Kriegsende kehrten wir in die Schweiz zurück, aber Ende 1945 bin ich wieder nach Jugoslawien gegangen, um mit Fritz Morgenthaler und anderen Schweizer Ärzten eine Poliklinik aufzubauen. Paul war Arzt in Zagreb. …

Noch in Jugoslawien lasen wir in der Neuen Zürcher Zeitung den Verriss eines psychoanalytischen Buches von Rudolf Brun. Da sagte ich zu Paul: ›Siehst du, zu diesem Analytiker müssen wir hin‹«.[7]

7 *TELL*, a.a.O, S. 10.

Neugier – Unvernunft – Neugier …

> Der vernünftige Mensch paßt sich der Welt an
> der unvernünftige Mensch besteht auf dem Versuch,
> die Welt sich anzupassen
> Deshalb hängt aller Fortschritt vom unvernünftigen
> Menschen ab
>
> GEORGE BERNARD SHAW,
> hervorgehoben von Goldy und Paul Parin als eine ihnen
> sehr zusagende Lebensphilosophie

Anfang der fünfziger Jahre fängt Paul Parin als erster mit den Analysen an. Goldy Matthèy führt ihr Labor vorerst noch weiter und beginnt schließlich auch mit den Analysen: »Beides war mir wichtig: die Genauigkeit des Labors – ich sah, was ich sah – und das andere, das war das Schwimmen, das Nicht-sicher-sein.«[8]

Goldy Matthèy ist, mehr noch als Paul Parin, den sie Mitte der fünfziger Jahre heiratet, trotz ausgeprägter wissenschaftlicher Interessen und literarischer Kenntnisse ein ausgesprochen empirisch geleiteter Mensch: »Man muß Erfahrungen selber machen. Man kann nur sagen: die haben in einer bestimmten Situation das und das gemacht, aber heute ist es wieder ganz anders. Da muß man eigene Wege suchen. Ein Lehrer oder eine Schule nützen einem gar nicht, wenn man ein Wissen vorgesetzt bekommen hat, das man sich nicht erfragt hat und wenn die Fragen nicht aus der eigenen Erfahrung entspringen.«[9]

Sehr bald verdichtet sich die Psychoanalyse zu dem entscheidenden Medium, politische Ideale und Ansprüche mit ihrer ausgeprägten Entdeckungslust und ihr Interesse am Fremden zusammenzuführen: »Ja, die Neugierde ist es, die mich zieht, und der

8 *TELL*, a.a.O.
9 ebenda

Wunsch zu verstehen, wie alles läuft. Es ist das gleiche, wenn ich nach Spanien gehe, in Afrika Ethnologie betreibe oder Analysen mache.

Auch in der Analyse habe ich das Gefühl – vielleicht ein bißchen schwächer –, auf der richtigen Seite zu kämpfen und mit feineren Mitteln immer noch subversiv zu sein. Die Ethnologie war auch eine Fortsetzung der Analyse; es war so spannend, in einer fremden Kultur genau das wieder zu untersuchen und die Zusammenhänge zwischen Kultur und Psyche aufzudecken. ›Subversiv‹ fasse ich sehr weit: das Verschleierte aufzudecken, anzuschauen und nachzuweisen.«[10]

Zwei Jahre später, 1986 gegenüber Radio *LORA*, bekräftigt Goldy Parin Matthèy die Geradlinigkeit und vor allem die Stimmigkeit ihrer Lebensphilosophie: »Ich habe nichts revidiert. Meinen Beruf als Psychoanalytikerin verstehe ich auch politisch und subversiv: daß Analysanden die verinnerlichten Machtstrukturen, die von der äußeren Welt über die Sozialisation in ihr Inneres eingepflanzt sind, erkennen können. Sie lernen über ihre natürliche Widerspenstigkeit gegen allzu große Anpassung an die Verhältnisse ihre eigenen Bedürfnisse und Wünsche zur Selbstwerdung unterscheiden. Denkende Menschen sind schlecht regierbar.«

Und verschmitzt setzt sie dem wie eine Krone ein Zitat von Peter Paul Zahl auf: »Das Gehirn ist das erotischste Organ des Menschen.«

Paul

Als Paul Parin sich im Jahr 1990 durchringt, seine von Kindheit an durch eine Dysplasie zeitlebens beeinträchtigten Hüftgelenke operieren zu lassen und schließlich einen Operationstermin erhält,

10 *TELL*, a.a.O., S.11.

erkrankt Goldy plötzlich an starken Leibschmerzen. Mit einem Darmverschluß muß sie sofort operiert werden: »Das war ganz klar. Ich habe ihm seine Krankheit abnehmen wollen. Das, was ihm bevorstand, hat mich verstopft.«

Paul Parin ist, seit sie ihn im Alter von achtundzwanzig Jahren kennengelernt hat, für Goldy Parin-Matthèy der Mensch fürs Leben geworden. Geliebter, Freund, Arbeitskollege, Reisegefährte, Diskussionspartner und Ratgeber, Gesinnungsgenosse. Ständiger Begleiter. Eine symbiotische Verbindung.

1955. Nach dem für beide einschneidenden gemeinsamen Erlebnis im Ärzteteam unter den Partisanen in Jugoslawien möchte er schon seit langem ihren Spuren als Internationale Brigadistin im Bürgerkriegsspanien folgen. Auch sie hat Sehnsucht, die Stätten ihres Einsatzes wiederzusehen. Im Spanien unter Franco jedoch noch ein zu gefährliches Ansinnen. Unter der Diktatur des faschistischen Generals war automatisch jeder Brigadist zum Tode verurteilt. »Unter einem anderen Namen schien das eher machbar, also heirateten wir, und ich nahm seinen Namen an. Eigentlich nur deshalb. Wir hatten das sonst nicht nötig, wir waren damals ohnehin schon sechzehn Jahre zusammen.«

U.R.: Und wie kam es, daß sie sich ineinander verliebten? Ist das mehr eine gewachsene Nähe oder sind Goldy und Paul sofort aufeinander geflogen?

»Es geht eigentlich über das Ich-Ideal, über die gleichsinnigen Wünsche und Ziele. Ich bin ja aus politischen Gründen in die Schweiz gekommen. Wenn's nach mir gegangen wäre, ich wollte lieber nach Mexiko oder China wie die meisten Genossen von den Internationalen Brigaden. Das ging aber nicht mit diesem Paß. Das war ganz scheußlich. Ich war sehr traurig. Den Paul habe ich über meinen Bruder Gustl kennengelernt, der war umgeben von lauter triefnasigen Emigranten, alle nur leidend, in sich gesunken, das war für mich entsetzlich. Ich wollte nur weg! Aber dann mußte ich mit Fieber ins Bett wegen eines Röntgenschadens. Paul, der wohl schon viel Interesse an mir zeigte, kam mich besuchen und brachte ein unveröffentlichtes Manuskript von Bertold Brecht mit: *Die Rundköpfe und die Spitzköpfe.* Damit traf er voll ins Schwarze bei mir; daß er dafür ein Gefühl hatte, daß genau das das Richtige für mich war. Das löste wohl aus, mich in ihn zu verlieben.« Als bald darauf eine Gemäldeausstellung des Prado in Genf gezeigt wurde, drängte Paul zu einem gemeinsamen Besuch. Von dem Effekt, daß beiden auf Anhieb stets dasselbe Bild gefiel und auch das zweitliebste der gleichen Wahl entsprach, erzählen beide nachhaltig beeindruckt immer wieder, wie von einem »urvertrauensbildenden Ereignis«: »Bald war mir dann klar: Wenn ich nicht nach China oder Mexiko gehe, dann bleibe ich beim Paul.

Er ist dann auch bald zu mir gezogen in die Schlüsselgasse, obwohl wir nicht geheiratet hatten. Das war eigentlich verboten. Das war damals noch ein Konkubinat.«

U.R.: War Paul dem Gustl ähnlich?

»Paul war sehr anders. Gustl war ein Hitzkopf. Er war immer *wahnsinnig* verliebt oder etwas war *wahnsinnig aufregend*, alles war immer irgendwie *wahnsinnig.* Paul war da ruhiger, aber sie haben sich immer gut verstanden. Vor allem Gustl hat den Paul wohl sehr gebraucht. Ich bin überzeugt, der hätte nicht das Medizinstudium zuende gebracht, wenn der Paul nicht gewesen wäre, der ihm geholfen hat. Es war alles in allem eine lustige Zeit, ich mit meinem Blutlabor und die beiden lernend in der Wohnung. Abends sind wir dann mit den Emigranten zusammen ausgegangen.«

U.R.: Hat es keinen Wunsch nach Kindern gegeben?

»Ich hab vor allem gesagt, ich will keine Kinder, erst recht nicht in solch einer Zeit. So bis vier Jahre muß man dann ja wohl irgendwie seßhaft sein. Aber das war eine Zeit, wo man nicht damit rechnen konnte, daß man vier Jahre lang an einem Ort bleibt. Aber da war auch sicher gleichzeitig die Abenteuerlust, daß wir was unternehmen könnten, wenn sich das ergibt und wann immer wir Lust dazu haben. Wenn ich ein Kind gehabt hätte, hätte ich das nicht gekonnt. Also wollte ich keins. Ich wollte schon meinen Teil dazu beitragen, daß das zurückgedämmt wird, politisch also. Ich hatte ja für mein Labor eine Schreibmaschine. Da ist so manches illegale, klandestine Zeug drauf verfaßt worden. – Ich hab mir das wirklich nicht vorstellen können, dort zu sitzen und ein Kind zu haben. Paul hätte wohl ja gesagt, wenn ich gewollt hätte.«

U.R.: Wie war die Beziehung zu Paul; war die wirklich so konfliktfrei, wie es heute den Eindruck macht? Muß man sich das so vorstellen, daß sich Menschen, Psychoanalytiker von Beruf, in der Abwehr und Lösung von Konflikten gar nicht mehr richtig streiten können? Ist das nicht auch steril, diese Harmonie, nichts herauslassen zu wollen, was einen stört …?

»Ich möchte fast sagen, daß wir übereingestimmt haben. Alles herauszulassen war immer sehr wichtig, aber gegen andere, also gegen die Feinde. Da ließen wir beide ungeheuer stark ›heraus‹. Nur wir, unsere Beziehung, das beste Wort dafür ist wieder diese ›Brüdergemeinde‹, das heißt, daß man sich auf den anderen verlassen kann, daß man sich einander sicher weiß. Ich hab auch andere Geliebte gehabt, und der Paul auch, aber das macht gar nichts. Wir wußten, daß wir zusammengehören. Und auch ähnliche gemeinsame Ziele, Vorlieben usw. haben. Gegeneinander? Da gab es eigentlich nichts. .. Das war alles derart parallel. Bis heute. Das ist für mich auch die Bedingung gewesen, so zusammenzuleben.«

U.R.: Also Paul deckt alles ab, was im eigenen Leben erträumt wurde oder – was das Leben nicht eingelöst hat? –, etwa politische Heimat, einen Ort, dem Goldy Parin sich verbunden fühlt, was Zürich ja wohl nie geworden ist?

»Mit ihm zusammen. Er ersetzt nichts. Wir haben eine Gemeinschaft, die sich gegen alles andere wehrt, was bedroht. Es ist nicht Er, der Große, der mich beschützt – natürlich tut er das, aber die Betonung liegt auf dem unteilbaren Gemeinsamen, das wirklich Bindende. Ich brauch' im übrigen auch nicht so etwas wie Heimat. Das hab ich nie gehabt und nie gewollt.«

»Alter – eine subkulturelle Chance«?

Der im folgenden in Auszügen wiedergegebene Essay, zuerst 1987 im Fischer-Taschenbuch-Verlag in dem Band »Befreiung zum Widerstand. Aufsätze zu Feminismus, Psychoanalyse und Politik« erschienen, dann im Antje-Kunstmann-Verlag in einer Anthologie über das Älterwerden übernommen, ist eines der wenigen schriftlichen Dokumente überhaupt, die Goldy Parin-Matthèy als eigenständiges Produkt veröffentlicht hat.

»Wie ist denn das Bild, die Rollenideologie, die die Gesellschaft den Alten zuweist? Alte Menschen haben asexuell zu sein, kontinuierlich Dankbarkeit zu zeigen und die Gesellschaft durch Übernahme eines nach innen gekehrten Gestus der Trauer von dieser zu entlasten. Denn Alter wird naturgemäß mit Tod assoziiert. Und der wird ideologisch mit Blochs rundem Bild vom ›lebenssatten Tod‹, dem Gefühl verbrämt, nichts versäumt, alles gekostet zu haben, daß alles geregelt ist und die andern gut weiterleben können. Diesen Tod gibt es vielleicht noch manchmal, aber er ist anachronistisch in unserer Gesellschaft, die keine Zukunft offeriert. …

›Alter‹, wie es heute bei uns auftritt, ist genausowenig naturgegeben wie ›Jugend‹, wenn man es vom Produktionsprozeß her anschaut. Die einen sind ›noch nicht‹, die anderen ›nicht mehr‹ zu verwerten, deshalb trifft beide ein reduzierter sozialer Status und wenig gesellschaftlich anerkanntes Prestige. Sie kosten nur und bringen nichts, dazu sind sie noch lästig. Welch eine Chance!

Ich persönlich finde, die Situation der Alten, die nicht mehr mitmachen müssen, die nicht mehr verwertbar gemacht werden können, bietet eine subkulturelle Chance. Da sind Möglichkeiten emanzipatorischer Gegennormen und Subversion. Bert Brechts *Die unwürdige Greisin*, die nach einem arbeitsschweren Leben jetzt als Greisin alles tut, was ›man‹ nicht tut. Auch Giraudoux' *Irre von Chaillot* lebt als Alte so, wie sie es in ihren großbürgerlichen Kreisen niemals durfte, sie verschenkt Geld.

Auffallend, daß diese emanzipatorischen Lösungen an weiblichen Alten, an Greisinnen demonstriert werden.

Ein kauziger Greis mag noch toleriert werden, ist weniger schockierend; eine Frau, eine Greisin aber, die der ›Würde des Alters‹ ein Schnippchen schlägt, weder bedürfnislos noch sparsam und zurückhaltend ist, ist ein Skandal.

Auch ich, die ich sowieso nie in institutionellen Arbeitsprozessen eingeklemmt war, spüre jetzt im Alter ein noch weiteres Wegfallen von Anpassungsdruck: An-und Aussehen werden immer unwichtiger, meine Falten sind eben meine Falten. Ich muß überhaupt nichts mehr, meine anarchistische Grundhaltung, ›ni Dieu, ni Roi‹, tritt noch stärker hervor.«[11]

Sätze, die für sich stehen. Intellektuell überzeugend, imponierend. Und dennoch: ein leiser Zweifel an der intimen, privaten Befindlichkeit unter der widerständigen Schutzhaut des Verstandes regt sich, das Alter als ›Chance‹ zu erleben. Goldy Parin-Matthèy im Frühjahr 1996:

»Ich neige dazu, keine Angst zu haben. Statt dessen aber Wut. Also etwas auszuspucken, nicht hineinzuschlucken. Gegen alles, was nicht richtig läuft, krieg ich eine Wut, aber ich hab nie Angst. Das ist das eine. Das andere: Natürlich ist es nicht lustig, alt zu

11 G. P.-M.: Subkulturelle Chance, in: *When I'm forty-four. Kursbuch Älterwerden*, München, 1993, S. 211–214.

werden, wenn man dann spürt, man ist schon ganz schwach. Jetzt seh ich fast nichts mehr. Das ist gar nicht lustig. Aber ich merke nicht, daß ich deswegen hadere. Das ist eben so: Man wird älter. Alles funktioniert eben schlechter, auch mein Gedächtnis. Ich hab Störungen, passende Worte zu finden und so. Aber es hat keinen Sinn, sich darüber zu ärgern«.

U.R.: Und was sind so manches Mal Ihre Gefühle, wenn Sie Ihr Leben Revue passieren lassen? Was haben Sie vom Leben erwartet, beziehungsweise: hat sich viel, gar das meiste davon eingelöst oder bleibt eher der schale Nachgeschmack, zuwenig davon erreicht zu haben?

»Sicher ist das Politische nicht eingetreten, aber ich muß sagen: Ich habe ein wirklich sehr schönes Leben gehabt. Deswegen habe ich nicht das Gefühl, das oder das versäumt zu haben. Ich habe ein reiches und abenteuerliches Leben gehabt, Grund genug, sehr zufrieden damit zu sein. Ich weiß, jetzt werde ich wohl sehr bald sterben. Das ist aber richtig so, weil ich wirklich alles gehabt habe, was ich mir nur wünschen kann. Zusammen mit dem Paul, der ist da natürlich ganz wichtig. Ich bin zwar nicht als Internationalistin nach China gekommen, aber dafür hatten wir später Afrika gehabt. Ich bin ganz überzeugt, wenn ich den Paul nicht kennengelernt hätte und er nicht bei mir wäre, ich wär schon längst tot.«

U.R.: Haben Sie rückschauend den Eindruck, daß sich etwas für Sie Wesentliches bewegt hat, gibt es Fortschritte in Ihrer Utopie, nach all den Kämpfen gegen den Faschismus, oder mit Blick auf die Jugend- und Studentenbewegungen, die Frauenbewegung ... Das ›Kaltstellen‹ des Sozialismus ...?

»Das ist eigentlich alles schiefgegangen. Komischerweise, und das ist gar nicht adäquat, daß ich darüber gar nicht verzweifelt bin. Ich sehe das so: Ich bin wahnsinnig neugierig, und die Neugierde ist etwas, das immer vorantreibt und die Richtung ändern läßt: aha, so geht das also nicht, also schauen wir nach anderen Wegen. Ich persönlich bin so nicht enttäuscht, wie's im Kleinen gelaufen ist. Im Kleinen, da ist ja immer und fortwährend möglich, was ich als so wichtig ansehe: die Brüdergemeinde.«

Weltbürger im Packeis

»Vielleicht haben die Slowenen recht: ›Heimat ist dort, wo man geboren ist‹. Jedenfalls macht Zürich es einem leicht, sich nicht daheim zu fühlen.«

Zürich

Um 1850. Wegen seiner Teilnahme am Dresdner Maiaufstand 1849 und nach dessen Scheitern flieht Richard Wagner in die Schweiz. In Zürich entstehen die Schriften *Kunst und Revolution* und *Das Kunstwerk der Zukunft*. Wenig später weitere Teile des *Der Ring des Nibelungen*.

In den engen, steil zum Limmat-Fluß hin abfallenden Gäßchen um das Zürcher Großmünster hat einst der Reformator Ulrich Zwingli gelebt. Den Weg durch die Münstergasse mag Goethe genommen haben beim Besuch seines Freundes Lavater. Der wohnte in der Spiegelgasse Nr. 1, damals noch Steingasse geheißen. Gleich nebenan, im Haus Nr. 12, lebt von Oktober 1836 bis zum Februar des darauffolgenden Jahres das »flüchtige Individuum« Georg Büchner. Der Dichter und Dozent für Anatomie stirbt dort im Alter von 23 Jahren. Zuvor noch hat er sich an der neugegründeten Universität mit einer Probevorlesung *Über Schädelnerven* habilitiert. Und im Haus Nr. 14 der Spiegelgasse, im zweiten Stock in einem engen, niedrigen Zimmerchen, beendet der Russe Vladimir Iljitsch Uljanow 1916 seine Broschüre *Der Imperialismus als höchstes Stadium des Kapitalismus*. Seit seiner Übersiedlung nach Zürich arbeitet Uljanow eng mit jungen deutschen und schweizer Revolutionären zusammen, die dort unter der Führung von Willi Münzenberg aktiv sind.

Aus diesem erlauchten Nebeneinander in der Spiegelgasse hat Peter Weiss in seiner *Ästhetik des Widerstands* eine Synthese zu schmieden versucht:

»Nach oben an der buckligen Gasse, da fand das Planen statt, tief unten, da entlud sich die phantastische Unvernunft. Die Spiegelgasse wurde zum Sinnbild der gewaltsamen, doppelten, der wachen und der geträumten Revolution.«

Im Januar 1917 hält Uljanow im Zürcher Volkshaus einen Vortrag vor der Arbeiterjugend. Kurz zuvor betont er bei einer polizeilichen Kontrolle: »Ich bin weder Deserteur, noch Militärdienstverweigerer, sondern seit der Revolution von 1905 politischer Emigrant.« Im April 1917 kehrt er über Finnland in seine russische Heimat nach Petersburg zurück. Dort wird er bald den politischen Decknamen ›Lenin‹ annehmen. Im selben Monat erscheinen in der *Prawda* seine »Aprilthesen«: *Über die Aufgaben des Proletariats in unserer Revolution.*

Zur selben Zeit, bis Ende 1918, gehört auch der Ulysses-Autor James Joyce zu den zahllosen politischen Flüchtlingen, die während des Ersten Weltkrieges die Stadt bevölkern.

Ein europäisches Kriegskapitel später.

Noch ist das Unwort von der »Asylantenflut« nicht geprägt. Aber: 1933 wird die deutsche Lyrikerin Else Lasker-Schüler von der Zürcher Sittenpolizei aufgegriffen, als sie auf einer Parkbank übernachtet. Nach sechs Nächten am See wird sie wegen Landstreicherei verhaftet und brutal verhört.

Alles von intellektuellem Rang und Namen, was in den weiteren Jahren nach der Machtergreifung Hitlers in Österreich und Deutschland den Nationalsozialisten entrinnen kann und nicht in andere Kontinente flieht, trifft sich in Zürich: Klaus und Erika

Mann, Kurt Tucholsky, Alfred Kerr, Franz Werfel, Carl Zuckmayer. »Es war«, erinnert sich dieser, »eine fortgesetzte Springprozession des Wiedersehens und der Begrüßung, was wir da auf der vornehmen Bahnhofstraße vollführten, und die Einheimischen, immer mit etwas verdrossenen Mundwinkeln, da sie ja gar keine Sorgen hatten, auf ihre Trambahn wartend, schauten uns befremdet zu, wie wir uns da umarmten und laute, aufgeregte Gespräche führten.«

Die zahlreichen literarischen Cafés werden zentraler Fluchtpunkt und Heimstatt zugleich für die Emigranten. Manche finden dort geradezu ihren Hauptwohnsitz. Zum Beispiel im »Odeon«, von Stefan Zweig einmal als die »Heimat der Refractäre, Revolutionäre, Deserteure« beschrieben.

An einem der runden Tischchen arbeitet Karl Kraus an den *Letzten Tagen der Menschheit*.

In der Feuilleton- und Kunstbeilage der *Neuen Zürcher Zeitung* schreibt Erich Kästner am 2. November 1948 einen »Herbstbericht aus Zürich«:

»Im Odeon, dem literarischen Café, traf man Sartres Verleger, Monsieur Nagel, mit dem österreichischen Dramatiker Fritz Hochwälder; den Verleger Jakob Hegner, ... mit Heinrich Fischer, dem Freunde Karl Kraus', früher in Berlin, jetzt bei BBC; den italienischen Dichter Ignazio Silone, gerade aus Rom anlangend. ... Marianne Oswald, bis 1930 an Berliner Kabaretts, kam von Filmaufnahmen aus Verona und signierte in der Librairie française ihr Buch *Je n'ai pas appris à vivre*. ... Gerhart Hauptmanns Witwe und Benvenuto, der Sohn, pilgerten durch die sehenswürdige Bahnhofstraße. Furtwängler fuhr im Auto vorbei. Paul Dessau, nach Weill und Eisler nun Brechts Komponist, schrieb an der Musik für die Berliner Aufführung von *Mutter Courage und ihre Kinder*. ... Ernst Wiechert bezog seine Klause. Thornton Wilder wurde erwartet. Ein bunter, ein farbenträchtiger, prächtiger Herbst. Am See mit den weißen Segeln. An den Berghängen. Und, wie gesagt, in der Stadt.«

Grönland

1938. Nach sechs Studiensemestern der Medizin in Graz und zweiten in Zagreb, in dem er sich jedoch mehr dem Studium der Schriften von Marx und Freud sowie dem Erlernen der serbokroatischen Sprache widmet, wählt Paul Parin Zürich, um an der dortigen Universität sein Medizinstudium fortzusetzen. Anders als das Graz des deutschnationalen Volksaufstandes und als »Wien, das am Heldenplatz dem Hitler zugejubelt hat und mir verlorengegangen war«, betritt er in Zürich einen Boden mit legendärer und höchst lebendiger kosmopolitischer Tradition.

Jahrzehnte später zieht er eine Zwischenbilanz:

»Es ist hier nicht der Platz zu untersuchen, warum unsere Demokratie so schlecht funktioniert. Leicht ist es jedoch, die Erscheinungen aufzuzählen, die es den Einzelnen unmöglich machen, sich als ›citoyens‹, als aktive Bürger und Bürgerinnen zu erleben. Nur mehr eine Minderheit nimmt an Abstimmungen teil.

Die Parteien haben den ›Kontakt mit der Basis‹ verloren. ... Das alles und vieles mehr wirkt zusammen, daß der Schweizer zwar oft noch Heimatgefühle hat, sich aber – zumindest solange er noch jung ist – nur ausnahmsweise als verantwortlicher und beteiligter Bürger erlebt. Politisches Engagement für das allgemeine Wohl ist die Ausnahme. Höchstens die Teilnahme an Gruppen mit partikularen Interessen gibt noch Anlaß, sich politisch zu betätigen.«[1]

Juni 1968. Ein behördlicher Anschlag am alten »Globus« auf dem Papierwerd bei der Bahnhofbrücke warnt unmißverständlich: »Wer unrechtmäßig in dieses Gebäude eindringt oder dazu anstiftet,

1 Armee-Volk dank Volksarmee, in: *Subjekt im Widerspruch*, S. 217.

macht sich strafbar.«[2] Nach einer friedlichen Besetzung und zweitägigen Belagerung des Alternativen Jugendzentrums nahe dem Hauptbahnhof ist es zu einer gewaltsamen Räumung durch die Polizei gekommen. Selbst die *Neue Zürcher Zeitung*, über jeden Verdacht anteilnehmender Sympathie mit den jugendlichen Rebellen erhaben, prangert die besonders gewalttätigen Übergriffe der »Ordnungshüter« auf die Demonstranten an.

Fünfzehn namhafte Persönlichkeiten, darunter auch der Schriftsteller Max Frisch, Professoren, und eben auch Goldy und Paul Parin sowie Fritz Morgenthaler fordern in dem sogenannten *Zürcher Manifest* den Verzicht auf Sanktionen, sofern nicht schwerwiegende Delikte vorliegen, sowie die unverzügliche Bildung einer wissenschaftlichen Arbeitsgruppe mit dem Auftrag,die tieferen Ursachen des Konflikts zu erforschen und praktische Vorschläge auszuarbeiten.

Thomas Held, der Organisator der Globus-Aktion von der Fortschrittlichen Studentenschaft Zürich formuliert als ihr Sprecher jetzt eine Forderung, die die Stadt Zürich noch ein gutes Jahrzehnt bewegen wird: ein autonomes, selbstverwaltetes Jugendzentrum, »ein richtiges Jugendhaus, wo Jazz und Beat, wo Filmklub und Theater, wo aber auch Politik sich frei entfalten kann.

Politik gehört zur Jugend, genauso wie Jazz zur Jugend gehört«. Die Szene, eine »Brüdergemeinde« junger Leute aus allen Bildungsschichten, hat sich alsbald wie kaum eine je zuvor in dieser Stadt vom verkniffenen bürgerlich-biederen Establishment distanziert. Im befreienden Gefühl des zivilen Ungehorsams scheint sie

2 Beim Gegenlesen dieses Textes merkt P.P. an: »Auf einen relativ bescheidenen ›gewaltfreien‹ Straßenprotest Jugendlicher (nicht vorwiegend Studenten!) reagierte die Zürcher Polizei brutal und richtete im Keller des ehemaligen Warenhauses Globus auf dem Papierwerd, einer Insel im Limmat-Fluß, einen Prügelkeller ein, wo Demonstranten blau geschlagen wurden.«

das Ideal der klassenlosen Gesellschaft im kleinen verwirklichen zu wollen: »Zum ersten Mal reißen wir die künstlichen Schranken zwischen Lehrlingen, Arbeitern, Schülern und Studenten nieder«, triumphiert Held.

Von diesem politischen Autoritäts- und Wertekonflikt, der in den Auseinandersetzungen um das Autonome Jugendzentrum Zürich, AJZ, seinen Höhepunkt findet, handelt unter anderem Parins »Brief aus Grönland«.

»Grönland liegt in Zürich. ...

Das Packeis ist schon länger da. Es besteht auch nicht, wie der *Spiegel* gemeint hat, aus einer altväterisch-bäuerlichen Mentalität, sondern aus einem dichten Netz von Verbänden, Interessenklüngeln und Pressure-groups, die sich ergänzen, verflechten, bekriegen, einander bei der Gurgel nehmen, wenn es um Profit geht, sich wieder die Hände reichen, wenn es zu wackeln beginnt, sich auch mal trennen, wenn die Verhedderung zu eng wird. Die Oberfläche glänzt allerdings nicht schlecht, altes Packeis, nur etwas Dreck darauf; die Bahnhofstraße, die Hotels, die Schweizer BundesBahn und die blauweißen Zürcher Trams, von den Autoschlangen gar nicht zu reden. Schreiben kann man über unser Grönland erst, seitdem es im Packeis kracht. Daß es bald schmelzen wird, glaube ich nicht.«[3]

Zürich, im Frühjahr 1996. Wenn in diesen Wochen ringsum auf den Bergen der Fön den Schnee schmilzt, beginnt die schönste Zeit des Jahres. Für den Durchreisenden eine Postkartenidylle. Die abschüssigen, verwinkelten Gassen, die alten Zunfthäuser, reichlich Buchhandlungen und Antiquariate, Privatgalerien, Kunsthandwerker. Touristen aus allen Kontinenten, alle Hautfarben, blonde Ra-

3 Brief aus Grönland, in: *Subjekt im Widerspruch*, S. 195.

stalocken, Congarythmen am Utoquai, englische, französische, italienische, japanische Lautmalerei.

Eine Atmosphäre gediegenen Reichtums und gelassenen Selbstbewußtseins. Das Opernhaus, Großbanken, Effektenbörse, Internationale Versicherungsgesellschaften.

Ein Abstecher ins Café »Select« am Limmatquai, »vom Lärm der Zürcher Trams, von den Autoschlangen direkt vor der Nase gar nicht zu reden.«

Gleich um die Ecke wohnt Jan Morgenthaler, der ältere Sohn von Frédéric und Ruth. Bei einem verabredeten Treffen kommen der Bruder Marco und die beiden Freundinnen, die Ethnologin Claudia Roth und die Malerin Manú Hophan, hinzu. Von Manú Hophan, von Fritz Morgenthaler und von dessen Vater Ernst hängen Ölbilder und Aquarelle in Paul und Goldy Parins Wohnung am Utoquai, zehn Gehminuten weiter flußaufwärts Richtung Zürichsee. Claudia Roth hat unter anderem in Westafrika, bei den Zara in Burkina Faso, ethnologische Studien über die Geschlechterbeziehung betrieben. Marco Morgenthaler machte noch als Student der Ethnologie in einem Team zusammen mit seinem Vater ethnopsychoanalytische Untersuchungen bei den Iatmul in Papua-Neuguinea.

Jan und Marco haben noch lebhafte Erinnerungen an ihre Kindheit und Jugend, die psychoanalytische Praxisgemeinschaft ihres Vaters am Utoquai, gemeinsam mit Paul und Goldy Parin, und an die regelmäßigen Treffen im Café »Select«, wenn das Trio nicht gerade mal wieder irgendwo in Afrika auf einer Abenteuerreise unterwegs war. Claudia und Manú zählen später mit zum engsten Kreis um die Morgenthalers und die Parins.

Jan und Marco erzählen: »Der Stammtisch jeden Sonntag hatte eine geradezu magische Aura, schon damals, als wir noch Kinder waren. Wir kamen dann zwar an einen ›Katzentisch‹, damit wir nicht störten. Goldy und Paul konnten Kinder in ihrer Nähe überhaupt nicht ertragen, vor allem, wenn sie quengelten oder gar, wenn sie schrieen. Aber wir quetschten uns, wann immer möglich, zwischen die Großen. Das war einfach immer so spannend. Eine ganz besondere, sehr lebendige Szene, eine Ausnahme hier in Zürich. Man hatte sich immer was zu sagen, Rede, Gegenrede, Kritik, Träume, auch Visionen. Das hat sich von der Atmosphäre her lange erhalten noch aus der Emigrantenzeit in den dreißiger Jahren.

Da war das ein wichtiger Umschlagplatz von Menschen, die nicht wußten woher und wohin und dann natürlich für entsprechende Informationen. Auch das ›Odeon‹ hier ganz in der Nähe. Aber das hat man inzwischen regelrecht kaputtgemacht, da ist heute leider zur Hälfte eine Apotheke drin. War wohl finanziell nicht mehr zu halten in der Größe. Aber seit den späten sechziger Jahren, die siebziger und dann, für uns in Zürich besonders bedeutend, die frühen achtziger Jahre, waren das *die* Schauplätze intellektueller Turbulenzen: stundenlange heftige Diskussionen, Flugblätter entwerfen, Aktionen planen und so weiter.«

Natürlich waren Jan und Marco als Kinder oft in der Praxis, wo Paul und Goldy zudem wohnten. Einmal wurden sie auch auf eine Afrikareise mitgenommen: »ziemlich strapaziös für uns, die wir abwechselnd zwischen Paul, Goldy und dem Schaltknüppel des Geländewagens ausharren mußten«. Aus dieser Kinderperspektive schildern die Morgenthalersöhne die Freunde Parin eher als »ziemlich verkopft«. »Das war immer ein purer Intellektualismus, während unser Vater schon eher das Lebendige, vor allem das Spielerische hineinbrachte, einfach vom Typ her und nicht nur, weil er auch ein ausgezeichneter Jongleur war. Später aber konnte man sich immer bei ihnen aussprechen – wenn wir zu Hause bei den Eltern gegen eine Wand anliefen. Dafür nahmen sie sich immer Zeit. Meist wurden einem die eigenen Probleme geradezu widergespiegelt, weil sie immer ein eigenes Erlebnis zu erzählen hatten, zeitlich oder geographisch versetzt, worin unser Problem sich dann geradezu aufhob. Dann konnte man immer entspannt und erleichtert fortgehen.«

Manú erinnert sich an die Zeit, als sie dazugekommen ist: »Das war schon die Hoch-Zeit der Zürcher Jugendbewegung mit dem sogenannten Opernhauskrawall und dem Autonomen Jugendzentrum, das die Stadt dann schließlich 1981 abreißen ließ. Ein »harter Kern« war immer derselbe bei diesen Sonntagstreffen im »Select«: Fritz und Ruth, Paul und Goldy und Manoli, ein altvertrauter Freund, ein Bohemien, der eigentlich zum Inventar gehörte, schon seit den Vierzigern. Und dann waren die unterschiedlichsten Leute da, aus allen Klassen und Schichten, Alte, Junge, manche waren schon zwanzig Jahre in diesem Zirkel.

Ich weiß noch, wie begeistert beide davon waren, von den Ideen der Jungen, die einfach anders leben wollten als ihre Alten, und was die alles am Staat, an den Eltern, Schule, Erziehung und so weiter kritisierten. Und vor allem, wie die sich das alles anders vorstellten. Sie haben uns immer ganz genau zugehört, waren nie oberlehrerhaft. Sie haben uns nicht unsere Bewegung ›weggenommen‹ oder sie gar an sich gerissen, nur weil sie von allem mehr Erfahrung und natürlich auch Wissen hatten.«

In dem Essay über das Altern als »subkulturelle Chance« erinnert sich Goldy Parin-Matthèy:

»Mao hat den Alten eine besondere, politische Rolle zugewiesen. Das hat mir anfangs sehr gefallen. Durch die Revolution waren die alten Strukturen der Großfamilie zerstört und damit die unentfremdete Funktion der alten Leute. Er hat die ›Omas‹ und ›Opas‹ politisch eingesetzt, sie sollten den jungen Generationen schildern, wie schlecht ihr Leben vor der Revolution war, so daß ihre Errungenschaften leuchten. Er hat die ›rollenlose Rolle‹ der Alten als ›oral history‹ fruchtbar einzusetzen versucht, aber einseitig, nicht im Sinne Freires, wo der Alte nicht nur seine Erfahrungen lehrt, sondern im Dialog mit den Jungen belehrt wird. Das ist dort wie hier, in hierarchisch strukturierten Gesellschaften, nicht zu haben, die Benutzung und Beschwörung der ›Erfahrung der Alten‹ eine Ideologie.«[4]

Paul (I)

Fragebogen. Paul Parin
FAZ-Magazin, 17. März 1995

– *Was ist für Sie das größte Unglück?*	Die Erfindung des Schießpulvers und der nuklearen Waffen.
– *Wo möchten Sie leben?*	In Utopia.
– *Was ist für Sie das vollkommene irdische Glück?*	Inexistent.
– *Welche Fehler entschuldigen Sie am ehesten?*	... Wenn ich was entschuldige, ist es kein Fehler.
– *Ihre liebsten Romanhelden?*	Tyll Ulenspiegel noch vor Don Quichotte.
– *Ihre Lieblingsgestalt in der Geschichte?*	Michail Bakunin.
– *Ihre Lieblingsheldinnen in der Wirklichkeit?*	Rosa Luxemburg.
– *Ihre Lieblingsheldinnen in der Dichtung?*	»G« in meinen Erzählungen (=Goldy Parin-Matthèy).
– *Ihre Lieblingsmaler?*	Goya noch vor Picasso und de Stael.
– *Ihr Lieblingskomponist?*	Keiner.

4 G. Parin: Subkulturelle Chance, in: *When I'm forty-four*, a.a.O., S. 213.

– *Welche Eigenschaften schätzen Sie bei einem Mann am meisten?*	Die gleichen bei Mann und Frau.
– *Welche Eigenschaften schätzen Sie bei einer Frau am meisten?*	Die gleichen bei Mann und Frau.
– *Ihre Lieblingstugend?*	Die Neugier.
– *Ihre Lieblingsbeschäftigung?*	Schlafen.
– *Wer oder was hätten Sie sein mögen?*	Ein Rotfuchs.
– *Ihr Hauptcharakterzug?*	Durch Skepsis gemilderte Schlauheit.
– *Was schätzen Sie bei Ihren Freunden am meisten?*	Daß sie nach mir sterben.
– *Ihr größter Fehler?*	Tut mir die Wahl weh.
– *Ihr Traum vom Glück?*	»Glück« ist kein Thema, weder im Traum, noch im Wachen.
– *Was wäre für Sie das größte Unglück?*	Wenn sich die Menschheit so weiterentwickelt wie bisher.
– *Was möchten Sie sein?*	Weder weise noch abgeklärt.
– *Ihre Lieblingsfarbe?*	Bunt.
– *Ihre Lieblingsblume?*	»... eine rote Nelke und kein Vergißmeinnicht«.
– *Ihr Lieblingsvogel?*	Waldschnepfe und Nachtigall.
– *Ihr Lieblingsschriftsteller?*	Alle Erzähler von Balzac bis Giorgio Bassani und Primo Levi.
– *Ihr Lieblingslyriker?*	Matthias Claudius.
– *Ihre Helden in der Wirklichkeit?*	Wer ein Held ist, der ist nicht mein Held.
– *Ihre Heldinnen in der Geschichte?*	Bisher noch keine.

– *Ihre Lieblingsnamen?*	Die in allen Sprachen gleich lauten.
– *Was verabscheuen Sie am meisten?*	Die gegenwärtige »Asylpolitik« der CH, D, usw.
– *Welche geschichtlichen Gestalten verachten Sie am meisten?*	Die derzeitigen Regierungschefs und Außenminister aller EU-Staaten.
– *Welche militärischen Leistungen bewundern Sie am meisten?*	Desertion.
– *Welche Reform bewundern Sie am meisten?*	Die Abschaffung der Armee.
– *Welche natürliche Gabe möchten Sie besitzen?*	Die magische Kraft, Kampfwaffen unschädlich zu machen.
– *Wie möchten Sie sterben?*	Rasch.
– *Ihre gegenwärtige Geistesverfassung?*	Gespalten: hoffnungslos und aktiv widerständig.
– *Ihr Motto?*	Ni Dieu, ni Roi.

Paolo Giulio Fortunato

»Der Tag beginnt mit einer Dosis Speed (Weckamin), um ganz wach zu werden, und dem Glas Wasser mit einer großen Dosis Vitamin C, zusätzlich etwa ein Aluminiumhydroxid, sofern der Magen wegen Überlastung drücken sollte, und ein schleimlösendes Mittel, um die Bronchien freizukriegen. Dazu eine Tablette mit Verdauungsenzym zur Anregung des Darms. Das genügt, um nach dem Frühstück das Labor zu besuchen. Die Lektüre der Post und der eingetroffenen Publikationen mag verstimmen. Bevor sich depressive Gedanken einstellen, eine genügende Dosis Morphium oder Heroin, zusätzlich ein Anabolikum, das den Appetit für das Mittagessen erfreulich anregt. Der Espresso begleitet die Unterhaltung mit Besuchern. Danach benötigt der Professor meist ein Glas Rotwein, das der Schläfrigkeit zur Siesta zum Durchbruch verhilft. Beim Erwachen um halb fünf allerdings ist am besten eine Dosis Kokain – gegen Abend kein Speed! –, damit die nun folgende geistige Arbeit bald in Gang kommt. Das sind die kreativsten Stunden. Ist die Arbeit gut vorangekommen, braucht es für den Abend keine weitere Hilfe. Will sich das zur Entspannung nötige Wohlbefinden nicht einstellen, hilft am besten wieder ein Opiat. Dann Gäste, Kino, Theater oder Lektüre, bis es Zeit ist, mit einem rasch wirkenden, gut ausscheidbaren Barbiturat die Nachtruhe einzuleiten, nicht ohne die tägliche Dosis von Acidum salicylicum zur Vermeidung von Blutgerinnseln in den Gefässen und einer Dosis Magnesium gegen das Auftreten nächtlicher Wadenkrämpfe.

… Ich selber gehöre zu jenen Pharmagreisen, die sich mittels Zufuhr erhaltender und fördernder Mittel und Mittelchen ein angenehmes Alter gestatten und bewahren.«[5]

Jener »Professor«, Otto Loewi, Nobelpreisträger für Medizin im Jahr 1936, war 92 Jahre, als er Paul Parin in die Geheimnisse des Erhalts seiner höchst beeindruckenden geistigen und körperlichen Fitness einweihte. Paul Parin betont, er schreibe bevorzugt in einer Kombination aus Phantasie und autobiographischen Begebenheiten.

Wer Paul Parin heute kennenlernt, trifft auf einen geistig und körperlich trotz seiner Gehbehinderung höchst lebendigen Menschen. Ausgesprochen gesund lebt er nicht. Nach allgemeinem

5 Weise Pharma-Greise. Ein Lob auf die Segnungen der Pharmakologie und ein Plädoyer auf die Lebenshilfe als Altersglück, in: *Supplement Weltwoche*, Zürich, März 1995, S. 12,13.

Volksverständnis, kassenärztlicher Empfehlung und ministeriellen Warnungen. Demnach raucht er zuviel, sie auch. Schwarze filterlose Zigaretten. Und das seit den Afrikaexpeditionen, die vor vierzig Jahren begannen. »Es gab damals im französisch geprägten Westafrika nichts anderes, und so haben wir uns halt daran gewöhnt.« Aber es tut ihm offensichtlich gut, so zu leben. Sich nichts zu verkneifen, was stimuliert.

Bücher, immer wieder neue Bücher, zahlreiche periodisch erscheinende Broschüren von Antikriegsinitiativen, die meisten aus dem ehemaligen Jugoslawien. Saloppe Kleidung, Jeans- oder Cordhose, Sakko, Hemd mit offenem Kragen, wenn's kälter ist, ein Lederkäppi. Aber kein Image eines »Berufsjugendlichen«. Immer trägt er zwei kupferne Armreifen, ein afrikanisches Andenken. Immer auch einen Ring mit einem kleinen Stein in der Silberfassung. Höchste Unlustgefühle, als er einmal anläßlich eines unausweichlichen offiziellen Empfangs bei einem noblen Zürcher Kantonsgranden einen dunkel-dezenten (sichtbar alten) Anzug und eine (ebenso längst in die Jahre gekommene) Krawatte tragen mußte.

Gerne ein gutes Nachtessen mit Freunden. Diskussionen, in regen Briefwechseln gerne fortgesetzt.

Leicht verfällt er ins Erzählen. Rückblenden. Episoden aus der Kindheit in Slowenien, immer wieder Jugoslawien, immer wieder Afrika. Keine angestaubten Veteranenhistörchen. Episoden auch aus der Schweiz. Aber darüber schreibt er so gut wie gar nichts, erst recht nichts Positives. Er erzählt, was ihn schließlich zum Schreiben stimuliert hat und immer noch stimuliert. Es ist nicht so, daß er Goldy nicht zu Wort kommen läßt. Es ist tatsächlich mehr wie ein Ping-pong-Spiel, wenn beiden eine Anekdote einfällt oder etwas, worüber sie sich ärgern oder freuen. Man kann ihnen dann zuhören wie einem Stereoempfänger: zwei akustische Signale, gleichzeitig zu empfangen, komplementär.

Einen so guten alten Freund wie Goldy in der Gundl Herrnstadt-Steinmetz, hat er nicht mehr. Ab und zu verabredet er sich noch mit Elio Canevascini zum Forellenfischen. Der drei Jahre ältere Canevascini gehörte damals zum Team der Schweizer Ärzte- und Sanitätshilfe, CSS, das in der jugoslawischen Partisanenarmee 1944 zum Einsatz kam. Zum Freundeskreis gehören inzwischen weit mehr schreibende, malende und filmende Künstler als Kollegen aus dem Umfeld der Psychologie.

Eine alte Typenradschreibmaschine neben dem großen Holzschreibtisch im Salon. Längere Texte und Briefe diktiert er der langjährigen Sekretärin Ruth Bitterlin. Zwei museale schwarze klobige Telephone, no PC, no Fax. Wohl ein Videorecorder. Alte Schallplatten, kein CD-Spieler. Paul Parin, ein großer Freund des Theaters und der Malerei, hat im Gegensatz zu Goldy überhaupt keine Beziehung zur Musik. Er begründet dies physiologisch: Als kleiner Bub habe er wegen seiner Hüftgelenkmißbildung zwei Jahre lang »vom Hals bis zu den Fußspitzen eingemauert«im Gipsbett zubringen müssen. Gerade dieses Alter, zwischen zwei und vier Jahren, sei aber entscheidend für die Ausbildung des Musik- und Rhythmusempfindens. Dies habe er verpaßt und darauf wohl auch zeitlebens mit einer Verweigerungshaltung reagiert.

Wien, Winter 1996. Gundl Herrnstadt-Steinmetz über Paul Parin »Was ich so großartig an dem Mann finde, sind zwei Dinge: Erstens einmal ist er imstande, aus allem, was er erlebt hat, Literatur zu machen. Aus allen seinen Erlebnissen schafft er es, den Bodensatz herauszuholen, das ist großartig. Es gibt da manchmal Dinge, wo ich mir denke: Wer ist eigentlich darauf neugierig? Wer wird so etwas je lesen? Aber er macht eine unerhört interessante und attraktive Geschichte daraus. Die zweite Sache ist: Er ist dermaßen einsatzwillig und einsatzbereit. Und er ist grenzenlos. Einmal kümmert er sich um einen Rauschgiftsüchtigen, ein andermal wird er sich für einen falsch oder schlecht behandelten Kriminellen einsetzen – jetzt rede ich gar nicht von diesen großen Sachen: Jugoslawien und Freiheit und sozialistisches Gedankengut, davon rede ich gar nicht. – Es gibt nichts, was ihn nicht berührt.«

Novi Kloŝter (I)

»Ein Psychoanalytiker könnte als Kind keinen besseren Anschauungsunterricht haben als die starr durch Machtverhältnisse und Arbeitsteilung gegliederte, gegen außen, von der profanen Welt der Bauern und der Städte durch Wiesen und Forste getrennte Welt eines Großgrundbesitzes, einer vielköpfigen Großfamilie, die untergründig von Liebe und Haß durchströmt und bewegt wird. Die Rätsel des Lebens müssen erst hier gelöst werden, bevor man hinausblickt in die unheimliche und verführerisch lockende Fremde.«[6]

»Heimat ist dort, wo man geboren ist«?

Paolo Giulio Fortunato Parin, Rufname Paul, wurde als zweitältestes von drei Kindern der Eheleute Otto und Renée Parin-Baumgarten auf einem alten Schloß, Novi Kloŝter, in der Südsteiermark geboren.

Zwei Autostunden von Laibach in Richtung Marburg gelegen, wie die slowenischen Städte Ljubljana und Maribor noch in jener Zeit des Niedergangs der Habsburger Monarchie geheißen haben. Novi Kloŝter ist, seit der überstürzten Flucht der Eltern 1941, heute längst nicht mehr im Familienbesitz, aber auch nicht mehr Staatseigentum wie in der Tito-Ära. Man kann heute immer noch lebhaft nachempfinden, in welche Welt Paul Parin 1916 hineingeboren wurde, weil er sehr anschaulich, detailliert – zweifel-

6 Ein Regen in Triest …, in: *Untrügliche Zeichen von Veränderung* …, S. 32.

los aus einem Gefühl großer Verbundenheit mit dieser Gegend und ihren Bewohnern – darüber schreibt und erzählt. Ein Rückblick aus dem Jahr 1992 nach einem Besuch Paul und Goldy Parins in Novi Kloŝter.

»Im weiten Tal, der Savinjska Dolina, grünten die Hopfenfelder. Die an Drähten gezogenen Ranken sind in dieser Jahreszeit dunkel und üppig, sie bilden einen sechs Meter hohen dichten Wald. Als ich dort aufwuchs, war das Tal eine Elendgegend. Daran war der Hopfen schuld. Der wächst nur an wenigen Orten in Europa mit jenem Gehalt an Lupulin, der das Bier bitter macht. In Žalec, das damals ein Dorf war, heute eine Stadt, gab es im September nach der Ernte die Hopfenbörse. Der internationale Markt bestimmte den Preis. Der getrocknete Hopfen muß verkauft werden, ein Jahr später ist er ausgeraucht, wertlos. Die Bauern nahmen Kredite, eine Pflanzung kostet viel und bringt erst im vierten Jahr den vollen Ertrag. Der vom freien Markt diktierte Preis fiel und fiel und stieg mitunter. Damit kann kein Bauer leben. Alle waren verschuldet, die meisten wurden Trinker. Deshalb mied die Industrie die Gegend. Im Krieg verfielen die Pflanzungen. Der sozialistische Weg brachte eine Zwangsbewirtschaftung, es wurde ein Riesensilo und eine kollektive Trockenanlage gebaut. Jetzt war jeder Bauer imstande, beste Qualität zu liefern. ... Neue Industrien sind hergezogen. ...

Auf der Fahrt erkenne ich noch die Plätze im Wald, wo wir als Kinder Pilze gesucht haben, wo ich als großer Junge Haselhühner gelockt habe. Die Dörfer kenne ich nicht mehr. Fast alle Häuser sind neu oder renoviert, die Wege sind durch Asphaltstraßen ersetzt; nur an den Kirchen, Kapellen und Friedhöfen erkenne ich die Stätten meiner Kindheit.

Novi Kloŝter blickt noch auf das Tal hinunter, aber die Felder sind nicht bestellt, die einst trockengelegten Wiesen werden wieder sauer. … Das Schloß wird nicht mehr lange stehen. Das Dach der Kirche ist eingestürzt, ein Stockwerk zusammengebrochen. Nur die meterdicken Mauern und der Bogengang des ältesten Klostertrakts halten noch. … Die Teiche sind versumpft, von Schilf überwachsen … Unten im Tal jenseits der Savinja ist ein großer Stausee entstanden.«[7]

Novi Klošter (II)

Zum Gutshof gehören zu jener Zeit rund 40 Angestellte. Mit Kindern, schätzt Paul Parin im Rückblick, sind es 50 bis 60, die zur Familie dazugehören. Das Weihnachtsfest etwa wird zusammen gefeiert. Die Männer bekommen meist Geldgeschenke, die Frauen Stoffe, Schuhe, Hemden. »Irgendwie war da immer eine untergründig hektische Stimmung. Der Vater mochte solche Ereignisse außerhalb des gewohnten Alltagsablaufs überhaupt nicht. Nach den Erwachsenen wurden noch rasch die Kinder beschert, damit man bald zum Essen übergehen konnte, weil ja noch der Weg der Leute zur Christmesse anstand. Die Familie Parin fuhr selbstverständlich nicht zur Christmesse. Es gab rituell ein kaltes Essen. Die Anwesenheit dieser Menschen verbreitete einen üblen Geruch, denn sie pflegten ihre Schuhe damals mit Fischtran einzureiben.«

»Das ›neue‹ Jugoslawien, in dem unser Landgut lag (vormals Südsteiermark), wurde bald zu einer Art monarchischer Militärdiktatur, die eine Vielzahl von Völkern, Splittergruppen, Minderheiten, verschieden nach Entwicklungsstand, Religionen und Traditionen unter ihrer Gewalt und Bürokratie zusammenhielt und unterdrück-

7 *Untrügliche Zeichen von Veränderung …*, Vorwort zur 3. Auflage, S. 9, 10.

te. Das Slowenische war die Sprache in unserer unmittelbaren Umgebung.«[8]

Und damit, besonders in der Kombination mit dem damaligen Bildungsniveau und dem pädagogischen Klima der öffentlichen Schulen vor Ort, den Eltern nicht gut genug als erste Lernsprache für ihre Kinder. Sie entscheiden sich für einen Unterricht durch private Hauslehrer.

»Für die Entwicklung jedes Kindes ist eines der ausschlaggebenden Momente, wie seine Eltern zur Schule stehen,« notiert Parin fünfzig Jahre später in einem Essay über »Die hoffnungsvolle Kindheit und das gefährliche Leben des Kleinbürgers«:

»Die Schule, in jedem Fall ein Agent der Machtverhältnisse im Staat, greift nicht nur nach ihrer Eigengesetzlichkeit in die Sozialisation ein. Viel wichtiger ist es, ob Eltern ihre Kinder der Schule ausliefern, sie einfach hingehen lassen, ein Gegengewicht zu den Einflüssen der Schule bilden u.ä.m.«[9]

»Ich kann dazu nur sagen: Zum Glück habe ich keine Schule besucht. Durchschnittlich hatte ich gerade mal zwei bis vier Unterrichtsstunden am Tag, hatte also immer sehr viel Zeit für mich, und trotzdem war der Unterricht lehrreich und intensiv. Insgesamt gab es während sieben Jahren insgesamt drei Hauslehrer: Einer liebte besonders die Römer und Themen aus der arabischen Welt, ein arbeitsloser Wirtschaftsjournalist, der zweite, ein sehr unangenehmer, unheimlicher, war ein Jesuit, der dritte ein fauler, ein ewiger Student. Ab und zu schrieb ein Schüler des Grazer Realgymnasi-

8 *Ein Regen in Triest* …, a.a.O., S. 33.

9 Die hoffnungsvolle Kindheit und das gefährliche Leben des Kleinbürgers, in: *Kursbuch 45*, Wir Kleinbürger, 1976, S. 124.

ums gegen ein kleines Entgelt, um über den Stand des aktuellen Lehrstoffes zu berichten.«

Zweimal im Jahr legt Paul Parin an dem von seinen Eltern ausgewählten Grazer Lichtenfels-Realgymnasium Prüfungen ab, um später zum Abitur zugelassen werden zu können. Der ›Externe‹ hat stets ausgezeichnete Noten und gilt als ›Vorzugsschüler‹.

»Das Gewirr von Nationen – muselmanische Bosnier, pravoslawische Serben, katholische Kroaten und Dalmatiner, Montenegriner, Makedonier, Banater Schwaben, Bačka-Ungarn, Gotscheer Deutsche, Slowenen italienischer Sprache in Görz und Istrien und viele andere – war uns gleich fern und unbekannt.

Erst allmählich begann ich zu verstehen, daß etwa die Bosnier Muselmanen waren, verschleierte Frauen, die kleinsten Kühe und die ärmsten Felder hatten, weil sie als die letzten aus der türkischen Herrschaft in die österreichische hinübergetaumelt waren, und daß die Slowenen, die unten im Tal, auf den Hügeln und in der Kreisstadt Celje wohnten, deutsch konnten, weil ihre Schulmeister sie zu geeigneten Hausbediensteten in den Bürgerfamilien der österreichischen Monarchie erziehen mußten, und daß sie darum nicht imstande waren, ihre Bauerngüter selbständig zu verwalten, ihre eigenen Kinder zu erziehen und es nicht einmal fertigbrachten – zur Ehrlichkeit gedrillt – die serbischen Gendarmen, Beamten und Richter mit kleinen Gaben zu ihren Gunsten zu stimmen. So lernte ich, die soziale und ökonomische Eigenart der Jugoslawen unter dem Titel ihrer nationalen Namen zu verstehen.«[10]

»Als ich ein Jahr vor der Matura aufs Gymnasium wechselte, weil ich wenigstens einmal wie andere Jungen zur Schule gehen wollte,

10 *Ein Regen in Triest* …, a.a.O., S. 33.

wurde ich in jener dort vorherrschend deutschnationalen, kleinbürgerlich-bürokratischen Atmosphäre angekündigt als ›Ausländer, Jude und Kommunist‹. Praktisch alle Lehrer waren Nazis bis auf den Direktor, ein Katholik, aber ohne Autorität. Auf der Universität, wo ich mich für Medizin einschrieb, gaben hingegen die ›Schwarzen‹, die Katholiken also, den Ton an. Außerdem waren dort viele Emigranten aus halbfaschistischen oder anderswie desolaten Ländern, aus Bulgarien, Italien, Jugoslawien, Ungarn, die alle studieren wollten: Kommunisten, linke Oppositionelle, Antifaschisten.«

»Obzwar ich alles Nationale und Völkische mit dem Aufkommen des Nationalsozialismus zutiefst verabscheuen lernte, ist die Erforschung der fremden Außenwelt, in der die vertraute Insel Novi Klošter lag, der erste Anlaß dafür, daß ich in viel späteren Jahren die Psychoanalyse mit der Völkerkunde verbunden und ethnopsychoanalytische Studien betrieben habe.«[11]

Angeregt durch Goldy sowie durch Freundinnen und Freunde aus dem verlegerischen Umfeld in Zürich entdeckt Paul Parin noch vor seinem »literarischen Abschied« von diesen ethnologischen Studien Mitte der achtziger Jahre seine Kindheits- und Jugenderinnerungen für ein öffentliches Publikum. 1980 erscheint die erste Auflage von *Untrügliche Zeichen von Veränderung. Jahre in Slowenien*. Auch in den folgenden, seit Anfang der neunziger Jahre erschienenen Erzählungen liefert er immer wieder neue Einblicke auf die Bühne und vorzugsweise hinter die Kulissen von Novi Klošter: Milieustudien im Umfeld der »profanen Welt der slowenischen Bauern«, Aufstieg, Zenit und sozialer Abstieg einer »typisch assimilierten jüdischen Familie der Gründerjahre«.

11 ebenda, S. 33, 34.

Diese Saga beginnt in den sechziger Jahren des vorigen Jahrhunderts:

Nach jenem Vormittag in Triest

»Wenn es an jenem Vormittag ... in der schönen Hafenstadt Triest nicht geregnet hätte, wäre alles anders gekommen. Ich wäre nie geboren worden, oder geboren und später in Auschwitz vergast, oder ein alternder Handelsangestellter in Bronx, Buchhalter bei der Shell in Buenos Aires, Schafhirte in Galiläa-Israel. Oder sonst ein jüdisches Schicksal.«[12]

Da es aber regnet, hat Parins Großvater, damals noch ein junger Mann und soeben in Triest von der Schweiz her angereist, eine einfache, aber geniale Idee. Deren Umsetzung läßt ihn nicht nur alsbald wohlhabend werden sondern spornt ihn zu immer neuen innovativen Ideen an.

»In wenigen Jahren beherrschte der Großvater den gesamten Kaffeeimport der k.u.k. Monarchie und wurde so reich, daß er seinen nüchternen Verstand und sein Geld, ... das in Papieren, Wechseln und Krediten verborgen lag, weiteren Unternehmungen widmen konnte.«[13]

Eine solcher »Unternehmungen«, vermutlich eine im Vergleich zu den sonstigen Transaktionen bescheidene, ist der Kauf des Jagdschlosses Novi Kloŝter im Jahre 1901, das dem jüngeren Sohn Otto zur Erfüllung »seiner dem Stand angemessenen Pflichten eines Familienvaters« als Landsitz übereignet wird.

12 ebenda, S. 29.
13 ebenda, S. 30.

Es ist ein von Respekt und – distanzierter – Ehrfurcht geprägtes Bild, das Parin auf einigen Seiten seiner Bücher vom einst millionenschweren Großvater Giulio zeichnet. Während Paul Parin den väterlichen Großvater nicht gekannt hat – er starb bald nach seiner Geburt – erfahren wir in einem anderen Zusammenhang etwas über den Vater der Mutter, Heinrich Baumgarten. Dieser war ebenfalls ein jüdischer Self-made-man, Generaldirektor eines Industriekonzerns in Budapest:

»Wenn der Großvater zu Besuch kam, brachte er oft eine Reisetasche voll frisch gekaufter Bücher mit, die er mit der Bemerkung ›alles Mist, nichts Gutes, lest das nicht Kinder‹, daließ.«[14]

Was Enkel Paul natürlich nicht beherzigte.

Paul Parin schreibt viel und detailgenau über seine Familie, ehrlich und unbefangen aus der Kinderperspektive, deutlich differenziert und psychologisch aufgearbeitet aus der Distanz des erwachsenen, psychoanalytisch geschulten Schriftstellers:

Renée Baumgarten, Otto und Emma Parin

»Meine Mutter war eine stille, gütige Frau, meine ältere Schwester ein lebenslustiges kleines Persönchen, mein jüngerer Bruder mein bester Spielgefährte.

Eine gähnende Langeweile geht von solchen Halbwahrheiten aus, die zu entlarven, deren verborgene lebensvolle Dramatik aufzudecken mein Beruf geworden ist.«[15]

14 *Fluß an der Grenze*, a.a.O., S. 69,70.
15 *Ein Regen in Triest ...*, a.a.O., S. 32.

Die ›Gruppendynamik‹, wie ein Soziologe das nennen würde, verhält sich in der Tat anders auf Novi Kloŝter. Konsequent steht vorwiegend der Vater im Mittelpunkt, wenn Paul Parin über seine Familie erzählt. Im Gegensatz zum Vornamen von Mutter, Bruder und Schwester, wird der des Vaters an keiner Stelle genannt.

An der starken, dominanten, die Kinder eher auf emotionalen Abstand haltenden Persönlichkeit von Otto Parin, reiben sich alle Angehörigen denn auch bis zu dessen Tod im Alter von 96 Jahren.

»Es fehlte nicht an Ritualen der Zärtlichkeit. Als wir klein waren, gab es Gute-Nacht-sagen, nach italienischer Sitte rechts und links einen Kuß auf seinen Bart, später nur bei Abreisen oder nach längerer Abwesenheit. Umarmungen irgendwelcher Minister im Fernsehen erinnern mich an meinen Vater. Als ich schon ziemlich alt war, gab er mir die Hand und sah mir dabei ins Gesicht, was ich als Zeichen seiner Zuneigung verstanden habe.«[16]

»Da es die Eltern vorzogen, uns Kinder zu Hause unterrichten zu lassen, wuchsen wir in bezug auf gleichaltrige Spielgefährten sehr isoliert auf. Ich habe mir immer einen Freund gewünscht. Die zahlreichen Kinder der Knechte und Mägde liefen immer weg, wenn ich mit ihnen spielen wollte; der Sohn des Gutsherrn war wohl für sie ein soziales Tabu.

Zum Glück verstand ich mich aber gut mit meinem jüngeren Bruder Otto. Alle nannten ihn Toto. Wir waren ein Herz und eine Seele, gingen zusammen fischen und auf die Jagd. Daß wir miteinander konkurrierten oder eifersüchtig aufeinander waren, kam überhaupt nicht in Frage. Wir gingen uns sogar bewußt aus dem Wege, wenn klar war, daß einer besser war als der andere, zum

16 Ergänzung einer Grabrede, in: *Karakul*, S. 20.

Beispiel im Sport, beim Tennis und so weiter. Wir waren beide gewissenmaßen Opfer eines Familienmythos: ich steckte sehr bald in der ›Schublade‹ als reiner Kopfmensch, abgestempelt, nicht imstande für praktische Tätigkeiten zu sein. Mein Bruder galt dagegen als der Praktiker, der denn ja auch ausersehen wurde, den Hof zu übernehmen. Damit hatte Otto schlechtere Karten als ich, denn er kam damit in den Wirkungs-Bann-Kreis meines Vaters. Der ließ es nie, auch mir gegenüber nicht, dazu kommen, daß einer seiner Söhne auch nur annähernd gleich gute Leistungen vollbrachte als er selber. Dabei wurden wir Kinder durchaus dazu angehalten, möglichst schnell selbständig zu handeln und uns auch in praktischen Dingen selbst helfen zu können.

Otto hatte besonders unter diesen Eifersüchteleien des Vaters gelitten. Als er dann auch wirklich Landwirtschaft studierte, durfte er erst recht nie etwas Eigenständiges, gar etwas Verantwortliches auf dem Hof tun, wo er doch nirgendwo bessere Voraussetzungen hat finden können als auf Novi Kloŝter: die gesamte Bandbreite der Landwirtschaft von der Viehzucht über den Anbau von Hopfen und Heilpflanzen bis zur Samenzucht. Otto ist denn auch schon 1949 in die USA ausgewandert. Ihn trieb es möglichst weit weg, nicht mehr von den Nazis, die waren besiegt, sondern von der Familie. Er ist 1993 in Pennsylvania gestorben.«

Die drei Jahre ältere Schwester Emma taucht auch immer wieder einmal in Pauls Erzählungen aus Slowenien auf: eine schöne, sportliche und stattliche junge Frau. Doch ihr Lebenslauf ist ebenso wie der Ottos eindeutig vom Vater vorgezeichnet. Wie der älteste Bruder vermag auch sie sich nicht den Ausbildungsvorstellungen ihres Vaters zu widersetzen, der sich bei keinem seiner Kinder dabei um deren Neigungen und Wünsche kümmert.

»Emma hatte am meisten Streit mit dem Vater. Auf sein Geheiß machte sie aber doch eine Buchbinderlehre, ging nach Budapest, wo sie eine sehr gute Lehrstelle fand, kam zurück und machte die

Meisterprüfung. In Novi Kloštev betrieb sie dann eine eigene Buchbinderei. Nach der Auswanderung ins Schweizer Exil creignete sich dann aber etwas ganz bezeichnendes: seither hat sie nie mehr ein Buch angerührt, außer zum Lesen. Fortan arbeitete sie als Sekretärin und Übersetzerin, ich erinnere mich, daß sie auch für Max Horkheimer gearbeitet hat.

Später hat sie sich dann in Lugano selbständig gemacht. Dort lebt sie allein, seit ihr zweiter Mann gestorben ist.«

»Die Liebe der Mutter muß mir schon frühzeitig die innere Sicherheit verliehen haben, den ödipalen Konflikt nicht etwa zu vermeiden, aber anders zu lösen als es in assimilierten jüdischen Familien des bürgerlichen Zeitalters meist der Fall ist.«[17]

»Meine Mutter war eine richtige Dame, die ihre Schüchternheit und auch oft leicht depressive Stimmungslage hinter einer sehr kontrollierten Haltung verbarg. Niemand hätte vermuten können, daß sie dem Vater, ihrem Mann so unterworfen ist, eben weil sie als Dame selbständig auftrat, selbständig dachte und handelte. Aber das war eine Maske. Sie hätte sich kaum je gestattet, in der Öffentlichkeit zu weinen oder so. Sie war eine sehr liebevolle Mutter, die sich aber von der Lebensführung so ausbeuten ließ, daß sie für ihre drei Kinder, die sie alle drei sehr gerne hatte – fast keine Zeit gehabt hat. Ich war wahrscheinlich der etwas Bevorzugte. Als kleiner Junge mußte ich zwei Jahre lang im Gipsbett liegen, da hat sie mich sehr liebevoll gepflegt, was natürlich eine sehr innige Beziehung entstehen läßt. Sie war geistig viel differenzierter als mein Vater. Zum Beispiel hat sie sehr gerne gelesen, war in Belgien zur Schule gegangen, hat Unterricht in französischer Sprache erhalten, dann in Ungarn in einem jüdischen Mädchengymnasium. Meine Neigung

17 ebenda, S. 16.

zur Literatur, die nirgends in der Familie vertreten war, habe ich von ihr geerbt. Sie hatte immer ein Buch auf dem Nachttisch, oft ein halbes Jahr lang immer das gleiche, weil sie so müde war am Abend von diesen Arbeitslasten, daß sie es gar nicht lesen konnte. Sie teilte durchaus die Welt meines Vaters, gar nicht gerne, aber das war einfach so in einem konservativen Milieu. Die Eltern hatten aber immer in einer Spannung miteinander gelebt, und immer erlebte ich sie von A bis Z als die Unterlegene.«

»Sigmund Freud hat festgestellt, daß der geliebte Sohn einer glücklichen Mutter diese einzigartige Gunst des Schicksals nie verliert, daß aber der unausweichliche Konflikt mit dem Vater so überwunden wird, daß sich der Sohn schließlich – nach inneren und äußeren Kämpfen – mit der Autoriät des Vaters identifiziert, um seinerseits später dem Vater ähnlich zu werden. Die Ideale, die Gebote und Verbote, die er unweigerlich verinnerlicht, stammen eigentlich von den Großeltern, sind die überlieferten Traditionen, Grundlage und Kern des Überichs.«[18]

Der Vater

> ... Und wenn dir einst von Sohnespflicht
> Mein Sohn dein alter Vater spricht:
> Gehorch ihm nicht! Gehorch ihm nicht!
> RICHARD DEHMEL[19]

»Aufgewachsen ist er in Triest, das damals noch zu Österreich gehörte, als Sohn jüdischer Eltern, jedoch ohne jüdische Tradition und Religion, wohl aber mit einer vorzüglichen Eliteschulbildung. Er sprach fließend italienisch, französisch, englisch und deutsch, beherrschte zweifellos sowohl die gepflegten Umgangsformen

18 ebenda, S. 16.
19 zitiert ebenda, S. 7.

eines Grand Seigneurs wie die Attituden eines Playboys. Er war dynamisch, ein rundum erfolgreicher Sportler, ein Pionier auf vielen Gebieten. Zum Beispiel überflog er als erster in einem Freiluftballon die Adria; er machte weite Reisen, Jagdexpeditionen am oberen Nil und in Indien. In der Schweiz war er ein preisgekrönter Schütze.

Aber nicht nur in der Freizeit tat er sich hervor; auch aus Novi Kloŝter machte er bald einen landwirtschaftlichen Musterbetrieb.«

»In allen Sprachen konnte er wunderbar Geschichten erzählen, eine Fülle von Erlebnissen, Abenteuern, spannende oder komische, aber nie traurige. ...

Er war dem Leben zugewandt und hatte die seltene Gabe, sich von Schicksalsschlägen nicht verletzen zu lassen. Es war ihm immer selbstverständlich, auf Seiten der Unterdrückten und Verfolgten zu stehen. ... Die Unbeugsamkeit seines Charakters hatte uns Kindern oft zu schaffen gemacht. Seine bedingungslose Aufrichtigkeit und sein Mut, mit dem Leben fertig zu werden, haben uns ein Vorbild gegeben.«[20]

»Zeit seines Lebens ist er ein typischer Gentleman des 19. Jahrhunderts geblieben: ausgesprochen konservativ in Lebensführung und Ansichten, aber doch mit dem Gedankengut des liberalen europäischen Bürgertums. Hätte er in England gelebt, hätte er sicher Tory gewählt, aber den liberalen Flügel. Ich kannte ihn nicht anders als festgefügt im Klassendenken als einer unabänderlichen Größe.

Schweizer Staatsangehöriger war er seit 1899, durch die Hilfe eines Geschäftsfreundes und gegen Zahlung von fünfhundert

20 ebenda, S. 9.

Schweizer Franken, womit sich erklärt, wie auch ich zu meiner Staatsangehörigkeit gelangt bin. Aber einer bestimmten nationalen Identität fühlte er sich sicher nicht zugehörig. Das ganze gehobene Bürgertum mit dem liberalen Gedankengut der Stadt Triest gehörte damals der italienischen Irredenta an, also weg von Österreich-Ungarn. Wenn überhaupt, dann fühlte er sich wohl allem Italienischen nahe, kulturell. Ich sehe mich selbst als solch einen Fortsetzer dieses Gedankenguts, das seit der französischen Revolution in den oberen Klassen vorhanden war.«

Wer sich über die »Ergänzung einer Grabrede«, »Karakul« und »Ein Regen in Triest …« hinaus Parins Erzählung über »Die Mailänder Vettern« vergegenwärtigt, wird dort mit der für ihn typischen Mischung aus facts und fiction ein anschauliches Beispiel für das letzten Endes tragische Milieu einer reichen jüdischen Oberklassenfamilie im politischen und soziokulturellen Umbruch unter dem Hitler- und Mussolinifaschismus finden. Auch wenn die Bilanz des Sohnes aus seiner Beziehung zum Vater voller Anerkennung von dessen Lebensleistungen und auch menschlichen Qualitäten ist, ist nicht zu übersehen, daß den meisten Raum der Erzählungen Episoden einnehmen, die Paul Parin im Autoritätskonflikt erlebt, in der Wahrnehmung von Bigotterie, Ungerechtigkeit und Ignoranz, von Versprechungen, die der Vater seiner Frau und seinen Kindern gegenüber machte und nur selten einlöste:

»Ausschlaggebend ist, daß ich in sehr jungen Jahren, jedenfalls bevor ich lesen lernte, die Einsicht gewann, daß mein Vater beides war, erstens ein gefürchteter – und bewunderter – oberster Herrscher und zweitens ›schlimmer als ein Vieh‹. Daß sich die Moral, die er vertrat, auch und vor allem auf das Sexuelle bezog, war mir klar. … Für mich ergab sich die Aufgabe, zwei verschiedenartige Haltungen dem Vater gegenüber einzunehmen. Eine gleichsam rituelle, die dem pater familias galt, und eine kritische, widerständige, ja verächtliche gegenüber dem kalten Egoisten, der jenseits der durch seinen Willen geschaffenen Rechtslage tat, was er wollte. Es ist mir vorerst ganz unbewußt gelungen, beide Einstellungen nebeneinander zu bewahren. Erst um die Zeit der Pubertät wurde mir bewußt, wie wichtig es sei, meine Revolte nicht durch den Untertanen korrumpieren zu lassen.

Noch später habe ich eingesehen, wie gut mir der Vater ganz gegen seinen bewußten Willen bei dieser schwierigen Entwicklung geholfen hat. Dies neben den Zeitereignissen, die einer ungebrochenen Identifizierung mit einem solchen Vater, einer bewußtlosen Übernahme seiner Autorität kraß entgegenstanden.[21]

Das erzieherische Repertoire der großbürgerlichen Familie und erst recht des Patriarchen an der Spitze der Pyramide wird zwar einerseits als einengend, andererseits aber auch im Reichtum seiner Chancen zur Selbstfindung erlebt:

»Es ist das Prinzip, den doppelten Weg als Angepaßter und als Revolutionär gegangen zu sein.«

»Für mich war wesentlich, daß ich seit der Zeit meiner Kindheit und Jugend stets große Freiräume hatte. Ich konnte immer weg,

21 ebenda, S. 17, 18.
Als P. P. diesen Text vor der Veröffentlichung zu lesen bekam, reagierte er darauf mit folgender Bemerkung: »Ich finde, daß ›Vater‹, der für mich sicherlich wichtig war, in der Darstellung ein größeres Gewicht bekommt als ›Mutter‹, die mich ›psychologisch‹ mehr ›geformt‹ hat. Warum? Weil ich einen langen Text über ihn geschrieben habe (Grabrede)? Über Mutter wollte ich nicht speziell schreiben, mit einer *guten* Mutter, die eine *Unterdrückte* war – objektiv – ging es mir nicht von der Hand. Über sie: im Artikel über ›Glück‹ im Kursbuch und in ›Kurzer Aufenthalt in Triest‹, die Geschichte mit den Erdbeeren.«

konnte mich immer zurückziehen. Das Haus war groß, die waldige Umgebung weitläufig. Wenn man mit einer derartigen Familie in einer Dreizimmerwohnung aufgewachsen wäre, dann hätte man ziemlich sicher neurotisch werden müssen.«

»Die in der Erziehung geforderte Selbständigkeit hat mir eine ungewöhnliche Leichtigkeit im Lernen ohne Angst vor Lehrern und Prüfern, viel Zeit für einsame Erkundungsreisen in die Wälder und zum Lesen und Phantasieren eingebracht. Kein Wunder, daß ich sie auch dazu verwendet habe, mir meinen Teil über den Vater zu denken und für herzlichere Beziehungen Ersatzväter zu wählen«.[22]

In seinem »literarischen Abschied von Afrika«, den Parin 1986 mit den zwölf Erzählungen »Zuviele Teufel im Land« nimmt, schiebt er die »Geschichte von Polda« in seine afrikanischen Erlebnisse ein. Polda war seinerzeit Vorarbeiter auf Gut Novi Kloŝter und einer der zahlreichen »Ersatzväter« im Leben Paul Parins, mit dem dieser als Dreizehnjähriger in einen furchtbaren Konflikt gerät.

»Man schämt sich über das, was einem ohne eigene Schuld zugefügt worden ist, während man selber hilflos war; es wird womöglich vergessen. Offenbar will man sich auch in der Erinnerung nicht wieder derart ohnmächtig fühlen. Gefolterte geben nur selten bekannt, was ihnen angetan worden ist, oder nur in ganz allgemeinen Ausdrücken. Dabei schämen sie sich. ... Da Schweigen oft der erste Schritt zum Vergessen ist, kann ich mir einigermaßen vorstellen, was Afrikaner den weißen Missionaren, Soldaten, Beamten, Polizisten, Kolonialisten, Geschäftsherrn, Helfern, Industrie- und

22 Ergänzung einer Grabrede ..., a.a.O., S. 21.

Bankmanagern nachschreien würden, wenn sie einmal anfangen würden zu sprechen.

Mit Polda habe ich Afrikanisches erlebt. Er hat mich zu einem der kleinen Afrikaner gemacht, von denen es Millionen gegeben hat und noch heute gibt. Erst durften sie vom kolonialen Meister lernen, ein prächtiger neuer Vater. Dann kamen die Hiebe. Einfach weil der Weiße so ist, weil es ihm ums Geld geht und er die Peitsche im Stiefel mitgebracht hat und weil das zur Zivilisation gehört. Zuerst hat Afrika sich so geschämt, daß es nicht einmal zu schreien wagte. Es hatte kein Gewehr, konnte die Peiniger nicht totschießen. Auch meine Rache blieb ungeschehen.

Die Geschichte von Polda mußte ich später allerdings revidieren. Die Wut auf seinen Arbeitgeber, meinen Vater, hätte ihn nur dazu bringen können, mich wegzujagen, anzubrüllen, niederzuschlagen, sogar totzuschlagen. Er vollzog aber, das konnte ich erst denken, als ich kein Kind mehr war, genau so eine erzieherische Züchtigung wie sie bei seinem deutschen Meister, der ihn ›in den Fingern hatte‹, Brauch war. In der ›unzivilisierten‹ slowenischen Familie gibt es das nicht, daß man einem Kind geplant und absichtlich den nackten Hintern versohlt. Man behandelt es lieb oder grob. Seine Reden wie ›Frechheit austreiben‹, ›abstrafen‹ und die ganze grausame Kälte hatten nichts von einem Racheakt an sich. Seiner Wut war nur die Unmäßigkeit der Züchtigung zuzuschreiben. Sonst tat er nichts als seine Pflicht als wohlerzogener Mann, der seine vielen Fertigkeiten auch nicht ohne Härte erlernt hat.

Auch der Polda ist Afrikaner. Tüchtig und zivilisiert ist er geworden, ganz nach der Vorschrift und dem Vorbild des Meisters, gar nicht mehr unterentwickelt. So sind heute viele. Er hat es so lange an der eigenen Haut gespürt, von seinem Herrn, der ihn ›fest in den Fingern hielt‹, bis der Afrikaner-Polda alles selber konnte, was so verlangt wird. Am kleinen Bruder kann man Freude haben. Das bringt aber nichts ein. Der muß erst brav werden, dann hat man was davon. Millionen kleine Afrikaner müssen spuren. Das bringt Kredit und zahlt die Zinsen. Die neuen Afrikaner in ihrer weißen Maske treiben es so weit, daß die Kleinen den großen Bruder am liebsten umbringen würden.

Das nehmen die Großen dem Brüderchen gewaltig übel. Man kann ihn aber nicht ganz aufgeben, er gehört zur Familie, auch wenn er nicht mehr lieb ist und man keine Freude mehr an dem frechen Kleinen haben kann. Dann macht es schließlich auch Spaß, ihn zu hauen, bis er wieder still ist.

Mit Polda habe ich eine Erfahrung gemacht, die ich viel später brauchen konnte. Er hat mir gezeigt, was Afrikaner von unserer Tüchtigkeit lernen. Ich habe bald erkannt, daß die großen Brüder im neuen Afrika eine Maske tragen, die ihnen die Weißen übergestülpt haben. Sympathischer sind sie mir dadurch nicht geworden.

Weil der Polda mir aber auch beigebracht hat, was in einem mißhandelten kleinen Afrikaner vorgeht, kann ich ganz klar sehen: Für die Weißen ist Grausamkeit normal, hält auch lange an, meist ein ganzes Leben. Um die weißen Masken totzuschießen, müßte man ebenso kalt und planmäßig vorgehen können, wie sie es tun.«[23]

Abseits von Gedanken ans kindheitsvertraute Savinjska Dolina und in einem anderen Zusammenhang, berichtet Parin an anderer

23 Ungeschehen, in: *Zuviele Teufel im Land*, S. 121, 122.

Stelle desselben Buches von einer Episode aus Afrika, die im folgenden ganz freimütig ›nach Art P. P.‹ mit einer Szene aus Novi Kloŝter als eine »ethnologische Vergleichsstudie« montiert wird:

»Unsere Phantasie hatte nichts mit der Wirklichkeit des kümmerlichen Nomadenlebens (der Tuareg) zu tun. … Vorne in einem Halbkreis um den Kessel saßen die Männer, langten sich ein Stück (Fleisch des frisch erlegten Beutetieres) heraus, nagten das beste weg und reichten den Knochen über die Schulter zurück, wo die Frauen in einem zweiten Kreis kauerten. So ging es weiter zu den Captifs, denen die Frauen ihre Knochen zuwarfen, die sie auffingen und den Kindern, die ganz hinten warteten, die bereits sauber abgenagten Knochen zuwarfen, bis die falben Windhunde, die knurrend im äußersten Kreis gelauert hatten, endlich den Kindern die letzten Knochen abjagten und damit fortstoben.«[24]

»In Novi Kloŝter herrschte in den Jahren zwischen den Weltkriegen, als ich dort aufwuchs, der Schloßherr, mein Vater, unter ihm der Herr Verwalter, unter dem der Melker, Förster, und so bis hinunter zu den jüngsten unverheirateten Knechten. Die Frauen waren ihren Männern untertan, die Zofen und Mägde hatten ihre eigene Ordnung, ganz unten die Kinder und dann die Tiere; doch standen die Jagdhunde und der Zuchtstier nicht auf der untersten Sprosse der Leiter. In der allgemeinen Mißwirtschaft des Königreichs war so ein Besitz von einer aus Neid und Respekt gemischten Aura umgeben, die eine vollständige äußere Unabhängigkeit … vortäuschte.«[25]

24 ›Kein gutes Land für den weißen Mann‹, in: *Zuviele Teufel im Land*, S. 49,50.
25 ›Die Mächtigen und die anderen‹, in: *Untrügliche Zeichen von Veränderung*, S. 105.

Paul (II)

Nach heutigen Maßstäben und der Charakterisierung seines literarischen Sprosses Paul geurteilt, war Otto Parin sicher ein »Macho«. Vom zweitgeborenen Sohn ist in dieser Hinsicht nichts über die Persönlichkeitsentwicklung bekannt; der ältere Sohn Paul macht den entgegengesetzten Eindruck, was nicht heißen soll, daß sich hinter ihm ein »Softie« verbirgt. Wie hat Paul Parin bei diesen elterlichen Rollenvorbildern zu seiner Rolle als Mann gefunden? Und wie erklärt er sich dieses offenkundig mühelose partnerschaftliche Verhältnis zu Frauen?

»Das ist eine Frage, die ich mir auch schon gestellt habe. Ich wollte, wohl auch sicher bewußt, nicht so sein, wie es für alle Welt in dieser Klasse für Männer normal war, ich würde das weniger Machos nennen, sondern das waren Patriarchen. Auf der einen Seite habe ich alles, diese ganze patriarchalische Familienstruktur abgelehnt; ich habe mich gegen meinen Vater aufgelehnt, und zwar ohne viel mit ihm streiten zu müssen. Ein Einfluß, der von früher Kindheit herrührte ist, daß ich wie viele Kinder sehr an der Mutter gehangen bin, aber mehr noch, daß ich von zahlreichen slawischen Frauen gepflegt worden bin, besonders in früher Kindheit, als ich da eingegipst lag, und auch noch die Jahre darauf. Es war da sicher ein halbes Dutzend sehr liebevoller junger Frauen aus Slowenien um mich herum. Ein wissenschaftlicher Fachausdruck für eine derartige Struktur der Familie ist ›multiple mothering‹.

Ich hatte demnach nicht nur mit der Mutter, sondern mit vielen Frauen ein sehr liebevolles sinnliches Verhältnis. Eine Frage, die mich später als Völkerpsychologe immer beschäftigt hat, die ich aber nie gelöst habe, ist, wieso es kommen konnte, daß diese slawischen Frauen und Mädchen, die soziologisch enorm unterdrückt waren, trotzdem so ein Maß an sexueller und erotischer Freiheit gelebt haben.«

Die gut vierzigjährige Ehe von Paul und Goldy Parin (ihre »feste Beziehung« datiert aus dem Jahr 1939) spiegelt das genaue Gegenteil der elterlichen Beziehung: eine tiefe Freundschaft, Liebe und Gleichberechtigung.

Hat für Paul Parin die Erfahrung mit der Beziehung der Eltern und der darin unterlegenen Rolle der Mutter eine Rolle für die Wahl Goldys als Lebenspartnerin gespielt?

»Es gab in den vierziger und fünfziger Jahren in der französischen Psychoanalyse große Diskussionen über endogame und exogame Liebeswahl. Die einen Männer wählen oder verlieben sich in Anlehnung an die Gestalten der Familie der Mutter, eventuell auch der Schwester oder Cousine, das wäre dann eine endogame Wahl. Bei der exogamen ist das genau das Gegenteil. Goldy war eine exogame Liebeswahl. Ich habe mich, auch wie ich jung war, nie in jüdische Mädchen verliebt, auch nicht in südländische.

Goldy ist auch im Aussehen ganz anders als meine Mutter und vollständig anders in der Lebensführung. Als ich Goldy kennengelernt habe, entsprach sie ohnehin sofort meinem Ideal, und wir haben jahrelang gelebt im tiefsten Einverständnis, daß wir zusammenbleiben wollen. Daraus aber, und nicht nur, daß wir zunächst nicht heiraten wollten, leiteten wir beide keine Ausschließlichkeit ab. Auch da sind also keine Spuren von ehelicher Prohibition hineingekommen. Wir hatten jahrelang ein freies Liebesleben mit der Sicherheit, für beide bleibt unsere die Hauptbeziehung.«

Im Einvernehmen mit Goldy bekommen beide keine Kinder. An einer Stelle seines Buches *Zuviele Teufel im Land* heißt es:

»Wer in Afrika gereist ist ..., wird immer wieder von Kindern und jungen Leuten gefragt: ›Willst du mich mitnehmen? Ich habe keine Eltern, ich werde bei dir arbeiten.‹ Oder: ›Du schickst mich zur Schule, damit ich lernen kann und später, wenn du richtig alt bist, für dich arbeite und verdiene.‹ In Kaolack, Senegal, wollte mir eine Mutter vom Markt weg ihre wunderbar hübsche Tochter als ›zweite Frau‹ mitgeben. Goldy wurde oft von Mädchen und ich von Buben jeden Alters gebeten: ich habe keine Eltern, bin im Elend, keine Kleider, nimm mich als Sohn in dein Land mit. ... Mit Totò war es anders. Er verlangte nichts, bettelte und klagte nicht. Er war einfach unentbehrlich, immer guter Laune und zog mich in einer Weise an, wie ich es nie vorher kannte. Auf einmal wurde mir klar, daß er mich zum Vater genommen hatte. Gewiß durfte er mit uns essen und im Wagen mitfahren. Er war aber immer in meiner Nähe, hatte seine Schlafmatte vor meine Füße gelegt und verschwand nur, wenn ich ihm sagte: Du störst. Er hörte nicht mehr, wenn Frédéric oder Ruth oder Goldy etwas von ihm wollten und wartete, bis ich es befahl.

Es schien mir immer unsinnig, afrikanische Kinder nach Europa zu verpflanzen. Aus Egoismus hatte ich mich gescheut, eine solche Verantwortung zu übernehmen. Auch hatten wir uns längst entschlossen, keine Kinder zu haben. Das hing mit vielen Umständen zusammen, mit meinem eigenen Vater und der Bedeutung, die ich dem Vatersein mit den Jahren zuschrieb. Was ich für andere Menschen tun mochte, war im Beruf ganz gut aufgehoben, und für mich, für die tröstliche Phantasie, in einem Kind weiterzuleben, hatte ich damals so wenig übrig wie heute, weil mir die Illusion, Alter und Tod auf diese Weise zu überlisten, zuwider ist. Was schließlich die menschlichen Verhältnisse betrifft, war ich schon immer skeptisch; zumindest wollte ich es vermeiden, irgendein junges Geschöpf als Komplize unerträglicher Zeitläufte dem Leben auszuliefern. Ich beschloß, hart zu bleiben und meinen Sohn Totò zu verleugnen.«[26]

26 ›Regenwald‹, in: *Zuviele Teufel im Land*, S. 105.

Unterwegs – der »Klassensprung«

Polen

Gut Wloszakowice mit dem Schlößchen Trianon, Bezirk Poznan. Die Grenze der dazugehörenden Waldungen fällt kilometerweit mit der polnischen Staatsgrenze zusammen. Die frühen zwanziger Jahre. Die politischen und wirtschaftlichen Verhältnisse nach der von Volksaufständen forcierten Neuaufteilung Westpreußens und Schlesiens kommen nicht zur Ruhe. Die deutsch-jüdische Familie Parin, Mutter Renée und die drei Kinder Emma, Paul und Otto, folgen dem Vater im Frühjahr 1924 für einige Monate in den ehemals deutschen Reichsgau Posen. Dort erfüllt Otto Parin einen umfangreichen verantwortlichen Arbeitsauftrag. Paul Parin erlebt sein »polnisches Jahr«:

»In meinem Reich ist der Vater der Chef. Mir wurde gesagt, das Landgut gehöre dem ungeheuer reichen Wiener Kriegsgewinnler C.C., der bald nach Ende des Ersten Weltkrieges seinen Freund, meinen Vater, mit der faustischen Aufgabe betraut hatte, den riesigen, im Krieg verfallenen Besitz … wiederherzustellen«.[1]

1 Der polnische und der preußische Adler in: *Eine Sonnenuhr* …, S. 12.

Die Kinder des neuen Gutsverwalters Parin erfahren die fremde Umgebung in noch größerer Distanz zu anderen Menschen und erst recht isoliert von Spielgefährten als ihr Zuhause in Slowenien. Vor allem aufgrund der privilegierten Klassenlage, aber auch wegen ihrer deutschen (Herren-)Sprache sind sie unter der polnischen Bevölkerung sozial »Unberührbare«. An die damit verbundenen großen Einbußen an spontaner, aus zufälligen Neigungen entstehender Kommunikation und sozialem Lernen erinnert sich der Schriftsteller Paul Parin noch später sehr eindringlich. Aber wo Schatten sind, ist auch Licht.

Die soziale Exklusivität ihrer großbürgerlichen Herkunft kompensiert besonders der kleine Paul, den zweieinhalb Jahre jüngeren Bruder oft im Schlepptau, durch die Erkundung der urwüchsig schönen Natur. Zeitloses unbeschwertes Dasein in einem grenzenlos scheinenden Freiraum. Sprudelnde unverdorbene Quellen für die gesellschaftlich unterforderte Phantasie:

»Schon am ersten Nachmittag wagten sich die Buben (Paul und Otto – U. R.) weiter vor – wie ich heute weiß, in nördlicher Richtung – auf einem tief in den Sand gefurchten Weg, der sich zwischen Weiden und Haselbüschen verliert. Hier ist die Maikuhle, die wunderbare und unheimliche Wildnis, mein Polen, das ich noch immer in mir herumtrage; es taucht von Zeit zu Zeit wieder auf, unverändert geheimnisvoll. ... Der trockene Sand ist durchfurcht und zerschnitten von einem Netz tiefer Wasser, von Kanälen oder Adern, die gerade so breit sind, daß man nicht drüberspringen kann. Man muß den Ausweg suchen wie aus einem Labyrinth. ... Bald finde ich den Weg aus dem Labyrinth der Wasserläufe meiner Wildnis. Die Büsche stehen dichter, im Sand sind Löcher von Kaninchenbauten, oft sieht man eines weghuschen, Vögel flattern auf und klatschen mit den Flügeln an das Laub. ... Durch den von Büschen verschlossenen Rand des Dikkichts kann ich hinausspähen, auf das weite Wiesland, auf dem die Wildpferde grasen. Eine Herde ist recht nahe, eine andere viel weiter draußen. ... Ich bin beglückt. Ich habe die europäischen Urpferde zu Gesicht bekommen. ... Vielleicht ist mein Polen so haltbar, weil ich es selber hingezaubert habe. Die in die Urzeit zurückgezüchtete Herde hat alles überlebt, was danach geschehen ist, Kleinigkeiten – aus einer späteren Perspektive gesehen. Doch kann ich versichern, daß es Ereignisse waren, die deutliche Spuren hinterlassen haben«.[2]

Das »polnische Jahr« – Spurenlese im Leben Paul Parins. Kindheitserinnerungen als Stoff für eine sieben Jahrzehnte später zu Papier gebrachte Erzählung; zugleich belletristisches Dekor einer nachgetragenen ethnopsychologischen Charakterstudie: »Der polnische und der preußische Adler – beschädigt beide«. Maikuhle, Pferde im weiten Wiesland – Menschentypen im Polen Pilsudskis: Vom Devoten zum Autoritären zum Gewalttätigen; nicht selten begünstigt diese Sozialisation die Entwicklung zum Faschisten.

Das Jahr in Polen – kein Kulturschock für den kleinen Schuljungen Paul Parin. Kein schwer zu verkraftender Hinauswurf aus einem warmen heimatlichen Nest von Gleichen unter Gleichen.

Nur zu sehr gleicht die Erfahrung des Sozialgefälles zwischen der Gutsbesitzerfamilie und dem Gesinde auf dem väterlichen Gut Novi Kloŝter der auf Wloszakowice: »Wir da oben, ihr da unten«.

2 a.a.O., S. 14, 15, 16.

Slowenien

Das Slowenien, in dem Paul Parin aufwächst, ist der gerade aus der Abhängigkeit der Habsburger Doppelmonarchie entlassene Teilstaat des Königreiches der Serben, Kroaten und Slowenen. 1929 wird es sich Jugoslawien, Südslawien, nennen. Slowenien präsentiert sich dem aufgeweckten, wißbegierigen und geselligen Jungen nicht minder als ein Labyrinth mentaler und charakterlicher Einbahnstraßen. Abgeschirmt von den Bauern ebenso wie vom kleinbürgerlichen städtischen Mittelstand, geschult von deutschsprachigen Privatlehrern, erlernt Paul nicht einmal die slowenische Sprache.

Untrügliche Zeichen von Veränderung. Jahre in Slowenien. Anatomie eines zerfallenen Staates:

»Aus Slowenien kommen Stahl und Kohle, Maschinen und Verbrauchsgüter und die besten Köpfe der Partei. Dabei hat doch die katholische Kirche über die Menschen in Slowenien durch ungezählte Generationen eine viel lückenlosere Herrschaft ausgeübt, der man auch schwerer entgehen konnte als den Gendarmen und Beamten des Königs in den anderen Landesteilen. Die zurückgebliebenen Föderativstaaten im Süden hatten gar schon seit viel längerer Zeit die eine oder die andere Freiheit genossen. Die Türkenherrschaft war zuletzt ein verlotterter Sklavenstaat gewesen, in dem die Vertreter der Obrigkeit zufrieden waren, wenn sie sich persönlich bereichern konnten. Nur gelegentlich kam es zu grausamen Strafaktionen gegen Untertanen, die sogar diese großzügige Mißwirtschaft bekämpften – wo man doch jeden gewähren ließ, der nur nicht besonders freiheitslustig war oder gar nach Gerechtigkeit dürstete. Serbien und Montenegro hatten (mit Hilfe Englands und Frankreichs) selbständige Nationalstaaten gebildet, denen es fernlag, die Untertanen irgendwie zu formen, es sei denn, sie zu patriotischen Freiheitskämpfern zu stilisieren. Wie anders umsichtig hatte die österreichisch-ungarische Monarchie jahrhundertelang dahin gewirkt, die von ihr kolonisierten Völker zu brauchbaren Untertanen zu erziehen. Die katholische Kirche war nur eines der Mittel zu diesem Zweck, das Gymnasium und der Dienst in der Armee waren andere«.[3]

Wo Schatten sind, ist auch Licht. Keine dieser drei untertanenproduzierenden Instanzen nimmt Einfluß auf das Leben und die Persönlichkeitsentwicklung Paul Parins, es sei denn, einen abschrekkenden. Einerseits hindert der soziale Status Eltern und Kinder an einem ungezwungenen menschlichen Austausch nach allen Seiten hin, andererseits trägt er dazu bei, daß sich die Familie bewußt der einengenden sozialen und politischen Kontrolle und Anpassung durch Kirche und Staat entzieht. Dieses nur scheinbar in sich ruhende, autarke Milieu unter der Ägide des Familienoberhaupts bewirkt, daß Paul Parin von Kindheit an ein sehr nach außen orientierter Mensch wird, der Fremdes und Neues wie ein Schwamm aufsaugt, selbstbewußt, jedoch ohne hochmütig zu sein, und frühzeitig selbständig.

Die Welt jenseits von Novi Kloŝter erschließt er sich zunächst mit Hilfe der Bücher aus der elterlichen Bibliothek. Und immer wieder ist da das Signal, das Parin sen. durch seinen Lebensstil setzt wie ein Säulenheiliger: Ab und an Ausscheren aus dem Trott, den Alltag hinter sich lassen, etwas ganz anderes, Aufregendes erleben wollen. Bis ins hohe Alter hinein erinnert Sohn Paul sich an einen reisefreudigen, für Abenteuer aller Art empfänglichen Vater – während die Mutter überwiegend zu Hause blieb, das Gesinde beaufsichtigte, Hoftiere und Kinder versorgte.

3 Die Mächtigen und die anderen, in: *Untrügliche Zeichen* ..., S. 107.

»Der Drang nach Freiheit ist allgegenwärtig, wo immer es Unterdrückung und Abhängigkeit gibt; daß es eine Folge dieser Ubiquität ist, daß jede Person je nach Zeit, Ort, Klasse oder Schicht ihre Freiheit auf immer wieder anderen möglichen und unmöglichen, rauhen oder milden, realistischen oder phantastischen, idealen oder praktischen Wegen antrieb, die immerhin durch ein Ziel und die gleiche Grundwahrheit geeint sind: Ni Dieu, ni Roi.

Eine Vielzahl von Fragen, die das Leben der Menschen, wahrscheinlich das Überleben der Menschheit betreffen ... Der radikale Freiheitsdrang nimmt ausnahmslos eine persönliche Färbung an, eine Form, die durch Biographie und Psychologie bestimmt ist. Die Wege streben auseinander. Die Idee lebt, die Praxis verliert sich im Ungewissen des nie Gelebten, in der dünnen Luft der Wunschträume der Menschheit.«[4]

Kaum den Kinderschuhen entwachsen, drängt es Paul, so oft wie möglich, etwas auf eigene Faust »draußen« zu unternehmen: »Ohne daß ich besonders gelitten hätte unter der Enge der Familie oder der Landschaft oder der Gegend, hat sich daraus eine Tendenz ergeben, wie es sicher für sehr viele Jugendliche typisch ist, daß ich ungefähr vom Alter von zwölf, dreizehn Jahren an das unternahm, was spätere Generationen mit Autostop gemacht haben. Ich nahm mir mein Fahrrad und machte oft schon ziemlich weite Ausflüge. Nicht etwa, daß ich besonders gerne fahrradgefahren bin, aber so hatte ich die Möglichkeit, nach Lust und Laune nach Slowenien hinein, manchmal bis nach Kroatien und auch nach Österreich zu fahren. Ich war damals wirklich schon viel unterwegs, mit dem Rucksack, schlief irgendwo beim Bauern in der Scheune. Wirtshäuser waren zwar billig, dafür aber meist derart mit Wanzen

4 *Die Narren der Freiheit*, Vorwort von P.P., 1992, S. 10, 11.

und Flöhen bevölkert, was ich nun gar nicht ausstehen konnte. Mit sechzehn kam ich dann erstmals nach Dalmatien, wo ich nach der Hauptsaison, also am Ende des Sommers, meinen Onkel besuchte. Ich erinnere mich nur zu genau, ich hatte damals das Gefühl, noch nie ein richtiges Abenteuer erlebt zu haben. Das trieb mich an wie ein Motor. Das Gefühl habe ich gelegentlich heute noch. Die Neugier zu forschen hat mich seit früher Jugend nie verlassen und mein Leben mitbestimmt.«

Wurzeln

Aber verbarg sich hinter diesem Drang nach Selbständigkeit nicht doch der Vater als der eigentliche Motor, als die Provokation für den Sohn, weil sich der Vater stets das nahm und auskostete, was er sich wünschte?

»Sicher hat dabei eine Rolle gespielt, herauszuwollen, etwas anderes zu sehen. Das ist wohl bei den meisten Adoleszenten der Fall. Eine Identifikation mit der Vergangenheit meines Vaters als weitgereister Abenteurer war mir damals wohl noch nicht bewußt. Das wurde erst ganz klar, als wir 1944 nach Jugoslawien gegangen sind. Da passierte eigentlich etwas sehr Ähnliches wie damals, im Ersten Weltkrieg, dem Vater, nur mit umgekehrten politischen Vorzeichen: Er meldete sich freiwillig als Delegierter des Internationalen Roten Kreuzes mit österreichischer Rotkreuzuniform und einem Schleppsäbel, richtete einen Hilfszug ein, wie das früher durchaus üblich war, daß sich wohlhabende Leute so für Mitmenschen eingesetzt haben. Zwischen 1915 und 1917 war er damals entlang der Karpatenfront bis ins heute mazedonische Gevgelja eingesetzt. Als ich mich aber nach Jugoslawien zu den Partisanen meldete, war er ganz dagegen. Er konnte aber nicht viel ausrichten, weil das meine Entscheidung war und meine nicht verhohlene

Überzeugung, für die Revolution, für den Befreiungskampf, ja – eventuell für die Weltrevolution einzustehen. Erst ein Jahrzehnt später, als wir mit den Afrikareisen anfingen, '54, '55, erlebte ich meinen Vater zum ersten Mal voll mit meinen Vorhaben übereinstimmend. Er selber ist dann noch im selben Jahrzehnt und auch noch in den sechziger Jahren zum Fischen nach Afrika geflogen, nach Dakar, nach Libyen, bis ich eines Tages ein Telegramm von ihm erhielt, das den vorzeitigen Abbruch seiner Reise ankündigte: ›trop chaud, trop vieux, trop tard‹ …

Ja, man kann das schon so sehen, daß das bei mir die größte Rolle gespielt hat: eine negative Identifikation beziehungsweise eine Identifikation mit negativem Vorzeichen: wenn man das gleiche macht wie der Vater. In meinem Fall aber eben nicht systemkonform, nicht gesellschaftskonform, sondern gegen den Strom.«

Konform oder nicht konform, dem Vater nacheifernd oder ihn unbewußt zu überrunden streben, Paul Parins Lust zu reisen und die Welt zu erleben und durchaus auch im oben beschriebenen Sinne den Alltag für längere Zeit hinter sich zu lassen, wird zu einem hervorstechenden Persönlichkeitsmerkmal.

»Die Zeit in der Nationalen Befreiungsarmee war für mich eine gute Zeit, ich möchte sie nicht missen. Und doch war Krieg. Die Leiden des jugoslawischen Volkes, die ungeheuren seelischen, moralischen und materiellen Schäden, die der Krieg angerichtet hat, muß ich meinem Gefühl gegenüberstellen, daß es doch gut und schön und richtig für mich war. Das ist nicht viel anders als bei meinen Aufzeichnungen von den Reisen in Afrika; in dem unglücklichen Kontinent fühlten wir uns glücklich.«[5]

5 *Es ist Krieg und wir gehen hin*, S. 15.

Eine Fehlentwicklung beider Hüftgelenke von Geburt an mit der Folge einer lebenslangen Gehbehinderung tut der Tatsache keinen Abbruch, daß die Koordinaten sowohl seines Intellekts als auch seines individuellen Lebensgefühls Bewegung und Dynamik, sinnliche Erfahrung, sind. Sehr bald, als junger Student der Medizin in Zürich, trifft Paul Parin auf Menschen, die ihm in dieser Hinsicht zwillingsgleich sind: seine spätere Lebensgefährtin Goldy, ihren Bruder Gustl, ihren Vetter Ferdl und Frédéric Morgenthaler, Fritz genannt.

Jugoslawien – Afrika – … – eine Metapher

»Wie ich unsere Reiselust erkläre? Sowohl der Fritz als auch Goldy und ich waren derart reiseversessen von Kindheit an. Bei der Goldy kam das hauptsächlich durch Lektüre, zum Beispiel der Bücher von Sven Hedin. Sie wäre damals am liebsten ins Zwischenstromland gefahren oder in die Wüste Gobi. Bei mir spielte sicher auch eine große Rolle, daß unser Haus voller Trophäen aus Afrika und Indien hing. Ab und zu kam jemand zu Besuch von dort und erzählte spannende Sachen, die meine Sehnsucht nährten, nur ja auch dorthin zu gelangen. Aber auch ich las schon als junger Mensch sehr viel; bald nach den üblichen Indianerbüchern zuerst Stanley: ›Wie ich Livingstone fand‹ und manche andere Reisebücher über Afrika. Dann erinnere ich mich, auch viel Interesse an Weltumseglern gehabt zu haben, die so etwas ganz allein machten. – Ich war ja selber ein ganz begeisterter Segler, ein Sportfischer, Jäger. Aber was das Weltumsegeln betrifft, da hab ich dann wohl bald eingesehen, daß das nichts für mich ist, monatelang allein zu sitzen in einem kleinen Bötchen auf irgendeinem Ozean. Bei dem Fritz Morgenthaler kam das wohl durch den Vater, ein bedeutender impressionistischer Maler, und durch einen entfernten Verwandten, den Maler Paul Klee aus Bern. Aus Fritz' Erzählungen weiß ich, daß der Klee einmal mit zwei Malerfreunden in Nordafrika unterwegs war. In dieser Epoche habe er ganz anders gemalt, ihm seien förmlich die Farben aufgegangen. Für den Vater Morgenthaler muß das eine der schönsten Erfahrungen für ihn als Maler gewesen sein, daß ein eher skeptischer und unsicherer Künstler, wie er den Klee wohl erlebte, mit einer derart neuen Sichtweise so plötzlich einen Anschluß an die Welt der Farben gefunden hatte.

Einen nachhaltigen Eindruck auf den Fritz hat dann sicher noch die Erfahrung einer Autoreise durch Tunesien und Algerien hinterlassen, die seine Eltern auf den Spuren Paul Klees machten. Sohn Fritz wurde damals, in den frühen fünfziger Jahren, kurzerhand dazu eingeladen als Chauffeur.«

An den Einfluß, den Goldys Cousin Ferdl auf die Fern-Sehnsucht einerseits und den Internationalismus andererseits gehabt hat, erinnert Paul Parin in seinen Aufzeichnungen der Erlebnisse in den Reihen der jugoslawischen Partisanen:

»Ferdl war der erste, der aus der Enge von Graz den Weg hinaus in die Welt fand. Als Österreich zum ›Austrofaschismus‹ verkommen und der Februaraufstand der Arbeiter gescheitert war, ging Ferdl zur gleichen Zeit wie Goldy nach Spanien, zu den Internationalen Brigaden, um gegen den Faschismus zu kämpfen. ...

Ich habe Ferdl nie getroffen. Goldy hat mich keineswegs als seinen Zwilling oder Nachfolger angesehen. Doch haben die Abenteuer seiner längst vergangenen Jugendzeit für uns die Weichen gestellt, als es mit den Afrikareisen nicht mehr weiterging und wir uns entschlossen, nach Indonesien zu reisen. Der Mythos seiner Abenteuer hat sich in mir festgehakt: Ich bin mit der gleichen Mißbildung der Hüften zur Welt gekommen wie er, als Hinkebein, habe die gleiche Störung des Musikempfindens davongetragen wie Ferdl und einen ähnlichen Drang, zu reisen und zu forschen wie er. Erst in Indonesien wußten wir, daß wir Ferdls Reisen wiederholt und fortgesetzt haben; diesem inneren Kompaß sind wir gefolgt.«[6]

Nach ihrer psychoanalytischen Ausbildung in den späten vierziger Jahren eröffnen Paul Parin, Goldy Matthèy und Fritz Morgenthaler eine gemeinsame Praxis in Zürich. »Aber schon nach nicht einmal zwei Jahren haben wir alle drei gefunden, einfach zu jung zu sein, um den Rest unseres Lebens im ›armchair‹ eines Analytikers zu verbringen.« Lange bevor die saturierte westliche Welt ihr Interesse an der Dritten Welt entdeckt, wollen die drei sich einen Jugendtraum erfüllen und nach Afrika reisen. Ein gemeinsamer Freund und medizinischer Kollege baut ihnen die Brücke zwischen dieser Vision und der Wirklichkeit. Heinrich Neumann, genannt Nepomuk, ein politischer Emigrant aus Deutschland, kannten sie noch aus der Zeit als Ärzte einer Schweizer medizinischen Hilfsmission im nordbosnischen Prijedor, im Jahr 1946.

Nach ihrem Jugoslawieneinsatz bemüht sich ›Nepomuk‹ am Ende des Krieges vergebens um die Einbürgerung und das Niederlassungsrecht in der Schweiz. Als unerwünschte Person dort ausgewiesen, entscheidet er sich für eine Zukunft als Buscharzt im westafrikanischen Ghana. »Natürlich hat uns unser Freund beim Abschied zu sich eingeladen. Er konnte ja nicht ahnen, daß wir das ernstnehmen und bald darauf zurückgreifen würden.«

1954. Die drei erwerben einen billigen Militärjeep, Paul zerlegt ihn mit Hilfe eines Fachmannes in seine Einzelteile und rüstet ihn für die Gewalttour bis Akim Oda an der Goldküste (heute Ghana) über die Hoggar-Route durch die Sahara um. »Durch diese prakti-

6 Erzählung des Großvaters, in: *Eine Sonnenuhr* ..., S. 167.

sche Erfahrung bin ich dauerhaft ein ganz guter Automechaniker geworden. Wir sind später auf all unseren Reisen nie länger als zwei Stunden durch eine Panne irgendwo liegengeblieben.«

Dezember bis April 1955. Obwohl nicht anders als eine touristische Reise einzuordnen und obwohl sie noch ohne ethnologische Vorkenntnisse sind, nutzen Parin, Morgenthaler und Matthèy bereits bei diesem ersten Afrikabesuch die Möglichkeit zu gezielten Gesprächen mit Einheimischen über psychosomatische Fragen: »In Montenegro ist uns damals aufgefallen, daß das häufigste vegetativ nervöse Leiden der Schweizer, die Fönkopfschmerzen, selbst bei Kopfverletzten unbekannt war. Wir schlossen einen ethnologischen Zusammenhang nicht aus: ›Welche Erfahrungen machen die Afrikaner unter noch einmal anderen klimatischen und sozialdynamischen Bedingungen?‹ – Uns allen wurde dann aber im Laufe dieser Gespräche sehr schnell bewußt, um wieviel interessanter das Psychologische ist als unsere psychosomatischen Fragen. Sobald wir es uns leisten könnten, wollten wir zurückkehren, besser vorbereitet und mit einem fest umrissenen Forschungsziel vor Augen.« Weiterführender als die Auswertungen der vergleichenden Kopfschmerzuntersuchungen ist denn auch die Ausarbeitung einer Interviewmethode für künftig geplante Unternehmungen dieser Art als Resultat dieses ersten Projektes.

Von dieser ersten Reise nach Ghana kehren die Parins mit über anderthalbtausend Fotographien nach Zürich zurück: »bezeichnenderweise praktisch keine Landschaftsaufnahmen, nur Menschen im Gespräch. Das zeigt doch, was uns am meisten interessierte.«

»Unsere Art zu reisen führt an Menschen und Tieren vorbei; wir stören nicht einmal. Wie auf der Kinoleinwand bewegen wir uns durch die Landschaft. Es ist nicht leicht, aus dem flachen Leben von Kinoschatten herauszukommen. In der Fremde braucht man ein Ritual, wie Tiere, die sich in ein fremdes Territorium vorwagen.«[7]

Bei den Dogon

Es braucht noch eine dritte Reise, fünf Jahre später, in dasselbe Gebiet (mit einem Bananenschiff von Marseille nach Dakar, Senegal, Mauretanien, Mali, Burkina Faso, Benin, Togo, Ghana, Elfenbeinküste, Guinea und zurück nach Senegal), bis dieses Forschungsziel klare Konturen gewinnt und die Erfahrungen und Beobachtungen mit einer vergleichenden psychoanalytischen Untersuchungstechnik verarbeitet werden können: die psychosoziale Entwicklung und Charakterprägung von Angehörigen sogenannter »kalter« (also traditionsgeleiteter, »konservativer«) Kulturen in der (dialektischen) Gegenüberstellung zur eigenen mitteleuropäischen, auf (technischen) Fortschritt, Wachstum und Entwicklung ausgerichteten sogenannten »heißen« Kultur: »Alle sind in Bewegung, nur überwiegt bei den einen das Gewicht der Sozialisierung und bei den anderen die Kraft von historischen Veränderungen, sei es in Produktionsweisen, in Machtverhältnissen usw.«

Von dieser Zeit an ist auch die Frau von Fritz Morgenthaler, Ruth, mit von der Partie.

»Während die abendländische Zivilisation unaufhaltsam die meisten anderen Kulturen unterwandert, transformiert oder zerstört, wird das Unbehagen in der Kultur in unserer Kultur immer unerträglicher. Man fragt sich, ob es nicht irgendwo auf der Welt bessere sozialpsychologische Lösungen gibt, als wir sie haben: eine Erziehung zu freieren, glücklicheren Menschen, die ihre Aggressionen nicht in

7 Damokles II in: *Zuviele Teufel im Land*, S. 136.

mörderischen und selbstmörderischen Kriegen abführen, die ihre Kinder nicht opfern, ihre Erzeuger nicht hassen und ihr Liebesleben nicht verstümmeln müssen. Und man sucht nach sozialen Einrichtungen, die dem Menschen weniger Zwang auferlegen und seiner Natur angemessener sind als die unseren. Man wäre bereits für Hinweise dankbar, wie wir unsere Kinder richtiger aufziehen oder unser Verhältnis zu den Mitmenschen so bereinigen könnten, daß es nicht zu noch mehr Unglück und zum endgültigen Untergang des Menschengeschlechts kommt. Ja, es wäre schon etwas geleistet, wenn wir fremde Völker besser verstehen und wenn wir die gefährlichen Nebenwirkungen des Kulturwandels, der Europäisierung afrikanischer und anderer Völker, verhindern könnten.«[8]

Dezember 1959 bis Mai 1960. Mali. Am Anfang ist noch Trockenzeit in Westafrika. Mit nur etwas über dreißig Grad Celsius herrschen »mäßige« Tagestemperaturen im Dogon-Land am Niger. Erst später im Jahr, etwa ab April, wenn das Thermometer über vierzig Grad steigen wird, ist die Luftfeuchtigkeit hoch. Doch dann ergrünt die Savanne. – Ein steiler Felsabfall: die *Falaise.* Verschwommen erkennt man an den Hängen, zusammengebacken wie Bienenwaben, die Dörfer der Dogon. Hier, in den unzugänglichen Felsen, gelang es diesem Volk von Ackerbauern jahrhundertelang, sich vor der Missionierung der Moslems zu schützen und die eigene Lebensweise zu bewahren.

Als sie das Forscherteam aus der Schweiz freundlich bei sich aufnehmen, haben sich die Dogon indes bereits recht gut mit beiden Kulturen und Wertsystemen arrangiert:

»Als Muselmane modern, den Traditionen seines Volkes tief verbunden, ein Maskentänzer und Geschäftsmann, ein Dorfchef al-

8 *Fürchte deinen Nächsten wie dich selbst*, S. 549.

ten Stils und ein kluger Regisseur des modernen politischen Tanzes, so ist uns Ogobara seinerzeit erschienen.«[9]

Parin, Parin-Matthèy und Fritz Morgenthaler führen, meist am frühen Morgen, wenn es noch nicht so heiß ist, Einzelgespräche mit den Dogon. Zum ersten Mal wenden die drei Forscher auf dem Hintergrund ihres soziologischen und ideologiekritischen Interesses, etwas modifiziert, das Instrumentarium der klassischen psychoanalytischen Methode an:

»Wir brauchen ein Bild unserer Vergangenheit, genauer, nicht der unseren, sondern ein üblicherweise in unserer Kultur überliefertes Bild, das wir deshalb kennen, das uns etwas sagt, auch wenn es mit der vergangenen Wirklichkeit unseres Volkes wenig zu tun hat und wenn es fraglich ist, ob es überhaupt einer vergangenen Wirklichkeit entspricht. Unsere Sprache und unser Denken setzen sich aus solchen unrichtigen Bildern zusammen: besonders unrichtig, wenn wir sie auf Menschen eines fremden Gesellschaftsgefüges mit einer sehr anders gearteten Geschichte, Kultur und Psychologie anwenden. Die Absicht der wissenschaftlichen Untersuchung und Beschreibung ist es, solche und viele weitere Unrichtigkeiten zu reduzieren.

Wir sind überzeugt, daß wir mit der psychoanalytischen Methode ein geeignetes Werkzeug zu diesem Zweck verwenden, jedoch eines, das ganz unserer Kultur und Denkweise entstammt. Darum müssen wir weiterhin kulturperspektivische Irrtümer erzeugen und dann versuchen, sie im Lichte der Kritik und anderer Beobachtungen zu vermindern.«[10]

9 *Die Weißen denken zuviel, S. 12.*
10 *Fürchte deinen Nächsten.., S. 10.*

Nach einem Exkurs ins ostafrikanische Äthiopien (Dezember 1962 bis April 1963) und der für das nächste Vorhaben notwendigen wissenschaftlichen Vorbereitungszeit, wendet sich das Team 1965/66 einem zweiten ethnopsycholanalytischen Forschungsschwerpunkt zu. Die Reise führt diesmal ins Land der Agni, nach Alangouan, Elfenbeinküste:

»Es galt, ein Volk zu finden, das in vergleichbarer Gegensätzlichkeit zu den Dogon stand. ... Wir wollten es mit Menschen zu tun haben, die ihren Traditionen treu geblieben waren und mit denen wir – als Psychologen – in einer europäischen Sprache reden konnten«.[11]

»Caligula Africanus« – bei den Agni

»Uns kamen sie vor wie die Römer der Spätzeit: stolz auf die verblassende Erinnerung an ihre längst vermoderten und halbvergessenen Krieger, hochmütig herunterblickend von der Höhe einer vergangenen Macht, in deren Schein der Zerfall noch armseliger und schmerzlicher erscheint. Intelligent und raffiniert breiten sie den Purpur der zerrissenen Togen ihrer gesellschaftlichen Etikette über die Blöße der Sittenlosigkeit und Armut, opfern sie in ausschweifenden, ruinösen Totenfesten, mit den Ritualen gekaufter fremder Götter, den Manen, die sich zu Recht an ihren Kindern rächen. Sie müßten verhungern, würden die verachteten Lohnsklaven ihre Städte verlassen. Doch reicht die müde Übung der Reste ihrer Überlegenheit durch die Jahrhunderte aus, um ihre noble Dekadenz hinzuziehen. Sollten einst die Leiber der letzten vom Palmwein berauschten edlen Herren und schönen Damen von den Sklaven erschlagen, vom Urwald überwuchert liegen, wür-

11 a.a.O., S. 11.

de man erkennen, wieviel Geist und Anmut, skeptischer Verstand und melancholisches Wissen mit ihnen unterging. Keiner ihrer Könige, keine Magierin, konnte die Erinnyen ihrer Leidenschaften wirksam genug beschwören. So tragen sie den Glanz ihrer Väter und den Schatz ihres Goldes durch den nächtlichen Terror ihrer Ängste, durch unzählbare tropische Regen, über rasch vergehende Urwaldpfade.«[12]

Paul Parin im Rückblick, Frühjahr 1996.

»Obwohl zwischen unserem ersten Besuch bei den Agni und dem letzten bei den Dogon sechs Jahre Forschungspraxis mit einem gründlichen literarischen Studium der Ethnologie lagen, hat unser Buch über die Dogon, *Die Weißen denken zuviel* viel mehr Leser gefunden als *Fürchte deinen Nächsten wie dich selbst.* Da war wohl das Interesse größer an so einer idyllischen Gesellschaft, wie sie sich die 68er Generation, immer aus europäischer Perspektive, erträumt hat. Unser Buch über die Agni ist dabei viel besser ausgearbeitet. In meinen Augen ist das ein Standardwerk der ethnopsychoanalytischen Methode geworden.

Die Integration verschiedener Denkrichtungen in der Psychoanalyse ist im Kapitel, das wir »Metapsychologie« genannt haben, gelungen. Es geht darin um Probleme, die noch heute die Psychoanalyse in den USA und in Deutschland beschäftigen, und die dort in unserer Darstellung eigentlich gelöst sind. Zum Beispiel wie man die Ich-Psychologie von Heinz Kohut, die Melanie-Klein-Theorie von der frühen Kindheitsentwicklung, die Beobachtungen von René A. Spitz und die klassische Analyse von Sigmund Freud integrieren kann, das ist uns dort gelungen. *Fürchte deinen Nächsten wie dich selbst* ist wohl auch deshalb nicht so bekannt geworden, weil nach europäischem Maßstab die Dogon enorm sym-

12 a.a.O., S. 9.

pathische Leute sind und die Agni entsprechend sehr unangenehme, sehr mißtrauische und abweisende Menschen. Diese Schwierigkeiten haben wir am Anfang auch sehr zu spüren bekommen. Die ersten Wochen in dem Dorf Bebou an der Elfenbeinküste gehören zu den seelisch am meisten belastenden Zeiten, die ich je erlebt habe. Die Agni, das ist bei weitem nicht jenes kleine, noch der heidnischen Kultur verhaftete Pflanzervölkchen, wie dies auf den ersten Blick scheinen mochte, sondern ein Volk mit einer expansiven großen Vergangenheit. Diese Völker nannte man nicht zu Unrecht die Preußen Afrikas, ein kriegerisches Volk, das sich schließlich die reiche Natur in einer Plantagenwirtschaft unterstellt hat. Es hat sich bei ihnen als außerordentlich schwierig erwiesen, in einem Dorf zu leben und gute Kontakte mit dem Dorfchef zu haben, was eine Grundbedingung für eine Zusammenarbeit ist. Dagegen kamen Mißtrauen, Haß, Neid, Ablehnung, alle unangenehmen Gefühle auf einen zu. Bis wir darauf kamen, daß das innerhalb ihrer Gesellschaft ebenso ist, wußten wir nur, daß dieses Volk von allen europäischen Besuchern, Jesuitenforscher eingeschlossen, als dekadent bezeichnet wurde. Diese Dekadenz drückte sich aus in einem großen Ausmaß von Trunksucht; es wurde nicht richtig und ausdauernd gearbeitet; offensichtlich war auch kein Wille dazu vorhanden. Außer für kriegerische Ereignisse konnten sie sich überhaupt nicht organisieren. Ständig lagen sie im Streit miteinander. Ständig gab es Vertreibungen, bis schließlich die Rückkehr eines Clans mit kriegerischer Gewalt erzwungen wurde, so daß das letztlich ein System war, wo ursprünglich niemand mehr da lebte, wo er einmal geboren war. Es gab immer nur Vertriebene mit viel Ressentiment gegen Außenstehende. Ihre Kinder erschienen uns sehr vernachlässigt von den Müttern. In ihrem System der Polygamie nahmen die Stammeskönige ab und an der Mutter ein Söhnchen weg, damit es allein vom Vater aufgezogen werden konnte. Die Männer waren der festen Überzeugung,

Mütter würden ihre Kinder nur falsch erziehen. Nun ist der Ausdruck ›Dekadenz‹ zweifellos ein Eurozentrismus. Familien, die so gelebt hätten wie die Agni-Familien, wären in Europa zu einer neurotischen Randgruppe geworden. Nur hat sich gezeigt, daß einzelne in der Gesellschaft, wie wir ihn mit unseren Augen sehen, wie wir urteilen, was normal ist und was nicht normal, das stimmt nicht einmal für ganz Europa und auch nicht für alle Gesellschaftsschichten. Wenn also ein Agni bei uns leben würde, wäre er ein ›Psychopath‹; wenn aber ein Europäer in einem Agni-Dorf leben würde, wäre er das ebenfalls.«

»Damals unterwegs in Afrika kamen uns Weißen die Afrikaner zuerst gleichartig vor, weil das Bild der Fremden durch die Optik unserer Voreingenommenheiten gleichsinnig verzerrt wird. Um das Fremde zu verstehen, ist es gut, Abstand zu nehmen: ich bin so – sie sind anders. Dann kann es geschehen, daß ich das fremde Leben in mir selber entdecke. Ein Gefühl steigt auf, das ich von früher her kenne. Der Blick nach innen, hinter meine Leidenschaften, Konflikte und Vorurteile, hebt die Verzerrung auf. Wie die dort sind, das kenne ich an mir selber, so war es doch auch bei mir, und doch nicht gleich wie bei ihnen. Aus der Konfrontation mit dem Fremden entsteht ein eigenartiges Hin und Her, eine Spannung, die lustvoll ist oder quälend, oder beides zugleich.«[13]

Entwicklungspsychologie und Sozialverhalten im Kulturvergleich. Hat das Forscherteam Morgenthaler-Parin auch der interkulturelle Vergleich innerhalb Afrikas, in verschiedenen, gegensätzlichen Regionen des Schwarzen Kontinents interessiert?

»Schon nach unserer ersten Reise haben wir den nachhaltigen

13 Ungeschehen, in: *Zuviele Teufel im Land*, S. 109ff.;

Eindruck gewonnen, daß es dort sehr verschiedene Völkerschaften gibt. Für unsere empirische Arbeit gab es die unumgängliche Vorbedingung einer gemeinsamen Sprache. Wir wollten ja schließlich Interviews führen, als Basis für unsere wissenschaftlichen Analysen. Durch unsere Fremdsprachenkenntnisse war unser Gebiet damit auf französisch geprägte Länder begrenzt, mit einem entsprechend französischen Schulsystem. Nach Ostafrika haben wir sicher nicht minder schöne Reisen gemacht, auch in Kenia, Tansania oder Äthiopien wären solche Forschungen im Prinzip möglich gewesen.

Eine weitere wichtige Voraussetzung für derartige Forschungsvorhaben ist ein Land mit nicht allzu großen wirtschaftlichen und politischen Schwierigkeiten. Dort, wo Hungersnot herrscht und diktatorische Unterdrückung, bleibt kein Raum für Psychologie. Von daher kam Ostafrika zur damaligen Zeit für uns weniger für eingehende Studien in Frage. Eine Hungersnot katastrophalen Ausmaßes hat dann aber auch alsbald die uns vertraute westafrikanische Region in der ersten Hälfte der siebziger Jahre heimgesucht. Nicht zuletzt deswegen wurden damit eventuelle Langzeituntersuchungen unterbunden. Wir wären auch gerne einmal mit den Tuareg-Nomaden mitgezogen. Die hätten uns auch mitnehmen wollen. Sie kalkulierten ganz klar, auf diese Weise für ein paar Wochen ein paar Ärzte unter sich zu wissen. Das scheiterte aber dann doch daran, daß zuwenige genügend französisch sprachen. Aber es sind ja von uns mit der Auswahl der Agni gegenüber den Dogon bewußt andere Voraussetzungen angetroffen worden: Im Gegensatz zu der patrilinearen und patriarchalen Gesellschaft der Dogon haben die Agni eine matrilineare vorzuweisen, was selten ist in Westafrika. Im Gegensatz zu dem Siedlungsgebiet der einen in den trockenen Steppen der Sahel, die Lebensbedingungen der anderen im Regenwald.«

Wie war das nach diesen langen abenteuerlichen Reisen bei der

Rückkehr in die Schweiz? Gab es keinen Kulturschock oder ähnliche Eingliederungsprobleme? Konnte womöglich sofort die Arbeit in der psychoanalytischen Praxis wieder aufgenommen werden? Und schließlich – wie konnte sich das Team derart zeit- und arbeitsintensive Expeditionen überhaupt erlauben, wo doch daheim die psychoanalytische Praxis verwaiste?

»Anfangs machten wir tatsächlich den Fehler, schon wenige Tage nach der Rückkehr wieder die ersten Analysegespräche zu führen. Das ging aber nicht, man war noch zu weit weg und zu unkonzentriert. Wir gingen dann doch zu einer längeren Übergangszeit über. Gearbeitet haben wir besonders während dieser drei Forschungsjahrzehnte sehr viel. Unsere Reisen wollten schließlich ausgewertet und letztlich ja auch in Büchern publik gemacht werden Aber wir verzichteten trotzdem nicht auf das, was uns außerdem wichtig war, auf regelmäßige Treffen mit unseren Freunden, auf Theaterbesuche usw.

Die Reisen waren lange vorher gründlich geplant: finanziell und vor allem mit den Analysanden. Schon wenn jemand um eine Analyse nachfragte, wurden diese Umstände mitgeteilt, so daß sich jeder rechtzeitig darauf einstellen konnte. Das war für uns ein wichtiges Parameter des ›settings‹ in der Analyse. Es hat deshalb auch nie einen Abbruch oder gar einen Selbstmordversuch gegeben. Goldy hat das einmal so beschrieben: ›Sie (die Analysanden) verhielten sich während dieser Zeit wie in einem Tiefkühlschrank.‹ Nach einem halben Jahr konnten wir an dem Punkt weitermachen, wo wir aufgehört hatten, so als wäre nicht die lange Zeit der Abwesenheit gewesen. Diese Konditionierung vermied indes nicht, daß krasse Reaktionen eintreten konnten nach unvorhersehbaren Unterbrechungen wie zum Beispiel einem verlängerten Wochenende oder wenn jemand von uns krank wurde.«

In der Zeit zwischen 1954 und 1977 machte das Forscherteam

Morgenthaler-Parin insgesamt acht Expeditionen. Im Jahr 1975 erfüllen sich Paul und Goldy den langgehegten Wunsch, als Touristen in die Volksrepublik China zu reisen.

Auch ihre letzte Afrikareise, von Februar bis April 1977, von Algerien aus, wieder über die Hoggar-Route nach Niger, Mali, Südmauretanien und Senegal, treten Paul und Goldy Parin alleine an. Sie folgen diesmal der Einladung eines Professors der Universitätsklinik von Dakar, Seminare und Supervision psychoanalytischer Therapien zu veranstalten sowie Kurse für die Studenten zu geben. Fritz und Ruth Morgenthaler haben sich derweil für den Osten entschieden, für den Sudan. Später gehen sie nach Laos, China und Indien. Fritz Morgenthaler, schonungslos gegen sich selbst, die schon lange sich ankündigende Herzschwäche ignorierend, ist schließlich in Äthiopien im Jahr 1984 an einem Herzinfarkt gestorben.

Diesseits von Afrika

»Immer ist es Afrika, in dem der Europäer, der dort reist, den Auswirkungen dessen begegnet, was die europäischen Kolonisatoren einst in Gang gesetzt haben. So wird hinter diesen Erzählungen, durch sie ein Muster deutlich, eben jenes Verhängnis, das über Afrika liegt.«[14]

»In Kenia war der Mau-Mau-Krieg zu Ende, der Abzug der Engländer wurde erwartet. Uhuru, die Freiheit, wird friedlich einziehen, und mit ihr das echte afrikanische Leben. (Heute, nach mehr als dreißig Jahren, ist Uhuru eine vergessene Illusion).

In Kenia trugen auch die Seelen, nicht nur die Landschaft, den Stempel der Unterdrückung. Der uniformierte Wildhüter, *game*

14 *Zuviele Teufel im Land*, Klappentext.

warden, am Eingangstor zum Tsavo-Wildreservat, hat ein Nashornkalb mit der Flasche aufgezogen. Das Tier hat die Maße eines ausgewachsenen Stiers.

Es trabt seinem Herrn nach wie ein Hündchen. Vor uns ein Landrover mit fröhlichen Touristen. Das urweltliche Tier schiebt den Kopf mit dem sprießenden Nasenhorn vor; wenn es betteln könnte, würde es jetzt betteln. Ein Mädchen kramt eine Banane hervor und will sie dem Tier geben. Da merken wir, daß mit dem Wildhüter etwas vorgeht. Wie erstarrt steht er da, das Gesicht schmerzverzerrt, die Augen aufgerissen, nach oben verdreht. Ich bitte die Touristen zu warten, gehe zum *game warden* hin und lege ihm die Hand auf die Schulter. Er zittert am ganzen Leib: ›Was haben Sie, stimmt etwas nicht?‹ Er entspannt sich allmählich, murmelt leise vor sich hin. Endlich verstehe ich: Wenn das Tier eine Banane mit der Schale frißt, ist das wie Gift. Ein Jahr lang hat es Ziegenmilch aus der Flasche getrunken. Einmal gab ihm ein Tourist eine ungeschälte Banane, das Tier bekam Koliken und wäre beinahe gestorben. Die Touristen reichen ihre Bananen dem *game warden*, er schält sie, der ›Kleine‹ verzehrt sie schmatzend. ... Noch einmal ist sein Liebling gerettet. – Wenn weiße Herrschaften das Liebste umbringen, was man hat, aus Unverstand oder sonstwie, kann man nichts dagegen tun. Die Herrschaft sitzt in der Seele, ›the mark of oppression‹.«[15]

Unterwegs – der Klassensprung

Allmählich gestehen sich beide, Goldy und Paul, ein, daß sich allzu strapaziöse und klimatisch anstrengende Reisen nicht mehr für sie eignen. Seit etwa Mitte der siebziger Jahre hat Paul Parin zuneh-

15 Die andere Halbkugel, in: *Eine Sonnenuhr* ..., S. 164, 165.

mend Probleme mit seinen Hüften; das Gehen bereitet ihm mehr und mehr Schwierigkeiten. Kein Grund, sich auf eine Parkbank am nie heimisch gewordenen Zürichsee aufs Altenteil zurückzuziehen: »Anfang der achtziger Jahre weichen wir folglich auf Indonesien aus, in das ›Land der zehntausend Inseln‹«.

»›Vernünftige‹ Gründe, Indonesien als Reiseziel zu wählen, hatten wir natürlich auch: Das tropische Klima der Inseln ist für alternde Menschen leichter zu ertragen als das afrikanische; die Sprache, ›Bahasa Indonesia‹, ist leicht zu erlernen; das Studium der Kultur der Minankabau auf Sumatra verspricht Aufschlüsse über einen Islam, in dem die Frauen nicht unterdrückt sind, sondern vielmehr eine dominante Stellung haben. Wir waren neugierig auf Menschen der südlichen Hemisphäre. Südlich vom Äquator wird alles anders sein. Die Wintersonne neigt sich nach Norden. Wir müssen uns neu orientieren, alte Gewohnheiten ablegen.«[16]

Erlebnisse von diesem Reisekapitel in den pazifischen Raum verarbeitet Paul Parin in seinem letzten Erzählband *Eine Sonnenuhr für beide Hemisphären*, erschienen 1995. Eine dieser Geschichten trägt den Titel: »Ein buddhistischer Tempel«:

»Beidseits des Tempeltors steht hoch aufgerichtet die reichverzierte Figur eines Drachen. Die bunt lackierten Ungeheuer starren mit glühenden Augen und gefletschten Zähnen auf die Pilger hinunter. Betritt man den Tempel, ist der Drache linker Hand ›das Böse‹, rechts ›das Gute‹. Die Figuren gleichen einander, man könnte sie austauschen. Dem stünde nur entgegen, daß die Köpfe der Drachen gedreht und leicht geneigt auf die Besucher blicken. Ausgetauscht würden sie von den Tempelbesuchern abgewandt beiseite

16 Die Erzählung des Großvaters, in: *Eine Sonnenuhr* …, S. 167, 168.

schauen. Gut und Böse sind austauschbar, je nachdem, ob wir kommen oder gehen. Kommt es allein auf den Gesichtspunkt an? Besucher wie wir schleppen ihr ›Gut und Böse‹ innen mit. Unsere Drachen bleiben dieselben, wie weit wir auch reisen, doch stehen sie verkehrt, abgewandt. Wir glauben zu wissen, was böse ist und was gut. Wahrscheinlich können wir nicht immer sehen, was sich gleichbleibt, was anders ist, und nur anders zu sein scheint, weil wir selbst zu den Drachen geworden sind, die wir herumtragen; unser Blick ist abgewandt, nach außen gerichtet.«[17]

»Das waren zwei sehr schöne sechswöchige Reisen. Aber nur Goldy lernte damals noch, übrigens in kurzer Zeit, die Landessprache Bahasa. Ja, das prägt sich mir denn auch am meisten aus dieser Zeit in Erinnerung, wenn ich über unsere Kondition damals nachdenke, daß in diesem Alter unsere Fähigkeit, Sprachen zu lernen, viel mehr zurückgegangen ist als die physische Leistungsfähigkeit.« Aber auch darauf finden Paul und Goldy Parin eine angemessene Antwort: in der Anwendung der ethnopsychoanalytischen Methode auf die eigene Kultur – und konsequent wieder auf Seiten der Unterprivilegierten, der Bevormundeten, der Unterdrückten: der außerparlamentarischen Opposition, der Jugend, der Frauen.

Keineswegs bedeutet der Rückzug aus der weltumspannenden ethnopsychoanalytischen Forschung und – seit 1990 auch aus der psychoanlytischen Praxis in Zürich – den Rückzug in ein geruhsames Rentnerleben. Abgesehen von der Tatsache, daß Paul Parin als Schriftsteller in der Sparte Belletristik seine neue berufliche Identität findet, nehmen sich beide wie gewohnt im September Zeit für eine Urlaubsreise. In den letzten Jahren ist es vermehrt Slowenien, verbunden mit einem Abstecher zu den Dichterfreunden in die

17 Ein buddhistischer Tempel, in: *Eine Sonnenuhr* ..., S. 191.

»Feengrotte« von Vilenica, Schauplatz der Verleihung des Preises des Slowenischen Schriftstellerverbandes. In früheren Jahren war es mehrfach Ligurien in Westitalien, später Kalabrien, dalmatinische Inseln; Montenegro. Schließlich entdecken beide manche griechische Insel für einen »Ferienmonat vom Ich«, um auch einmal die »Seele baumeln« zu lassen.

Reisen. »Tourismus mit den Ohren«. ›Untrügliche Zeichen von Veränderung‹. Eine Bilanz von Paul Parin:

»Die Basis, das Fremdbleiben des Fremden ist anders geworden, vorerst individuell und punktuell. Kein Globales und kein flächendeckendes Umdenken ist eingetreten. Jedoch greift die unmittelbare Anteilnahme, ja Teilnahme an früher unbekannten Lebensformen um sich. Nicht das öffentliche Bewußtsein hat sich geändert; das höchst private Bewußtsein vieler Individuen hat sich tiefgehend gewandelt. Die sture Unbewußtheit der Masse und des Establishments wird von der Basis her durchlöchert. Soziologisch gesehen sind unsere Protagonisten »normale Bürgerinnen und Bürger«. Wer reisen will, kann reisen … Unterwegs passiert dann der ›Klassensprung‹. Herauszukommen aus dem, in das man hineinsozialisiert worden ist, das ist ein starker Anlaß. Heraus aus der Klasse und natürlich auch aus der Ethnie – die man doch nie ganz los wird, auch nicht ganz los werden mag. … Beschrieben wird mit dem Blick des Fremden, dem fremden Blick, der Vertrautes unvertraut macht, Fremdartiges heranrückt. Wer allerdings das Fremde in sich aufgenommen hat, es in sich trägt, den fremden Blick auf seine heimische Ethnie zurückwirft, der leistet etwas ganz Besonderes.«[18]

18 P. P., Vorwort zu: Lisl Ponger: *Xenographische Ansichten.*

Scheine, was du bist und sei, was du scheinst

Alles, was stillsteht, hätte er wohl grau angestrichen.

Ein quirliger Geist, empirische Neugier, das ist Leben nach dem Geschmack von Paul Parin »Der ›Blick des Fremden‹, bekanntlich das vorzüglichste Arbeitsinstrument des Ethnologen, den er auf die Menschen in einer Kultur richtet, an der er Anteil nimmt«, erhebt den Zweifel an Eindeutigkeit und Unverrückbarkeit von Normen, des »Normalen«, des »Guten« oder »Falschen«, des »Gesunden«, des »Gefährlichen« zum Prinzip. Die Auseinandersetzung mit dem eigenen Ich ist der wichtigste Schritt aus der psychoanalytischen Entdeckungsreise ins eigene Innere. Damit kann Parins Arbeit als Psychoanalytiker beginnen. Besonders der autobiografische Teil seiner Erzählungen aus Slowenien bringt das in Erlebnissen aus Kindheit und Jugend zum Ausdruck.

Kindheitserinnerungen, das sind vor allem Erinnerungen an ein Herkunftsmilieu voller offener und verdeckter Widersprüche, auf die er schon als kleiner Junge sehr sensibel reagiert, die er in sich aufnimmt und auf eine für ihn charakteristische Weise pariert: in liebenswürdiger Ausgewogenheit zwischen Dissidenz und Anpassung.

»Aus dem Erleben in früher und späterer Kindheit entstehen nicht nur bleibende Formen des Fühlens und Denkens, sondern auch haltbare Phantasiegebilde, die sich oft schon vor der Pubertät zusammenschließen zu dem, was man ›das Fremde in uns‹ genannt hat. Diese Bezeichnung ist stimmig in ihrer Unbestimmtheit. Nicht allzu selten entwickelt sich unter günstigen Umständen das, was die Protagonisten ihre zweite Existenz und manche ihre neue, endlich gefundene, wahre Existenz nennen dürften; oder ihre neue Identität, eine erworbene, selber geschmiedete, doppelte oder wie immer zu nennende.«[1]

»Identität« ist für einen Psychoanalytiker ein derart kapitaler Begriff, daß man ihn nicht so naiv und beiläufig danach befragen kann. Etwa ob es für Paul Parin irgendwann in seinem Leben solche einschneidenden »günstigen Umstände« gegeben habe, unter denen er eine »neue, selber geschmiedete ...« Identität, seine »wahre Existenz endlich gefunden« habe. »Ich gebe zu, daß ich als Psychoanalytiker mit dem Begriff ›Identität‹ Schwierigkeiten habe. Ich weiß nicht zu wenig darüber sondern zu viel«, lenkt er zum Beispiel im Vorwort zu jenem schönen Buch aus Österreich über *Xenographische Ansichten* den Fragenden von sich ab. Dennoch, die Frage ist durchaus nicht aus der Luft gegriffen. Die Phantasie hat freies Spiel beim Durchstreifen seiner autobiografischen Aufzeichnungen: ist dieses einschneidende Erlebnis die Begegnung mit Goldy?

»Als ich Goldy kennengelernt habe, entsprach sie ohnehin sofort meinem Ideal«.

Ist es das gemeinsame Erlebnis in der »Brüdergemeinde« unter den jugoslawischen Partisanen?

»Wir folgten unserem Geschichtsbewußtsein, geleitet vom Ideal. Wir ... hatten unsere Identität in der Solidarität mit dem antifaschistischen Kampf gefunden.«[2]

1 P. P.: Vorwort zu: Lisl Ponger: *Xenographische Ansichten.*

2 *Es ist Krieg ...*, S. 87.

Ist es die Medizin oder die Psychoanalyse, in deren Zusammenhang Parin gerne seine Frau Goldy zitiert: »Für mich war die Psychoanalyse die Fortsetzung der Guerilla mit anderen Mitteln«, oder ist es seine späte Berufung zum Schriftsteller?

Natürlich wird man weiter fündig je mehr man liest. Man stößt sogar auf eine »ganzheitliche« Innenansicht des gesellschaftlichen Individuums Paul Parin.

»Ich bin dreierlei: wissenschaftlicher Forscher; Teil und Angehöriger einer Sozietät, Kultur, Subkultur, Klasse, Schicht, dergleichen wie die Objekte meiner Untersuchung oder einer anderen; und ich bin Objekt der Übertragung. Der wissenschaftliche Beobachter muß sich bei einem solchen Unternehmen noch mehr als bei jeder anderen Forschung klar sein, daß er Subjekt ist, wie sehr bereits die Wahl des Gegenstands, die Methode und der Gang der Untersuchung, damit auch das Ergebnis mit seiner persönlichen Lebensgeschichte verknüpft sind. Darin ist er dem Verfasser einer Biografie vergleichbar.«[3]

Wozu diese Spurensuche über Parins juristische und soziologische Identität (wie er die Angaben in einem Paß: Beruf, Familienstand, ... definiert) hinaus? Muß es überhaupt Abgrenzungen von der Kindheit und an Idealen ausgerichtete Identitätswünsche in seinem Erwachsenenleben gegeben haben?

»Identität«, lenkt er ein – sich immer noch nicht vom theoretischen Diskursniveau lösend –, »Identität wird für mich da interessant, wo es eine Wechselwirkung zwischen der Persönlichkeit und der Gesellschaft gibt.«

3 The Mark of Oppression – Juden und Homosexuelle als Fremde, in: P. P. & G. P.: *Subjekt im Widerspruch*, S. 117.

»Je weniger Selbstgefühl, je weniger Überzeugung vom Wert, je weniger Unabhängigkeit von meiner Familie, Arbeitswelt, politischen Partei ich habe, desto wichtiger wird mir, mich als Angehöriger einer Institution, eines Standes, eines Stammes, Volkes, einer Religionsgemeinschaft zu bestätigen und bestätigt zu werden.

Sobald man den Identitätsbegriff vom Individuum auf irgendeine Gruppe, gar erst auf eine von der nationalen Zugehörigkeit bestimmte, erst zu bildende Gemeinschaft überträgt, wird er ganz unbestimmt, auf dies oder das anwendbar. Besonders die gebräuchlichen Definitionen nationaler Identität sind derart vague und schwimmend, daß sie sich zur Legitimierung jedes Anspruchs, jeder Tendenz und gleichzeitig zur Begründung des Gegenteils verwenden lassen. ... Am besten besinnen wir uns auf die Definition, die Lewis Carroll der *Alice im Wunderland* gegeben hat:

›Scheine, was du bist, und sei, was du scheinst – oder einfacher ausgedrückt: Sei niemals unterschieden von dem, als was du jenen in dem, was du wärst oder hättest sein können, dadurch erscheinen könntest, daß du unterschieden von dem wärst, was jenen so erscheinen könnte, als seiest du anders!‹«

Paul Parin auf einer Lesung im Burgtheater Wien am 19. September 1993 über den »Bürgerkrieg«, den angeblichen Krieg unterschiedlicher nationaler Identitäten im ehemaligen Jugoslawien.

Der Aktivist

»Es ist sicherlich nicht so, daß ich als Kind und Adoleszent auf Novi Kloŝter hauptsächlich ein Bücherwurm war oder ein einsam durch die Wälder Herumstreifender. Um mich, beispielsweise politisch, zu engagieren, brauchte es auch nicht erst den Auszug aus dem Elternhaus. Meine erste politische Demo machte ich im Alter von sechzehn Jahren. Sozialistisches Denken war mir bereits als Anfang Zwanzigjähriger vertraut.

Eine Eigenschaft, die ich mir jedoch als sehr charakteristisch zuschreibe, ist Aktivismus.

Doch auch dafür brauchte es keines Schlüsselerlebnisses als Erwachsener. Dieses Übergehen vom Denken, Lesen, sich Ausbilden ... in die Aktivität, das war mir eigentlich schon immer ein großes Bedürfnis. Die Basis dafür ist sicher diese privilegierte Kindheit, mit sehr wenig Zeitaufwand eine gute Schulbildung zu erhalten.«

Schon als Schüler, längst vor Ausbruch des Terrors der Nationalsozialisten, macht sich Parin ein klares Bild von den politischen Fronten. Kein Zögern, auf welche Seite er sich schlagen wird. Keine Spur davon, am materiellen Wohlstand oder an den sozialen Privilegien seiner Familie zu klammern:

»Die jungen Leute waren national und antifaschistisch gesinnt. Die Deutschen, die man damals noch nicht die ›fünfte Kolonne‹ nannte, waren korrumpiert und durch wechselseitige Bestechungen mit dem Regime in Belgrad verstrickt und an der Armut der slowenischen Bauern schuld. Unsere Feinde, die Söhne der städtischen Kaufleute, gingen, wegen ihrer Sympathie zur Hitlerbewegung, in Lederhosen und dicken weißen Kniestrümpfen herum und die Töchter in Dirndlkleidern und Gretchenfrisuren. ... Wir ... gründeten schließlich den ›Ausschuß zum Schutz der Nordgrenze‹, der zwei Spitzen hatte, eine offene gegen die Deutschnationalen und eine verstecktere, eigentliche, gegen das Regime, die serbische Diktatur.«[4]

4 Fluß an der Grenze, in: *Untrügliche Zeichen* ..., S. 67.

Noch vor Ausbruch des Zweiten Weltkrieges zum Studium nach Zürich übergesiedelt, findet Parin dort unter den Emigranten ein Ambiente, das ihm in seinem antifaschistischen Aktionismus sehr entspricht und schließlich:

»Mit Goldy, die von den Internationalen Brigaden im Spanischen Bürgerkrieg nach Zürich gekommen war, und von ihr lernend, hatte sich meine liberale antifaschistische Gesinnung zu einem radikalen anarchistisch gefärbten Sozialismus verwandelt. Wir waren damals typische Sympathisanten, ›fellow travellers‹ der KP, Antistalinisten, Aktivisten und entschlossen, uns keinem Parteibefehl zu unterwerfen.«[5]

»Auch für die darauffolgenden Zeiten möchte ich im Rückblick heute daran festhalten, daß für meine Identität trotz vielfältiger Interessen nicht eigentlich die Rolle eines Intellektuellen, sondern die eines Aktivisten maßgeblich geblieben ist. Ich beobachte seit einigen Jahren, vor allem, seit unsere Bücher und Essays bekannt sind, daß wir so als typische Linksintellektuelle gelten. Das waren wir überhaupt nicht. Weder die Goldy noch ich. Wir waren sehr stark berufsorientiert, erst als Arzt, dann als Psychoanalytiker, in der Entwicklung neuer Ideen in der Ethnopsychoanalyse, dann das Wichtige: Forschungsreisen zu machen. Aber als deren Ergebnis nicht unbedingt eine Theorie zu entwickeln. Wir haben das nicht versäumt, aber wir fühlten uns weder imstande dazu, noch fühlten wir uns dazu gedrängt. Eine uns zusagende Gesellschaftstheorie hatte es ohnehin gegeben, die marxistische, die stimmt sehr gut in ihrer dialektischen Methode überein mit der psychoanalytischen, die auch eine dialektische Methode ist. Da sind sicher nicht wir die Erfinder, das haben schon andere früher beschrieben, der junge

5 Ergänzung einer Grabrede, in: *Karakul*, S. 26.

Fromm oder Otto Fenichel. Wir konnten und wollten keine neue Gesellschaftstheorie aufstellen. Wenn wir Intellektuelle gewesen wären, so wie das in Mitteleuropa verstanden wird, wäre es uns darauf angekommen. Wir haben die verschiedensten Forschungen gemacht, sie publiziert, zur Diskussion gestellt, politisch Stellung bezogen, Empörung oder Hoffnung gezeigt. Noch heute ist es mir ein emotionell hoch besetztes Bedürfnis, die Folgen von politischer, sozialer, rassistischer Unterdrückung aufzudecken.

Als die sandinistische Revolution losging, da war bei der Goldy und mir, ohne daß wir uns gegenseitig beeinflußt hätten, ganz klar: sofort versuchen, ob wir dort noch als Ärzte arbeiten können. Das kam aus Altersgründen nicht mehr in Frage. Als Internationalist in den Brigaden oder als Journalist hätte ich nicht nach Nicaragua gehen mögen.

Ich sehe das also so, daß meine Identität eigentlich ist, aus dem Interesse und der Verarbeitung der verschiedensten Gebiete, jetzt auch der Literatur, etwas zu tun. Also dieser Übergang vom Denken zum Handeln, das ist wahrscheinlich für mich am meisten charakteristisch und für Goldy auch. Wobei wir so lange zusammen sind, daß es schon seit langem nicht mehr zu unterscheiden ist, welcher Impuls von mir und welcher von ihr ausgegangen ist. Ein Beispiel: seit ich schreibe, glaube ich, ich würde nicht schreiben, wenn ich nicht jemanden hätte, der es gegenlesen wird. Auch da ist ja wieder dieser Übergang vom Denken zum Tun.»

No »Mark of Oppression«

»Da meine Herkunft, wenn auch nicht die Sozialisation, jüdisch ist, gehöre ich genau in die Gruppe der zu untersuchenden Juden. Da ich nicht ein ›praktizierender‹ Homosexueller bin, bin ich für die homosexuelle Subkultur der Fremde. …

Das Jüdische war bei mir bis zur Pubertät durchaus dem Bild, der Imago, des Fremden zuzurechnen. Um das 16. Lebensjahr wurde ich durch die Konfrontation mit den Folgen der Rassengesetze zum Juden erklärt und in die entsprechende soziale Rolle verwiesen. Die früheren Schritte der Identitätsbildung wurden dadurch nicht ausgelöscht. Hinfort ›wußte‹ ich, daß ich Jude war, ohne den emotionalen Gehalt, der dieses Wissen bei der Mehrzahl jüdischer Männer aus dem gebildeten Bürgertum in Mitteleuropa auszeichnet. Homosexuelle Strebungen wurden mir etwa im gleichen Alter bewußt, führten aber weder zum ›coming out‹ in der homosexuellen Subkultur noch zu Verleugnung oder Verdrängung. Weil die frühere psychosexuelle Entwicklung zur Heterosexualität gedrängt hatte, setzte sich – wie dies häufig der Fall ist – die homosexuelle Richtung nicht durch. Die Fremdheit zum Erleben und zur Welt der männlichen Homosexuellen jedoch, die sich einzustellen pflegt, wenn es in der Adoleszenz gelungen ist, homosexuelle Wünsche zu verleugnen, trat nicht ein. Homosexuelle wurden nie meine ›Fremden‹. Die Rollenzuschreibungen und -erwartungen der Analysanden beider Gruppen entsprachen demnach nicht meinem Identitätsgefühl. Eine günstige Voraussetzung, Gefühle der Gegenübertragung bewußt zu halten.«[6]

Ist »Identität« ein kapitaler Begriff für einen Psychoanalytiker, so ist es sicher nicht weniger das »Sexuelle« und die »Sexualität«. Das eine ist vom andern nicht zu trennen. Norm und Abweichung ist ein zentrales Thema. Die Psychoanalyse – die (möglichst produktive) Spirale von (Konflikt-) Übertragung und Gegenübertragung zwischen Analytiker und Analysand ist eine außerordentliche Herausforderung für beide Seiten.

Paul Parin und sein Praxiskollege Fritz Morgenthaler sind Psy-

6 The Mark of Oppression …, in: *Subjekt im Widerspruch*, S. 119.

choanalytiker in der aufklärerischen Tradition von Sigmund Freud. Freud hat bereits die »Kulturheuchelei« seiner Zeit durchschaut, die sexuelle Entwicklung in der Kindheit entdeckt und die bisexuelle Anlage des Menschen erkannt. Er vermochte es indes nicht, ebensowenig die meisten seiner Nachfolger, diese Normabweichung als gleichwertige, gültige Möglichkeit des Sexuellen anzuerkennen.

Paul Parin schreibt seinem Freund Morgenthaler ausdrücklich zu, dies erkannt und die Gleichwertigkeit aller dieser Möglichkeiten betont zu haben. Das Forscherteam Morgenthaler-Parin machte bei den ethnopsychoanalytischen Studien unter den Dogon in Mali die Entdeckung, daß kein Verhalten, auch kein sexuelles, unanständig sein kann, wenn es öffentlich ist. Nur das von der Gemeinschaft abgetrennte, verborgene, verstellte gilt als tabu, als unanständig.

»Manifeste Homosexualität unter Männern scheint bei den Dogon nicht vorzukommen. Eine Anzahl älterer, welterfahrener Leute, die wir danach fragten, hatten von Homosexualität nie gehört. Als wir ihnen erklärten, was das sei, meinten sie: Es wäre ganz gut, wenn es das bei den Dogon gäbe; die jungen Leute würden dann nicht durch Gedanken an Liebesabenteuer mit Mädchen von der Arbeit abgelenkt; sie könnten ihre geschlechtlichen Bedürfnisse mit Arbeitskameraden befriedigen und sich gleich wieder der Arbeit zuwenden. ... (Wir wissen nicht, ob bei den Dogon weibliche Homosexualität vorkommt).«[7]

In einer Würdigung des Kollegen Fritz Morgenthaler in einem Handbuch der Theorie- und Forschungsgeschichte über Homosexualität schreibt Paul Parin zwanzig Jahre später:

7 *Die Weißen denken zuviel*, S. 576.

»Keine menschliche Sexualität ist ohne Entwicklung denkbar. Daher ist die Frage, ob Homosexualität angeboren oder erworben ist, falsch gestellt. Jede Sexualität, Homosexualität, Heterosexualität, Perversionen jeder Art, kann – muß aber nicht – durch konflikthafte Entwicklungen gestört, verzerrt, krankhaft verändert werden. Das Sexuelle ist jedoch nie krankhaft. Eine freie Emotionalität, die sich gleichsam spielerisch dem oder jenem leiht, ist identisch mit dem Sexuellen, das weder die Beschränkung auf die eine oder andere Äußerung des Lebendigen noch auf eine bestimmte Kultur oder auf spezifische soziale Verhältnisse kennt ...

M.s besondere Freiheit im Umgang mit sexuellen Phänomenen, auf der seine praktische und theoretische Arbeit beruht, bringe ich vor allem mit seiner künstlerischen Begabung zusammen. Im Umgang mit Farben und Formen, im Gestalten der eigenen Emotion, äußert sich bei ihm das Lebensgefühl, das ihm den Zugang zum Sexuellen in jeder Form ermöglicht. Die Ermäßigung der Diktatur der Sexualität über das eigene Sexuelle ist die beste Voraussetzung für den Forscher, die traditionellen Hindernisse, Einschränkungen und Unterdrückungen, denen Sexualität ausgesetzt ist, zu durchschauen, in sich selber zu überwinden und mitunter bei anderen rückgängig zu machen.«[8]

Beobachtungen, eigene Erfahrungen. Das »zeitlose, ziellose, unveränderliche ›Sexuelle‹, die ›Sexualität‹ als das Gewordene, das Ergebnis einer Entwicklung, bei der die Regungen aus dem Es unter die Herrschaft des Ich gestellt werden. ... Freiheit im Umgang mit sexuellen Phänomenen«.

»Identität wird für mich da interessant, wo es eine Wechselwirkung zwischen der Persönlichkeit und der Gesellschaft gibt.«

An welche prägenden Einflüsse seiner sexuellen Identität erin-

8 P. P.: Fritz Morgenthaler, in: R. Lautmann (Hg.): *Homosexualität* ..., S. 276, 277.

nert sich Paul Parin – im Spannungsfeld zwischen seinem patriarchalisch ›regierenden‹ Vater und der emotionalen Wärmequelle durch das »multiple mothering«? Ist er der »genitale Charakter, der die Konflikte seiner Kindheit überwunden und sich mit der Autorität des Vaters identifiziert hat …, als der einzige Weg, ein reifer Mann zu werden«?[9]

»Das kann man ruhig fragen. In nenne da zwei Aspekte: Erstens hatte ich subjektiv das Gefühl, eine einsame Kindheit und Jugend gehabt zu haben. Ich hatte zwar den jüngeren Bruder, es gab aber keine Gruppe Gleichaltriger. So erinnere ich mich, viele Jahre immer Sehnsucht nach Buben meines Alters gehabt zu haben. Es gab nur wenig Gelegenheit, welche kennenzulernen. Mit sechzehn war ich in so einer politischen Gruppe, die ging denn aber auch bald aus geografischen Gründen auseinander. Dann mit siebzehn kam ich in diese Nazischule und freundete mich prompt mit dem einzigen Nicht-Nazi unter vierzig Schülern an. Zweitens. Ich habe diese häufige und übliche Verdrängung homosexueller Gefühle nicht gehabt. In der Pubertät und auch nachher hab ich mich ab und zu richtig verliebt in Männer. Ich brauchte gar keine richtigen Liebeserlebnisse zu haben, um das völlig zu akzeptieren. Das hat sich zum Beispiel so ausgewirkt, daß ich viel später als Psychoanalytiker nie auf den angeblich wissenschaftlich begründeten Unsinn hereingefallen bin, daß man männliche Homosexualität heilen müsse, um sie heterosexuell zu machen. Ich hab die größte Leichtigkeit gehabt, homosexuelle Männer zu verstehen, zu behandeln.«

Auch Parin handelt als Kind in Novi Klošter manchmal nicht anders als der kleine Totò aus Tabou, Elfenbeinküste: Er sucht sich Ersatzväter, wenn ihm der leibliche die eigenen Bedürfnisse und Träume nicht zu erfüllen vermag. Paul Parin erinnert sich dar-

9 s. Othello – ein endopoetischer Exkurs, S. 117

an, sich mehrmals solche »Ersatzväter« ausgeguckt zu haben. Ist es ihm gelungen, auf diese Weise der Autorität seines Vaters zu entweichen?

»Selbstverständlich war unter meinen Ersatzvätern nie ein Hauslehrer, Professor oder irgendwer, der Macht über mich hatte oder Autorität beansprucht hat. Das aber ist in meinem Leben besonders auffallend: Bis zu meiner Psychoanalyse habe ich mit solchen Autoritätspersonen, Professoren, Lehrern oder dann Chefs von Kliniken immer ein ausgezeichnetes Verhältnis gehabt in bezug aufs Arbeiten. Ich war immer ein fleißiger Assistenzarzt, war aber nie imstande, eine irgendwie freundschaftliche oder warme Beziehung zu einer männlichen Autorität zu haben. Das hat sich dann später in der Analyse geändert. Aber davor war mir das unmöglich, und ich brauchte das auch nicht. Mit dieser inneren Distanz konnte ich natürlich sehr gut auskommen mit den Leuten, bekam nie richtigen Streit, hatte keine Autoritätsprobleme. Das war wohl eindeutig ein Spiegel meines Verhältnisses zu meinem Vater. Was ich bis heute wohl behalten habe ist, daß ich mich nicht mit institutionellen Autoritäten, seien es politische oder berufsständische, identifizieren konnte. Das kam für mich von vorneherein nie in Frage. Wenn ich übereingestimmt habe, habe ich übereingestimmt, mehr nicht. Auch sicher ein Erbe dieser Distanzierung vom Vater. Das hat mir jedoch sehr geholfen, daß ich nicht bei institutionellen Zwängen gelitten habe. Oder auch diese schrecklichen Verletzungen, die grad in der Linken so empfunden wurden, wenn man aus einer Gruppe oder Partei ausgeschlossen wird. Ich hab da ziemliche Mißerfolge erlebt, so etwa in der Schweizer Gesellschaft für Psychoanalyse, wo wir eigentlich die führenden Köpfe waren in den siebziger Jahren, der Fritz Morgenthaler und ich. Wir sind zwar nicht grade hinausgeworfen worden, aber die Überwindung starrer Formen und Denkmuster, die Fortschritte bei der Ausbildung, die wir erreicht hatten, sind kaputtgegangen. Ich hab das aber nicht als eine persönliche Niederlage erlebt, das ist halt schief gelaufen. Das ist ein sehr großer Vorteil, besonders wenn man sich politisch engagiert, daß man selbst innerlich, emotional nicht angewiesen ist, sich zu identifizieren, auch nicht mit solchen, die ursprünglich die gleichen Haltungen und Ziele gehabt haben.«

Othello – ein endopoetischer Exkurs

Seitdem die Psychoanalyse ihre Deutungskunst auf Werke der Dichtung angewandt hat, haben sich zwei unterschiedliche Methoden entwickelt. Die exopoetische Methode versucht, aus der Biographie und Psychologie des Autors die Wahl seiner Themen und die dargestellten Probleme und Konflikte abzuleiten. Die endopoetische Methode, die ich anwenden will, sieht (vorerst) ganz vom Autor ab. Diese Methode betrachtet die Protagonisten als lebendige Personen, mit einem eigenen Schicksal und einer nur für sie stimmigen Psychologie. So wie sie der Dichter geschaffen hat, sind sie Gegenstand psychologischer Analyse.

Zuerst beschreibe ich wichtige Rollen im Personenverzeichnis als Charaktertypen in psychoanalytischer Sicht.

»Othello, der Mohr«, heißt in der Übersetzung von Ludwig Tieck, »Othello, Feldherr; Mohr«; es sind beide Rollen genannt, der zum Oberkommandierenden aufgestiegene General der Söldnerarmee des venezianischen Kolonialreiches und sein mitgeborener Nachteil. Die adelsstolzen, von Reichtum und Macht noch hochmütiger gewordenen Herren von Venedig sehen einen Fremden, gar erst einen Schwarzen, als minderwertig an. Das stört sie aber nicht, solange er als rücksichtsloser Krieger Erfolge hat und ihnen treu dient. Das gibt es noch heute. Colin Powell, der Oberkommandierende der Amerikanischen Armee im Golfkrieg, wäre in diesem Jahr der aussichtsreichste Kandidat, zum Präsidenten der Vereinigten Staaten gewählt zu werden, wenn er sich der Republikanischen Partei zur Verfügung stellen würde. Ob er davon absieht, weil er befürchtet, auf der Höhe seines Ruhms gestürzt zu werden? In der wahrlich genügend hochmütigen amerikanischen Nation gibt es mächtige rassistische Strömungen. Es müßte nicht erst ein Jago auftauchen; die gierigen Fernsehketten könnten Collin Powell allzu leicht als Nigger outen.

Othello ist *der* »genitale Charakter« per se, der die Konflikte seiner Kindheit überwunden und sich mit der Autorität des Vaters identifiziert hat.

Freud hat ihn beschrieben, und es ist lange psychoanalytische Lehrmeinung geblieben: dies ist der einzige Weg, ein reifer Mann zu werden.

In seinem Land war Othello Sohn einer adligen Familie. Als Soldat hat er erfahren, wie man als tapferer Krieger aufsteigt. Ehrgeiz und Selbstaufopferung im Dienste seiner christlichen Herrn haben ihn hinaufgetragen. Seine strenge Moral: er hat sich mit der Autorität identifiziert, zuerst mit der des leiblichen Vaters, dann mit der seiner Arbeitgeber. Er ist in der patriarchal-hierarchischen Herrenklasse Venedigs zum vorbildlichen Mann geworden, unumstößlich dem ritterlichen Ehrenkodex verpflichtet. Sein Ich ist stark, er hat seine Triebe unter Kontrolle, ein Soldat und brav, allmächtiger Kommandant seiner Soldaten und Offiziere, gehorsames Werkzeug seiner Herren.

Auch seine Liebeswahl ist durchaus von den Idealen seiner Herren bestimmt. Nur das vollkommene Produkt der christlichen Kultur, die ihn gnädig ausbeutet, kann den Platz der ödipalen Mutter, seiner ersten und einzigen Liebe, einnehmen, die reinste Jungfrau; sie wäre köstlicher Besitz, Ehre und Reichtum zugleich. Erst wenn er dies Kleinod erobert und in Besitz genommen hat, ist er ein ganzer Mann und Edelmann.

Der Verlust dieser idealen Liebe zerstört seine unter Mühen und Qualen erworbene Identität als reifer erwachsener Mann. Der Verlust der Geliebten wiederholt die maßlose Enttäuschung, den kaum verwundenen Verrat, den der kleine Ödipus erfahren hat, wirft ihn zurück in die hilflose Verzweiflung des kleinen Jungen, den seine geliebte Mutter verlassen hat.

Desdemona, die wunderbar schöne und kluge Frau, ist so gut erzogen wie es ihrem Stand entspricht. Als Tochter ist sie auf den geliebten Vater Brabantio fixiert, hat ihn zum Ideal genommen und hat gelernt, sich dem Machtanspruch der patriarchalen Männerwelt zu fügen, die ihr Vater vertritt. Als gehorsames Weib folgt sie blindlings ihrem vorbestimmten Schicksal. Sie glaubt unabhängig und frei zu wählen, wenn sie den leiblichen Vater verläßt (der entsprechend frustriert und wütend reagiert) und der Werbung des väterlichen Helden folgt. Othello nimmt sie als Ersatz für die verlorene Mutter, als Objekt seiner ›erhabenen‹, nur scheinbar reifen Liebe in Besitz. Ein eigenständiger lebendiger Mensch ist sie für ihn nicht. Als der Verdacht aufkommt, sie könnte etwas anderes sein als willenloser Gegenstand männlichen Anspruchs und patriarchaler Herrschaft, verdirbt sie ihm das Ideal und raubt ihm alles, was er hat: Ehre, Stolz, seine ganze stilisierte Männlichkeit. Scheinbar nur wird er zum Barbaren: er wird nichts anderes als ein hilflos tobender kleiner Junge, den die einzig geliebte Mutter verraten und verlassen hat. Er muß sie töten; er selber ist als Mann bereits zerstört.

Von Jago heißt es, »ein Schurke«, bei Ludwig Tieck jedoch »sein Fähnrich«. Schurke ist er für die christliche Moral, die allerdings auch in Venedig nur für die Öffentlichkeit gilt. Privat sind wohl all' die Herren bereit, wie Brabantio Moral und Recht zu vergessen, wenn so ein dreckiger Neger es wagt, in ihre gehobene Rasse und Klasse einzudringen.

Jago selber sagt, was er ist, ein egoistischer Machtmensch, ein kalter Manager, der über Leichen geht. Ganz wie damals in Shakespeares Venedig, gibt es heut bei uns »narzißtische Charaktertypen«. Christopher Lasch spricht vom »Zeitalter des Narzißmus«.

Hermann Argelander hat in seinem Essay *Der Flieger* den kalten Manager und erfolgreichen Aufsteiger geschildert.

Für solche narzißtischen Charaktertypen sind Männer und Frauen niemals Objekte von Liebe und Freundschaft; sie werden lediglich gebraucht. Verachtung trifft sie, wenn sie sich nicht mehr verwenden lassen. In ihrer Ehre, die ihnen nichts gilt, kann man solche Charaktere nicht verletzen. Wer ihren Ansprüchen nicht mehr genügt, wird fallengelassen. Wer sich ihrem Aufstieg entgegenstellt, muß daran glauben. Jago haßt Cassio gar nicht; Cassios höhere Moral stört Jago, und er ist so hoch oben auf dem Platz, den der Aufsteiger für sich will, daß er ihn stürzen muß.

Überall, wo es um Macht oder um Geld geht, gibt es kalte Intriganten, die Gegner wie auch Freunde fertig machen, wenn sie ihnen im Weg sind. Die Mittel sind verschieden. Aus kommunistischen Diktaturen ist bekannt, wie treue Genossen mit Intrigen und Lügen bloßgestellt, denunziert und diskriminiert wurden. Heute nennt man das *mobbing*. Die Laufbahn Stalins wäre paradigmatisch, doch ist sie nicht einmalig.

Ähnliche Machtmenschen waren in Militärdiktaturen siegreich. Doch auch in unseren demokratischen Staatswesen gelangen Politiker zur Macht, die auf dem Weg an die Spitze Recht und Gesetz nicht im geringsten respektieren. Ja, in der Politik sind Charaktere wie Richard Nixon, Bettino Craxi, Slobodan Milošević meist erfolgreicher als ein Willy Brandt oder ein Pierre Mendès-France.

Ich kann nicht alle die handelnden Personen vorstellen und muß zur dramatischen Verwicklung kommen, in der die unbewußten Kräfte zum Drama aufbrechen und mehr enthüllen, als anhand der Lebensgeschichten zu erraten ist.

Die drei Männer, Othello, Jago und Cassio, versichern allzu oft, daß sie es ehrlich meinen. Darum haben wir Zuschauer allen Grund, daran zu zweifeln. Ist Othello naiv, daß er dem schlauen Jago traut? Das wohl nicht. In der rohen Welt der Soldaten kennt er sich aus. Er weiß, wie solche Männer sind, war selber Soldat wie Jago und Cassio. Er weiß, daß er selber nicht ehrlich ist, nicht ehrlich sein kann – und weiß es nicht. Er kann nicht ganz verdrängen, daß er schwarz ist, ein wilder sinnlicher Mann, nicht der edle Held, zu dem ihn die Herren, die ihn brauchen, stilisiert haben. Der richtige Gatte für die schöne Desdemona müßte weiß, christlich und edel von Geburt sein. Er kennt ihn, liebt und bewundert ihn selber, hat den schönen jungen Cassio zum Stellvertreter ausgewählt; vorerst nur als Lieutenant, als Amtsnachfolger.

Jago muß nicht viel Überzeugungsarbeit leisten. Othello hat als Söhnchen schon erfahren, daß die hohe reine Frau für einen anderen da ist. Er liebt und bewundert den Vater, ihren ›richtigen‹ Gatten, er ahnt, daß Desdemona ihm wie einst die Mutter nicht treu bleiben, ihn verraten, zum Vater gehen wird.

Sie dürfen daran zweifeln, ob diese psychoanalytische Deutung den tieferen Sinn des Dramas aufdeckt. Othello, der so leicht dem Wahn der Eifersucht verfällt, hat noch einen Beweis nötig: das Tüchlein. Das gleiche Tuch soll auch mir als Beweis dafür dienen, daß meine These stimmt.

Das Taschentuch, das der Mohr seiner Braut geschenkt hat, nenne ich sein »Übergangsobjekt«. Ich will erklären, was damit gemeint ist. Jedes kleine Kind muß es fertigbringen, sich von der einzigen unentbehrlichen Geliebten, der Mutter der Säuglingszeit, zu trennen. Man beobachtet und stellt fest, daß ein unbelebtes Objekt, ein Püppchen, oft nur ein Stückchen Stoff, die Mutter ersetzt. Hat Kindchen das bei sich, ist es zufrieden, kann ruhig einschlafen. Geht der Gegenstand jedoch verloren, setzt Verzweiflung ein. Jetzt erst ist Kindchen wirklich allein und verlassen.

Der englische Kinderarzt und Psychoanalytiker D.W. Winnicott hat diesen Gegenstand »transitional object«, Übergangsobjekt, genannt; am Übergang von »Mutter da, allein für mich« zu »Mutter fort«.

Als ob er Winnicott gelesen hätte, schildert Shakespeare die magische Kraft des Tüchleins, das aus der archaischen Welt der Mütter stammt und Othello Befriedigung bringt. Das Taschentuch ist sein Muttersymbol. Desdemona verliert es, Jago bringt es an sich, Cassio möchte, daß seine Konkubine es kopiert. Sie ahnen nicht, daß das Tuch für Othello die Bedeutung der Liebe seiner wirklichen Mutter hat. Geht das Symbol verloren, fühlt sich der bereits erschütterte Held verraten und verloren.

Cassio ist als der Sieger, als der richtige Gatte der ödipalen Geliebten festgeschrieben; ihn trifft kaum eine Schuld. Das verlorene Tüchlein ist nicht nur ein Beweisstück, es stellt den Verrat der mütterlichen Gattin dar, die dadurch entwertet, zur Hure eines anderen Mannes geworden ist.

Ich breche meine Interpretation des Schauspiels ab und will noch etwas darüber sagen, wie ich das Genie des William Shakespeare sehe. Dabei stütze ich mich auf Kurt R. Eissler, der als Psychoanalytiker in New York lebt. Er ist als Verfasser der zweibändigen biographischen Studie über eine Episode im Leben von Goethe bekannt und hat ein tiefschürfendes Buch über Hamlet geschrieben.

Eissler hat sich immer wieder gefragt, was das Genie, den genialen Forscher, Künstler oder Dichter, von einem bloßen Talent unterscheidet. Seinem 1971 erschienenen Werk *Talent und Genius* entnehme ich die Antwort, die er gefunden hat, die, wie mir scheint, auf Shakespeares Genie zutrifft:

Das literarische Talent hat die Fähigkeit, menschliche Probleme so dazustellen, daß Leser oder Hörer sie miterleben können. Ein Genie jedoch nennen wir einen Autor, der nicht nur typische Probleme seiner Zeit darstellt. Das Werk des Genies ist weiter gespannt. Es umfaßt die in seiner Kultur angelegten Konflikte, die seine Zeit überdauern. Der geniale Dichter scheint zu wissen, daß das individuelle Leben und die Geschichte der Völker von unbewußten Regungen bestimmt oder mitbestimmt werden, die sich in immer neuer Gestalt zeigen. Sein Talent ist es, Schicksal als Wirkung unbewußter Seelenkräfte darzustellen, sein Genie, daß er das blinde Schicksal seiner Zeitgenossen und kommender Generationen, ihr bewußtloses Tun und Wirken aufklärt, so daß wir es miterleben – und mitunter verstehen – können. Wir selber sind die Gestalten in seinen Werken. Othello ist ein Mann unserer Welt.[10]

»Scheine was du bist, und sei, was du scheinst – oder einfacher ausgedrückt: Sei niemals unterschieden von dem, als was du jenen in dem, was du wärst oder hättest sein können, dadurch erscheinen könntest, daß du unterschieden von dem wärst, was jenen so erscheinen könnte, als seiest du anders!«

Geoffrey und das Glück – ein literarischer Exkurs

Als Geoffrey H. Morgan … zu seinem ersten Besuch in Zürich erschien, war er einige Jahre über dreißig, mit Ph.D. und weiteren akademischen Titeln ausgestattet. Er war bei der Weltbank in Basel angestellt, mit der Aussicht, in eine obere Etage aufzusteigen. Davon war ihm nichts anzumerken; er war einfach ein überaus charmanter, großgewachsener Neger, der deutsch und französisch mit kaum merklichem amerikanischen Akzent, das Englische aber wie ein Brite der Oberklasse sprach. Einer der ersten ernstzunehmenden Ethnologen unserer Welt, Bartolomé de Las Casas im 16. Jahrhundert, glaubte den Objekten seiner Studien, mexikanischen Indios, anzusehen: sie seien so gut gewachsen, ›daß man meinen könnte, alle wären wohlbehütet als Kinder von Prinzen aufgewach-

10 Lesung und Gesprächsabend über *Othello, der Mohr von Venedig* im StadtTheater Bern am 11. Mai 1996.

sen‹. Einigermaßen traf das auch auf unseren Besucher zu, doch vermißte Jeff gerade den exotischen, afrikanischen Hintergrund seiner Herkunft und hatte soeben einen energischen Versuch unternommen, denselben einzuholen. Er brachte uns Grüße aus einem afrikanischen Dorf, in dem wir vor einigen Jahren zum Zweck ethnologischer Feldforschung gewohnt hatten. Der Zufall hatte ihn hingeführt. Wie üblich hatte man ihn nach dem Woher und Wohin gefragt, er hatte erklärt, daß Basel in der Schweiz liege. Das veranlaßte Dorfchef Ogobara, ihm den Auftrag zu geben, uns die Grüße der Ältesten des Dorfes Sangha persönlich zu übermitteln. So verschafften uns die afrikanischen Freunde den bleibenden Gewinn der Freundschaft mit einem der seltenen Menschen, denen das Glück hold ist.

Jeff war nicht auf der Suche nach roots, nach seinen Wurzeln, nach Westafrika gefahren und durch Wüsten, Savannen und Regenwald getrampt. Vielmehr wollte er die Distanz ermessen, die ihn und seinesgleichen von Afrikanern trennte und unterschied, ganz im Rahmen seiner wirtschaftspolitischen Interessen.

Bei der Weltbank hatte er oft mit höchst fremdartigen und zugleich amerikanisch-vertraut anmutenden Politikern und Managern zu tun, die kaum Gelegenheit boten, die ökonomische und menschliche Wirklichkeit Afrikas kennenzulernen. Um dies auf der Reise zu erreichen, wäre es günstig, so meinte er, selber als Afrikaner angesprochen und akzeptiert zu werden. Das gelang jedoch nicht, obwohl Jeff, wie gewohnt, wieder Glück hatte. Aus dem Zimmer des Grand Hotel in Bamako, ..., war ihm sämtliches Gepäck gestohlen worden. ... Jeff hatte den amerikanischen Paß und sämtliche Plastikkarten in der Tasche ... Jetzt ging er zum Markt und kleidete sich neu ein, mit einer rosenholzfarbenen kurzen Hose und einem blauen Mossihemd, Plastikschuhen, ganz wie ein junger Afrikaner, der auf der Suche nach einem Arbeitsplatz unterwegs ist, einschließlich dem Koffer mit Krodokilledderbemalung und glänzendem ziselierten Schloß. ..›Ich war ganz happy‹, erzählte Jeff, ›weil ich sicher war, die Afrikaner würden mich jetzt nicht mehr als Fremden ansehen. Ich sah wirklich aus wie einer aus Mali oder Ghana, von wo meine Voreltern in die Südstaaten verkauft worden sind‹. Trotz der afrikanischen Verkleidung gelang es ihm kein einziges Mal, Afrikaner zu täuschen. Bereits in unserem Dorf Sangha gab man ihm den Namen, mit dem er sich abzufinden hatte: l'Européen noir, der schwarze Europäer. Man erkenne es von weitem: seine Bewegungen seien nicht die eines Afrikaners. Jeff erinnerte sich an die erschütternde Beichte des Richard Wright, des amerikanischen Erzählers, der die Schwarzen in den Vereinigten Staaten literaturfähig gemacht und wesentlich zum Aufstieg der Bürgerrechtsbewegung beigetragen hatte. Der berühmte schwarze Schriftsteller war vom ghanesischen Präsidenten Kwame Nkrumah als Ehrengast zu einem großen Meeting der Panafrikanischen Bewegung eingeladen worden. Überall war die Musik der Trommeln, vor allem die mitreißenden Synkopen der Ghanesen, und Tanz, die beschwingte sinnliche Bewegung, die allen ins Rückgrat fuhr, den hochpolitischen Kongreß in ein einziges Tanzfest verwandelte.

Dem Richard Wright fuhr es nicht in den Leib, im Gegenteil, seine Haltung versteifte sich noch mehr, die Glieder schlenkerten linkisch, in der Brust krampfte es zusammen, im Kopf jagten die Gedanken; bis er verstanden hatte und sich damit abfand: Das alles habe ich verloren, habe es aufgeben und verlieren müssen, damit ich so schreiben konnte, daß meine Welt, die Liberals and Radicals, die Enkel der Sklavenhalter und der puritanischen Abolitionisten, meine Bücher lesen und die Botschaft zur Befreiung vom Rassismus annehmen konnten. Traurig hielt er bis zum Ende des Meetings durch, traurig und entschlossen reiste er zurück.

Geoffrey H. Morgan erging es besser. Geschützt und behütet von den gefüllten Tresoren seiner Eltern und jung genug, konnte er es genießen, sich in die Bewegung der Tänze hineinziehen zu lassen. Mit Ironie und Mitleid dachte er an den armen Richard Wright und nahm es nicht den Afrikanern und nicht den Weißen, am allerwenigsten sich selbst übel, daß man ihn an seinen Bewegungen, die für ihn selber und die Mädchen genügend lustvoll waren, als Europäer erkannte. Ausgestoßen fühlte er sich deshalb nicht.[11]

11 Geoffrey und das Glück, in: *Karakul*, S. 36–38.

Dissidenz und Anpassung

Koordinaten der Psychoanalyse

Psychoanalyse als Fortsetzung der Guerilla mit anderen Mitteln. So eigenwillig definiert Goldy Parin-Matthèy die Wissenschaft, die sie jahrelang in Zürich und im Kulturvergleich mit Afrikanern praktizierte, am liebsten. Charakteristisch für sie selbst und für die Psychoanalyse Freud'scher Provenienz.

Wer Goldy Parin kennt, nimmt ihr ab, daß sie diesen Anspruch in ihrem Leben auch einlöste. Nicht nur in ihrem Beruf, sondern auch als Persönlichkeit: Aktivismus, Kampfgeist, subversiver, gegen Erstarrung und mechanistische Anpassung gerichteter Eifer, latent revolutionäre, anarchistische Gesinnung.

Paul Parin hat dieselben »Ich-Strukturen«, wie er das professionell bezeichnen würde. Das typische Profil eines linken Intellektuellen, ließe sich hinzufügen. Das aber weist Paul Parin eher von sich, womit er jedoch nicht überzeugt, sondern eher Verwirrung stiftet. Nicht, daß man ihm den linken Intellektuellen entgegen seinem Selbstbild unterschieben müßte, um sein politisches Profil zu liften. Aber wenn er heute im Gespräch meint, es sei hauptsächlich das berufsspezifische Erkenntnisinteresse gewesen, das beide dazu gebracht habe, linke Positionen zu vertreten, dann enttarnt er damit die Psychoanalyse als herrschaftskritisches, mithin als ein »klassisches« intellektuelles Agitationsinstrument: Psychoanalyse als Fortsetzung der Guerilla mit anderen Mitteln.

Daher ist es nur konsequent, daß Paul und Goldy Parin in dem im »Packeis« des politischen und wirtschaftlichen Klüngels erstarrten Zürich eine »Basiszelle« für die Weiterbelebung dieser subversiven Wissenschaft schaffen. Gemeinsam mit Fritz Morgenthaler, Harals Winter, Harry Lincke, Emil Grütter, Arno von Blarer und Maria Pfister-Amende gründen sie 1958 das Psychoanalytische Seminar Zürich, PSZ.[1]

»Seit Mitte der sechziger Jahre entwickelte sich das Seminar zu einer unabhängigen, selbstverwalteten Institution ohne formelle Zulassungskriterien, ohne einen festgelegten Studiengang und ohne Abschlußdiplom. Alles Wissen und Können wurde praktisch informell weitergegeben. Weil die meisten der Interessenten berufstätig waren, gab es vor allem Abendkurse, das heißt Diskussionen und Vorträge. Aber etwa seit Anfang 1974 regte sich Widerspruch und Widerstand von seiten etlicher Mitglieder der Schweizerischen Gesellschaft für Psychoanalyse (SGPsa), nicht zuletzt gegen uns, Morgenthaler, Goldy und mich. Schließlich hatten wir eine kritische Gesellschaftstheorie im Lehrangebot. Der Konflikt entzündete sich wohl hauptsächlich daran, daß die Ausbildung auf die gesellschaftliche Legitimation des Berufs des Psychoanalytikers gerichtet ist, was unvermeidlich in Widerspruch zur subversi-

1 Der Schweizer »Dachverband« für Psychoanalyse, die 1919 gegründete Schweizerische Gesellschaft für Psychoanalyse (SGPsa), bot keine Möglichkeit zur Ausbildung von Psychoanalytikern. Dieses Defizit fing das PSZ auf. Es wurde als Ausbildungsinstitut von der SGPsa »anerkannt«, so lange ein »ordentliches Mitglied« der SGPsa in der Leitung vertreten war. Dieser Vertreter war stets Fritz Morgenthaler. An das Seminar kamen Auszubildende, Kandidaten genannt, aus Deutschland, Italien, Israel, Frankreich, Finnland, den Niederlanden. Erst ab ca. 1964 bewarben sich auch Schweizer/innen, Ärzte und »Laien«, wie Interessenten anderer Berufssparten genannt wurden.

ven Grundtendenz der Psychoanalyse gerät, welche alles andere als ihre ›Gesellschaftsfähigkeit‹ zum Ziel hat. Es ging schließlich um die Frage, soll der ›Unterrichtsausschuß‹ der SGPsa die ›Kandidaten‹, die jetzt Analytiker in Ausbildung (AiA) hießen, *beraten* (unser Standpunkt) oder sie *leiten* (der Standpunkt unserer Gegner, vor allem aus der Romandie).«

Das Tauziehen zwischen den Kontrahenten währt bis zum Sommersemester 1977. Es endet damit, daß die SGPsa dem PSZ die Anerkennung entzieht und die Räume aufkündigt.

Das (selbstverwaltete) PSZ beschließt auf einer Vollversammlung mit großer Mehrheit aller Teilnehmer, AiA und Dozent/innen, die Fortsetzung des Projekts. Es werden neue Räume in der Tellstraße angemietet, inzwischen Quellenstraße, wo das PSZ bis heute als selbständiges Institut existiert. Die SGPsa gründet nach dem Eklat ein eigenes Institut.

Abgesehen von einem eher amüsanten, von P.P. beiläufig erwähnten Nebenaspekt (»Meine Neugier auf Liebesintrigen hat dazu beigetragen, daß ich Psychoanalytiker geworden bin. Damit ist sie auch verschwunden«.) liegt bei dieser Berufswahl die Betonung auf den inhärenten aufklärerischen und (selbst-)befreienden Möglichkeiten.

Man wird leicht fündig in den Schriften von Paul Parin aus früheren Jahren, die diesen Zusammenhang in der Tradition der Freud'schen Psychoanalyse als Mittel radikaler Kulturkritik klar benennen:

»Psychoanalytiker sind kritische Intellektuelle … Durch ihr Wissen sind sie berufene Kritiker der herrschenden Verhältnisse, der Verhältnisse von Herrschaft. Psychoanalytiker sind Intellektuelle. Sie sind aber in einer besonderen Lage. In ihrer täglichen Arbeit tief emotional engagiert, stehen sie auf Seiten der unterdrückten Triebwünsche. Den späten Folgen früher Unterdrückung, den sich aus Frustrationen und Bedrohungen ergebenden automatischen Abwehrmechanismen ihrer Analysanden, müssen und wollen sie entgegentreten. Da alle jene Kräfte, die zur Einengung und Verzerrung individuellen Seelenlebens geführt haben, Ausdruck und Wirkung gesellschaftlicher Unterdrückung und Ursache des allgemeinen Unbehagens in der Kultur sind, üben Psychoanalytiker einen Beruf aus, der sie ständig in die Lage unerbittlicher Kritiker ihrer Gesellschaft bringt, welcher sie ebenso wie die Analysanden angehören. Sie sind heimliche Subversive. Sie attackieren die Machtverhältnisse der Gesellschaft, der sie als Privilegierte angehören.«[2]

Der Analytiker – im Widerspruch zu seiner Klassenlage. Auf der Suche nach Spuren der Unterdrückung und Ausbeutung im Seelenleben der Menschen, nach Einflüssen der jeweiligen Klasse und sozialen Schicht auf die Analysanden.

»Es geht viel um Entschlüsselung dessen, was uns in unserem menschlichen Verhalten, den scheinbaren Gesetzmäßigkeiten der Natur und seinen, zu Institutionen geronnenen Formen als ›Pseudonatur‹ entgegentritt.«

Die bahnbrechende Einsicht der Psychoanalyse ist für Parin die Erkenntnis, daß das *Ich* nicht *Herr im eigenen Haus* ist.

»Es bedeutet eine schwere Kränkung für den Narzißmus, einsehen zu müssen, daß die wirklichen Motive für vieles, was wir tun, nicht identisch sind mit unseren bewußten Absichten, sondern daß unbewußte Inhalte, seien es Wünsche oder Ängste, dieses Tun in

2 Das obligat unglückliche Verhältnis der Psychoanalytiker zur Macht, in: *Subjekt im Widerspruch*, S. 93.

einem Maße beeinflussen, von dem der gesunde Menschenverstand nichts wissen will.«[3]

Das bedeutet konkret für das Analytikerteam Parin, Parin-Matthèy und Morgenthaler in Zürich, in der eigenen, anpassungssüchtigen Gesellschaft (»die Schweiz als Gesamtkleinbürger«) das Fremdbleiben, das Unangepaßtbleiben als individuellen Dauerzustand geradezu zu kultivieren.

Das heißt die Annahme, daß es weder eine konfliktfreie Gesellschaft gibt noch konfliktfreie Menschen. Das erfordert als Voraussetzung für die Analyse die Beseitigung von blinden Flecken der Wahrnehmung. Vorurteile müssen abgebaut werden. Für die Analyse gilt das Ziel, die »gesellschaftliche Produktion von Unbewußtheit« (Mario Erdheim, ein am PSZ ausgebildeter Psychoanalytiker) aufzudecken und damit weniger wirksam zu machen. Das heißt: Wer zu dieser Aufklärung eines Individuums beiträgt, muß imstande sein, die eigenen kulturspezifischen Vorurteile und Illusionen in Frage zu stellen. Das heißt weiter das Transparentmachen der Ideologie, welche Machtverhältnisse stabilisiert beziehungsweise aufrechterhält: im politischen und ökonomischen Überbau, zwischen den Geschlechtern, zwischen Eltern und Kind, in einer hetero- oder homosexuellen Paarbeziehung, zwischen Männern und Frauen unter dem Konkurrenz- und Leistungsdruck im Berufsleben. Es empfiehlt sich, zum Beispiel, in Betracht zu ziehen,

»daß ein Beamter nicht nur nützliche organisatorische Funktionen hat, sondern daß er Mitmenschen durch seine Macht unterdrückt, daß ein Unternehmer nicht nur einen interessanten und initiativen Beruf hat, sondern auch Herrschaft ausübt und Ausbeutung be-

3 Vorwort von Peter Passett zu: *Krieg und Frieden aus psychoanalytischer Sicht*, S. 14.

treibt, daß ein Industriearbeiter nicht nur eine eintönige manuelle Beschäftigung ausübt, sondern dabei das Ausführungsorgan eines ihm fremden und feindlichen Interesses ist. Das heißt nicht weniger, als die Interessen aufzudecken, die die unterdrückende Instanz möglichst haltbar im Unbewußten etabliert, damit die Individuen automatisch das wünschen und tun, was ihre Herrscher wollen, und das fürchten und vermeiden, was den Oberen zuwider ist.«[4]

Nun liegt aber nicht eine Gesellschaft, sondern ein einzelner Mensch auf der Couch und sucht seine seelischen Konflikte zu entknoten. Psychoanalyse ist eine Individualtherapie. Nach ihrem Abschluß gelangt das Individuum in die unverändert Unbehagen verursachende Kultur zurück.

Ausbeuterische Interessen aufdecken, den »Tyrannen« ausloten, die Mechanismen der Tyrannei bloßlegen – etwa um das hilfesuchende Individuum in die Lage zu versetzen, selbstbewußter, womöglich toleranter damit umgehen zu können? Läuft die Psychoanalyse nicht Gefahr, als Steigbügelhalter für eine Stabilisierung der gesellschaftlichen Machtverhältnisse ihre hochgesteckten emanzipatorischen Ziele zu verfehlen, indem sie psychisch angeschlagene und labile, zweifelnde Menschen wieder für die Leistungsgesellschaft funktionstüchtig und damit verwertbar macht?

Nein, entgegnet Parin, es sei zwar richtig, daß gesellschaftliche Widersprüche schuld sind am psychischen Leiden eines Patienten, aber die Leiden kommen aus dem Innern des Individuums, der Widerspruch ist verinnerlicht. Und letztlich gäben doch die massiven Vor- und Nachteile einer gesellschaftlichen Position den Ausschlag für das soziale Verhalten eines Menschen. Vor allem jemand,

4 Gesellschaftskritik im Deutungsprozeß, in: *Widerspruch im Subjekt*, S. 38.

der meint, viel zu verlieren zu haben, neige eher zum Konservieren, zum Festhalten am Gewohnten, Sicherheit Gewährenden usw.

»Manche Psychoanalytiker scheinen außerdem zu meinen, daß die Befreiung des Sexuellen, die sie in der Analyse anstreben, möglich ist, ohne daß es zu solchen emanzipatorischen Bewegungen kommt. Die emotionelle Befreiung von erlittener und verinnerlichter Unterdrückung des Sexuellen habe nichts mit der vernünftigen Anpassung und der Unterwerfung unter bestehende Herrschaftsverhältnisse zu tun. Die Mächtigen dieser Welt, die politisch tätig sind und ideologische Regeln festsetzen und verkünden, sind anderer Ansicht. Meines Wissens hat in neuerer Zeit noch jede konservative oder reaktionäre politische Richtung, die zur Macht kam, darauf geachtet, daß moralische Regeln, Gesetze und Repressionen gegen sexuelles Verhalten aufgestellt und durchgesetzt wurden. Solche Mächte scheinen zu wissen, daß die Unterdrückung des Sexuellen zu ihrer Sicherung nötig ist.

Ich selber kann mich nur so lange als Analytiker betrachten, als ich mich auf die Seite der unterdrückten sexuellen Triebregungen stelle. Ich nehme es in Kauf, daß eine gelungene Analyse mitunter dazu führt, daß sich Analysanden und Analysandinnen unvernünftiger verhalten als vorher, daß sie gegen eine Umwelt rebellieren, an die sie im Zustand größerer Unterdrückung besser angepaßt waren. Ich tröste mich darüber mit George Bernard Shaw, der geschrieben hat:

»Der vernünftige Mensch paßt sich der Welt an; der unvernünftige besteht auf dem Versuch, die Welt sich anzupassen. Deshalb hängt aller Fortschritt vom unvernünftigen Menschen ab.«[5]

5 Die Verflüchtigung des Sexuellen, in: *Subjekt im Widerspruch*, S. 89.

Es wäre aber ein Fehlschluß zu meinen, durch Psychoanalyse bestimmte Bedingungen, an die ein Mensch geknüpft ist, verändern zu können. Sicher erschüttert jede gelingende Analyse erst einmal gehörig das Weltbild des Analysanden. Sie müsse zum Konflikt zwischen seinen persönlichen Interessen und den Interessen der Gesellschaft führen, vor allem mit dem Wertsystem der Schicht, der er selber angehört. Aber die Psychoanalyse könne einen Menschen auf den Weg zur *Selbst*befreiung führen. Dementsprechend sei das Ziel der psychoanalytischen Behandlung nicht die Herstellung oder Wiederherstellung irgendeines lustbetonten/lustbesetzten Zustandes oder gar einer erwünschten Norm.

»Die Kritik der Gesellschaft führt nicht zu einer Indoktrinierung, jedoch zur Bearbeitung von Konflikten, die sonst außerhalb der Analyse bleiben würden. Daß die psychologische Bearbeitung nicht mit einer glücklichen Lösung verwechselt werden darf, ist selbstverständlich.«[6]

Das Arbeitsbündnis

»Seit sich meine Laufbahn als Psychoanalytiker deutlich dem Ende zuneigt, mehren sich Bemerkungen über meine ›Erfahrung‹. Analysanden bringen damit bald ihre idealisierende Übertragung zum Ausdruck, bald ihre Unterlegenheit, begleitet von einem Gefühl der Ohnmacht, daß gegen das Gewicht dieser Erfahrenheit die eigene Meinung und Kritik im vorhinein keine Chance habe. ... Oft Unterton von Neid auf soviel Wissensbesitz, der mir Prestige und Gewicht verleiht. Das erweckt in mir eben-

6 vgl. Das Ende der endlichen Analyse, in: *Subjekt im Widerspruch*, S. 43ff.

falls Neid, mit einem melancholischen Unterton: ›Wenn ihr wüßtet! Ich würde gerne auf diese Ausstattung verzichten, hätte ich wie ihr die Sache noch vor mir‹.

Im doppelten Sinn, als Lebenszeit und als Faszination, die von der Tätigkeit des Analytikers ausgeht.

Sobald der Neid abklingt, wird die Stimme des Gewissens hörbar: ›Du solltest von deinen Erfahrungen etwas herzeigen, weitergeben.‹ Dann erhalten die Neider, was ihnen fehlt, mein Besitz ist legitimiert, und – was die Erfüllung eines Gewissensanspruchs allemal mit sich bringt – mein gestörtes narzißtisches Gleichgewicht ist wiederhergestellt.«[7]

Paul Parin im Rückblick auf ein fast vierzigjähriges Berufsleben als Psychoanalytiker.

»Die Analyse ist nicht *das Leben selbst*«, gibt er einmal zu bedenken, »das *setting* macht sie zu einer experimentellen Situation«.

Es ist ein Experiment für beide, Analytiker und Analysand.

Kein Experiment ist das Interieur. Die obligatorische Couch steht immer noch in jedem der drei Sprechzimmer der Psychoanalyse-Praxis Morgenthaler/Parin/Parin-Matthèy. In einem hängt ein kleines Gemälde. Eine ehemalige Analysandin hat dieses zentrale Therapiemöbel rahmenfüllend in düsteren Ölfarben gebannt; unscheinbarer im Hintergrund am Kopfende: der Stuhl des Seelenforschers.

»Wir hatten in dem Sinne keine Praxisgemeinschaft; jeder hatte seine Analysanden; Goldy hatte eigentlich eher die schwerer Gestörten. Es gab überhaupt keine Konkurrenz untereinander, auch keine Eifersucht. Wir wurden in der Regel persönlich von jemandem angesprochen, ob wir bereit seien, eine Analyse durchzufüh-

7 The Mark of Oppression ..., in: *Subjekt im Widerspruch*, S. 115.

ren, und wenn da mal sozusagen kein Freiraum mehr für einen Neuzugang war, dann schauten wir, ob ein anderer von uns noch eine Möglichkeit zur Übernahme sah.

Ich erinnere mich auch, das eine oder andere Mal der Goldy eine besonders attraktive Frau als Analysandin weiterverwiesen zu haben: warum sollte ich mir das antun?«

Warum sollte sich ein Analytiker überhaupt etwas antun?

Das Experiment, wie Analytiker und Analysand im Analyseprozeß miteinander klarkommen, ist immer eine Herausforderung: die (libidinöse) Situation einer wechselseitigen Übertragung und Gegenübertragung von Triebregungen, Ängsten, Bedürfnissen, Wünschen …

»Die tiefe Befriedigung in ›guten‹ Analysestunden ist auf die wechselseitige Übertragung zielgehemmter objektbezogener Wünsche zurückzuführen und erneuert sich im identifikatorischen Austausch von Gefühlen im gemeinsamen Erleben. Daran kann der muntere Ausdruck *Arbeitsbündnis*, der die Lust an der Analyse zu versachlichen sucht, nichts ändern.«[8]

Wie »meistert« der Analytiker die Herausforderung der seelischen Offenbarungen seines Analysanden? Wie nah läßt er ihn an sich herankommen? Was darf er dabei von sich zu erkennen geben? Wie autonom und souverän vermag sein *Ich* dabei zu funktionieren? Wie eng, wie weit zieht er die Grenzen in der möglichen Spannweite zwischen der Befriedigung von unbewußten eigenen Triebwünschen beziehungsweise den Triebwünschen seines Gegenübers und der Beschränkung auf deren Deutung? Wie pariert er sein eigenes narzißtisches Bedürfnis, Macht über seinen Analysanden auszuüben?

8 Abstinenz?, in: *Befreiung zum Widerstand* …, Hg. K. Brede u. a., S. 174.

»Wenn du zweifelst, enthalte dich!«

Eingeforderter Triebverzicht – Alltag des Analytikers. Das gewöhnliche *setting*:

»Der Analytiker soll keine Fragen beantworten, keine Ansichten äußern, sein Urteil nicht preisgeben, soll vor allem schweigen und sich ganz unsichtbar machen, bis er endlich die richtige Deutung zu geben weiß; er soll immer neutral sein, als ob er kein Privatleben, keine Familie, keine Eigenschaften, keine Bedürfnisse, keine Weltanschauung und keine kulturelle oder politische Zugehörigkeit hätte. ... Das Sprechzimmer müsse ansprechend aber neutral eingerichtet sein. ... Kurz: Analytiker sollen vokal, affektiv und existentiell stumm sein – bis auf ihre legitime Handlung, das Deuten – nie krank sein, nie voll Lebensfreude oder deprimiert, abstinent in jeder Hinsicht.«[9]

Der Analytiker – ein Abstinenzler? Paul Parin ein berufsmäßiger emotional steriler Asket? Kann das Sinn und Zweck jener subversiver psychoanalytischer Hebammendienste für individuelle Emanzipation sein? Parin: »Ein klares Nein.« Damit falle man hinter Freud zurück, der bereits eindeutig den Triebverzicht als domestizierendes, herrschaftssicherndes Mittel der Zivilisation und vor allem christlich-abendländischer Religionen entlarvt habe. Werde eine solche Abstinenz und absolute seelische Neutralität unreflektiert vom Analytiker eingefordert – gar nach der Devise: je mehr Verzicht, desto besser die Leistung – so widerspreche dies diametral dem Ziel der Analyse, die Triebabwehr zu mäßigen. Aber es sei auch eine Tatsache, daß hinter jeder Äußerung eines Analysanden eine andere Wahrheit stehe, ein »unendlicher Prozeß«:

9 ebenda.

»Es ist unsere Aufgabe, diese Unsicherheit auszuhalten. Doch liegt es leider nahe, sich zu enthalten. Der erste Schritt ist das Schweigen; auf Fragen nicht zu antworten, neutral zu sein in jeder Hinsicht. Damit ist Zweifel, Unsicherheit und das Gefühl der Ohnmacht, am Prozeß nur teilzunehmen, ohne ihn zu steuern, leiten oder beherrschen zu können, gebannt. Mit dem Streben nach Neutralität wirkt der Analytiker unberührt, vielleicht unberührbar. Statt sich der Entfaltung von übertragenen Gefühlen, Wünschen, Hoffnungen und Ängsten zur Verfügung zu halten, hat er ein ganz bestimmtes Verhältnis zum Analysanden installiert: ein Machtgefälle.«[10]

Aus diesem Strudel sei kaum ein Entkommen. Jede Analyse beginne, den Beteiligten mehr oder weniger bewußt, damit, daß der Analytiker als der Mächtigere erlebt werde: Er wisse Bescheid, er werde helfen.

»Mit der sogenannten Abstinenz wird dieses Bild des übermächtigen Analytikers befestigt. Es ist eine Tatsache, daß in jedem Dialog der Stumme, nicht Berührbare, der nichts von sich preisgibt und keine Gefühle zu haben scheint, als der Mächtige erlebt wird, der andere, der spricht und fühlt, sich als ohnmächtig erlebt.«

Macht schütze den Analytiker indes vor Zweifel und Unsicherheit. Sie schaffe Befriedigung.

»Ich selber, der ich viele scheinbar so gut etablierte Regeln kritisiere, muß gelten lassen, daß Analytiker ihre eigenen Wünsche nicht mittels der Analysanden befriedigen sollten. Unversehens sind wir aus der Analyse, die allen Gefühlen offen sein sollte, ausgestiegen und haben uns in ein Machtspiel eingelassen, in dem wir

10 a.a.O., S. 177.

alle Chancen haben und der Analysand nur eine einzige: die Analyse aufzugeben.«[11]

Nach welchen Kriterien läßt sich ein Psychoanalytiker auf eine Analyse ein, was könnte ihn von einer Zusage abhalten? Darf er Sympathie oder Abneigung dabei gelten lassen? Könnte sich Paul Parin – theoretisch – etwa vorstellen, heute einen Kriegsverbrecher aus dem ihm nahestehenden, nun zerstörten Jugoslawien zu analysieren?

»Es gibt ziemlich viel Literatur, wie schwer oder wie unmöglich es einem Analytiker ist, Menschen mit einer entgegengesetzten Ideologie zu behandeln. Ein Liberaler etwa einen Nazi. Theoretisch ist es wohl so: Die Analytiker sollten ihre eigenen Affekte und unbewußten, althergebrachten Phantasien so weit bewußt machen, daß ihnen das möglich wäre. Ich hab selbst, aber das ist auch kein Zufall, nie einen richtigen Schweizer Nazi in der Analyse gehabt, aber es ist auch einfach keiner gekommen. Hingegen hab ich schon Gelegenheit gehabt, immer wieder Menschen, die zu mir in die Analyse kommen wollten, die mir a priori nicht sympathisch waren, – die Goldy pflegt zu sagen: solche hab ich nicht genommen – die ich aber, obwohl sie mir bei der ersten Unterredung sehr unsympathisch waren, genommen habe und wo es mir gelungen ist, nach einigen Tagen oder Wochen, mir meine eigene Antipathie so weit bewußt zu machen, daß sie verschwunden ist. Ich weiß, daß zumindest zwei dieser Analysen solche von den am besten gelungenen sind. Bei einem, den ich am liebsten sofort weggeschickt hätte, hab ich inzwischen eine Nachbeobachtungszeit von sechsundzwanzig Jahren. Also theoretisch sollte sich ein Analytiker so weit befreien können, aber ich kann es weder als Forderung für alle aufstellen, noch habe ich selbst eine Erfahrung, wie weit es mir möglich wäre, einem Kriegsverbrecher großen Ausmaßes genügend offen gegen-

11 ebenda

überzustehen für eine Analyse. Wäre ich Jurist, wüßte ich, daß ich völlig ungeeignet wäre, einen Prozeß zu führen, weil ich viel zu sehr die Grundprinzipien des europäisch-amerikanischen Rechtsdenkens in Frage stelle. Die paar Gutachten als Psychiater über Rechtsbrecher, es waren immerhin zwei Mörder darunter, haben mir dagegen keinerlei emotionale und intellektuelle Schwierigkeiten gemacht. Die persönlichen Motive bei dieser Art, wie die Psychoanalytiker auf diese Menschen eingehen, werden einfach sehr einsichtig. Das heißt ja nicht, alles verstehen, alles verzeihen. Ein Mord bleibt ein Mord. Die oberen Gerichte, für die ich meine Gutachten gemacht habe, haben diese immer voll inhaltlich anerkannt.«

Koordinaten der Ethnopsychoanalyse

FJS – Eine auto-ironische ethnopsychoanalytische Fallstudie[12]

Verehrter Kollege,

Ich teile Ihre Auffassung, daß der Ethnologe mit dem von Ihnen so treffend benannten *Blick des Fremden* kulturelle Verhältnisse oft

12 Mit der Aufnahme dieses Textes von P.P. aus dem Jahr 1989 in diese Biographie soll lediglich eine weitere stilistische Facette vorgestellt werden, eine Ausnahme in seinem schriftstellerischen Werk. P.P. hat diesen Beitrag auf Wunsch von Hans-Jürgen Heinrichs zum Tode des bayrischen Politikers Franz-Josef Strauß für eine Anthologie über FJS mit dem Untertitel: *Der Charakter und die Maske; Der Progressive und der Konservative; Der Weltmann und der Hinterwäldler* geschrieben. Parin versteht seine »Fallstudie« zu FJS als eine »Farce«, eine »Satire«, in der »alles vieldeutig, aktuell-zeitbezogen, gleichzeitig unernst und ernst gemeint« ist; »ernst nur der ›tiefere‹ Sinn und natürlich die Warnung, wohin das führt, wenn man vor solchen Polit-Matadoren nicht rechtzeitig warnend einschreitet.« Es geht ihm also in erster Linie um die »Moral aus der Geschichte«, »die Schlüsse auf meine Persönlichkeit und Haltung erlaubt«, nicht um die »Kritik eines bundesdeutschen Politikers, die mich nie ernsthaft beschäftigt hat.«

schärfer sieht als die allzunahe Beteiligten und daß psychoanalytische Deutungen, die in dunkle Tiefen der Frühzeit und des Unbewußten hineinzielen (acheronta!) oft mehr bewegen als Denkanstöße, die an der spröden Oberfläche des Gegenstandes ansetzen.

Dennoch hat mich Ihre so ehrende Anfrage zuerst erstaunt. Mußten Sie doch wissen, daß ich nie länger beim Stamme der Bajuva geweilt, geschweige denn eine Feldforschung dortselbst unternommen habe und daß der Stammeshäuptling, Dorfkönig oder Landesfürst, dessen Tod und Begräbnisritual aktueller Anlaß für Ihre Anfrage ist und den ich mit dem populärsten seiner Übernamen eF-JotteS nennen will, mein spontanes Forschungsinteresse in keiner Weise auf sich gezogen hätte.

Als mir bewußt wurde, daß Sie nicht nur der berühmte ethnopsychoanalytische Forscherkollege sind, sondern als *Honorary Chairman* und *Managing Editor* der altrenommierten *Q-University Press*[13] auch dafür sorgen müssen, durch die Wahl aktueller und populärer Themen das Forschungsinteresse der *undergraduates* anzuregen, habe ich mich entschlossen, mit meinen bescheidenen Möglichkeiten einen Beitrag zu leisten. Allerdings kann ich von keiner eigenen Felderfahrung ausgehen und muß mich auf wenige Zeugnisse in der Fachliteratur, auf einige allgemein bekannte Ereignisse aus der jüngsten Geschichte der Ba-juva und auf vereinzelte unmittelbare Beobachter stützen. Desto kühner will ich kombinieren und deuten, bitte Sie aber, die so scharf formulierten *statements* nur als Ariadnefaden, als erhellende Leuchtzeichen, kurz als Arbeitshypothesen für künftige Forscher in den dunklen Labyrinthen der Ba-juva-*culture* und im verborgenen Psychoethnogramm des verstorbenen Stammesführers eF-JotteS zu betrachten.

13 *Q* bezieht sich auf den Qumran Verlag bzw. auf H.-J. Heinrichs, der den Text angefragt hat, »der gleichzeitig spielerisch poetisch und pseudo-akademisch« angelegt ist. Er soll schließlich auch die »wissenschafts- und pädagogisch-snobistische Haltung der US-amerikanischen Universitäten aufs Korn nehmen«.

Das erste Werk, das ich ins Auge fasse, eine umfangreiche ethnohistorische Monographie über die Ba-juva aus der ersten postbellischen Epoche (wir befinden uns in der zweiten!) ist Ihnen wohl bekannt: ›S.U.C.C.E.S.S.‹ (Abkürzung von *Some unknown communications concerning ethno-sadistic structure*, auf deutsch meist zitiert als ERFOLG).[14] Der Autor mußte bekanntlich Ba-juva-*country* vor Abschluß seiner Studien fluchtartig verlassen. Daher konnte er seine Feststellungen nicht bis zum Ende durch Feldbeobachtungen belegen und hat deshalb unter einem Pseudonym publiziert. In diesem Werk kommt, plastisch und tiefschürfend beschrieben, ein anderer Stammesfürst vor, der in jeder biographischen und psychologischen Einzelheit, einschließlich der Leibesfülle unserem eF-JotteS gleicht. Dadurch ist bereits die erste grundlegende Frage beantwortet, ob es sich bei diesem Stammesfürsten um eine typische Ba-juva-Persönlichkeit handle. Jedenfalls, möchte ich sagen, wenn sie doch in genau gleicher Ausformung schon vor Jahrzehnten nachweisbar war. Ein Zweifel, ob es sich bei jenem Ba-juva-Fürsten nicht um ein Konstrukt des Autors handle, kam wohl daher, daß man die wissenschaftliche Monographie als Dichtung, als Roman gelesen hat, was wiederum durch das Pseudonym bedingt sein mag, das der Autor gewählt hat: Lion Feuchtwanger, den Namen eines emigrierten Romanschreibers, dessen kommunistische Neigungen ihn auch nicht glaubwürdiger machten. Mit der Wahl des Pseudonyms wollte der Autor seine Feststellung unterstreichen, daß solche Stammesfürsten nicht ohne die endlich von ihnen zu erzielenden sozialen und kulturellen Veränderungen hinreichend dargestellt werden können, die schließlich zur Diskrimination sive Expulsion sive Extermination

14 *Erfolg*, der Roman von Lion Feuchtwanger, schildert die Vorbereitung zum Hitlerfaschismus in München im Jahr 1933. P.P. will hier »die Tendenz persiflieren, pseudowissenschaftliche Kürzel zu erfinden (SUCCESS) bzw. psychoanalytische Ausdrücke als typisierende Etiketten zu verwenden.«

der Juden geführt haben. Wenn auch zuzugeben ist, daß ein so eminenter Kenner der Ba-juva imstande gewesen wäre, ein Konstrukt an Stelle konkreter Beobachtungsergebnisse darzustellen; am Wirklichkeitsgehalt seiner Darstellung ist nicht zu zweifeln. Die Folgen der diagnostizierten *ethno-sadistic structure* sind – in schauerlichem Ausmaß – wirklich eingetreten. Und, ich füge – als zweite erhellende Hypothese – hinzu: Wenn ein eF-JotteS in der zweiten postbellischen Epoche auf ähnliche, ihm kongeniale Verhältnisse gestoßen wäre und damit ein *Erfolg* seiner Aktivitäten eingetreten wäre, wie es der Titel jenes Werkes suggeriert, hätte sich wohl auch der zweite, real-existierende Teil des Verlaufs der Ba-juva Geschichte in analoger Form wiederholt.

Als zweiten wissenschaftlichen Zeugen zitiere ich den holländischen Forscher A.CH.Ternbusch,[15] Ph.D., der seine Forschung unter den besten Auspizien (er soll selber von Ba-juvas abstammen und sogar dort aufgewachsen sein) betreibt und publiziert. Obwohl seine audio-visuelle Methode sich von der meinen grundlegend unterscheidet, hat er die psychoanalytisch relevante Frage nach der kulturellen Verarbeitung der frühen Mutter-Kind-Beziehung und damit die Grundzüge des Verhältnisses der Geschlechter zueinander – in dieser notorisch patriarchalen Gesellschaft sagt man wohl besser ›der Einstellung des Mannes zur Frau‹ – überzeugend geklärt. Das Bild der Frauen, die man nach Ternbusch durchwegs als ›Susen‹ zu bezeichnen pflegt, ist geprägt durch die hohe affektive Besetzung der riesigen (stillenden!) Brüste und die Fortsetzung dieser oral-befriedigenden Stillzeit bei der praeoedipal-triebgewährenden, praesexuellen, reinen Mutter, im Trinken außerordentlicher Mengen des rituellen Getränks, das den Namen des Stammes weltweit bekannt gemacht hat. Das ethnische Gewicht

15 Anspielung auf Herbert Achternbusch, Schriftsteller und Filmemacher; z.B. seine Filme *Bierkampf*, 1977 und *Servus Bayern*, 1978.

dieses pattern wird unterstrichen durch historisch bedeutsam gewordene Kultstätten (vulgo Brauhäuser), jährlich im Oktober ablaufende *community*-Trinkorgien und dergleichen. Man müßte ein positives, oral-feminophiles *pattern* erwarten, wenn nicht eine zweite Triebregung die einseitige frühe Mutter-Orientierung überlagern würde: die hohe Besetzung des Phallischen, abzulesen an der noch heute verbreiteten Volkstracht, mit dem auffallend verzierten und leicht zu öffnenden Hosenlatz, der den Blick auf die männlichen Sexualorgane lenkt, die in anderen Kulturen schamhaft verborgen werden. Der holländische Forscher zeigt in einem seiner aufschlußreichen Videos einen der Informanten lange als interessierten Zuschauer, wie ein anderer, erwachsener männlicher Ba-juva sich intensiv mit einer Suse im Sinne der dort hochgeschätzten Erzeugung von Nachwuchs betätigt. Der Informant greift sich die Suse, nimmt sie wie einen Holzstamm unter den Arm und wirft sie zum offenen Fenster hinaus. Diese ›wegwerfende‹ Attitude des Mannes gegenüber der Frau, die auch die Politik unseres Häuptlings auszeichnete, widerspricht nur scheinbar der positiven Beziehung zur stillenden Mutter. Freud hat bekanntlich die Entstehung der Kindesliebe nach dem Anlehnungstyp beschrieben. Das Stillkind beginnt die Person zu lieben, von der es den unentbehrlichen und triebbefriedigenden Trank erhält. In einer für späte Kulturphasen typischen regressiven Bewegung wird bei den Ba-juva die libidinöse Besetzung von der Frau/Mutter abgezogen und die gespendete Tranksame ›besetzt‹.[16] Daß es sich trotz der von unserem Gewährsmann gefilmten triangulären Szene nicht um eine ödipale Problematik, sondern um die früheste dyadische Mutterbindung handelt, ist am nicht endenden Kampf um die ›Reinheit‹ (des Getränks!) abzulesen.

16 Die ethno-spezifische unbewußte Gleichsetzung des schäumenden Bieres mit der Milch stillender Mütter ist vom obligat-erheblichen Brustumfang der betreffenden Susen (Kellnerinnen) abzulesen. (Fußnote im Original)

Ursprünglich ein Jägerstamm also – das vergaß ich fast zu erwähnen, weil es allzu bekannt ist – im Rahmen einer besonderen oralorientierten Ausformung.

So wird die charakteristische, vom ursprünglichen Totemtier abgeleitete Symbolik verständlich, die der verstorbene Stammesvater ideal verkörperte: ein Urvieh, bald dargestellt als wilder Eber, ein Schwein eben, aber aggressiv und wendig, oder ein gehörnter wilder Stier oder Hirsch, der durch den Urwald bricht. Beachten wir jedoch: beides sind Beutetiere, werden gejagt, erlegt und einverleibt. Der Genannte stellte sich nicht nur in seiner geistigen Haltung und sogar physisch dar, er bewährte sich auch als hervorragender Jäger: Das Orale schlägt durch. In Anbetracht dessen, daß Jagden gegen Wild (Sau-gayen, Sau-writers und anderes traditionelles Jagdwild) immer wieder organisiert wurden, wäre man geneigt, eF-JotteS als diachron – späten Vertreter einer kannibalischen Kultur zu bezeichnen. Dem ist jedoch nicht so.

Die Jagdleidenschaft galt wohl ursprünglich Menschen anderer Rassen und Gesinnungen, wurde aber ebenso wie heute nicht zum Zweck des Verzehrs sondern der Versklavung und Ausbeutung geübt, was auf einen weiteren Sublimierungsschritt (siehe oben *ethno-sadistic structure*) hinweist.

Dies ist in dem derzeit prosperierenden hochintegrierten Sklavenhalterstaat nicht ohne weiteres ersichtlich. Es ist aber eindeutig nachgewiesen, u.a. durch eine teilnehmende Feldforschung unseres begabtesten Vertreters der *action research* (Sie kennen die Methoden *von Unten*).[17] Als ein berühmter kolonialer Sklavenhändler seine afrikanischen Jagdgründe verloren hatte, ließ sich eF-JotteS vom Feldforscher ohne weiteres dazu verleiten, dem beschäftigungslosen General Spinola den Ankauf von Waffen zur Fortset-

17 Anspielung auf den Kölner Schriftsteller Günter Wallraff und seine Mystifizierung der FJS-Affäre.

zung des Jagdrituals, nun für das neue Revier im eigenen Land, anzubieten. Daß sich in der Spätphase einer traditionsgeleiteten Jägerkultur eine überschießende aggressive Jagdleidenschaft gegen Objekte richtet, die, weil bereits versklavt, ungeeignet sind, mag nicht verwundern, noch auch der Umstand, daß aggressive Töne sich mitunter gegen Verbündete richten.

Die scheinbaren Ausnahmen, großzügige Gesten und Angebote gegenüber eben noch verfolgten Jagdopfern, für die unser Mann bekannt war, bestätigen eher den Befund. Statt der traditionellen Waffen wurden von ihm die durch Kulturkontakte diachron entwickelten (Flugzeuge, Kredite, Handelspräferenzen) zum Zweck des gleichen tiefverwurzelten kulturellen Zieles, der Versklavung, eingesetzt.

Da es mir nicht vergönnt war, den noch Lebenden ethnopsychoanalytisch zu untersuchen, verweise ich nur noch auf einige Aspekte des imposanten Totenrituals, das der Tod des Stammesfürsten ausgelöst hat. Die Auswahl der Gäste ging durch alle Ethnien. Ihr institutionell hervorragendster Vertreter, ein Staatspräsident, (...), kam aus der letzten noch in reiner Form existierenden Sklavenhalter- und Jägerkultur unserer Welt. Daß Vertreter aller, auch traditionell friedliebender Kulturrichtungen für den Verstorbenen lobende, ja begeisterte Worte fanden, ist leicht zu erklären. Schon Freud hat darauf hingewiesen, daß die Umkehrung, der Ausdruck von unterdrücktem Haß, aus der Übertreibung von Lob und Freundlichkeit (als sog. Reaktionsbildung) abzulesen ist. So hat der höchstgestellte Magistrat deutscher (dem Ba-juva verwandter) Zunge, der sich durch besondere Güte und Toleranz zu profilieren pflegt, dem Verstorbenen im Trauerritual ›wahrhaft liebenswürdigen Charme‹ zugeschrieben.

Sie wissen, verehrter Kollege, ich bin kein Vertreter des Strukturalismus und skeptisch gegenüber der dort geübten arbiträren Interpretation symbolischer Manifestationen, die auch zufällig entstanden sein könnten. Dennoch möchte ich auf die symbolische Struktur der Umstände hinweisen, unter denen der Stammesfürst unversehens heimgegangen ist. Es geschah nicht nach den Anstrengungen einer Jagd, sondern beim Aufbruch zur Jagd, ein Symbol, das auf Zukunft, auf künftige Menschen- und Tierjagden weist. Und er war Gast bei Vertretern jenes berühmten Clans,[18] dessen Traditionen auf drei Strukturelemente hinweisen, die für sein Leben und seine Talente als bestimmend stehen können:

Der Name des Clans ist erstens verknüpft mit dem bedeutendsten Kommunikationssystem,[19] das die Menschheit hervorgebracht hat. Zweitens steht der Clanname für jene Mäzenin des hochbegabten und feinsinnigen Vertreters der unteren Klassen,[20] dem es gelungen ist, allein Kraft seines Talentes in jene alten Clanstrukturen aufgenommen zu werden, denen er verehrungsvoll nachstrebte: der erfolgreiche Parvenu. Drittens ist der Stern dieses Clans während der tausendjährigen Übergangszeit zur zweiten postbellischen Phase nicht so wie der anderer traditionsreicher Familien gesunken, vielmehr an Gütern und Macht (wenn auch nicht an Prestige) leuchtender aufgestiegen: der glückhafte Erbe der kriegerischen Mord- und Raubjägerkultur.

Aber, wie gesagt, strukturale Interpretationen, die ich Spekulationen zu nennen gewohnt bin, nehme ich nicht ernst.

Nur eine einzige, eigene Befragung zum Tod des eF-JotteS habe ich selber durchgeführt. Bei einer ebenso gescheiten wie ob ihrer humanen Einstellung geschätzten emeritierten Ethnologin aus einem den Ba-juvas südlich benachbarten Stammesgebilde. Sie schien Freude über den Tod zu zeigen. Eine junge Schülerin

18 Der Name wird mit Thurn und Taxis angegeben. (Fußnote im Original)

19 Erfindung der öffentlichen Briefpost durch einen Thurn und Taxis im 19. Jahrhundert; (Fußnote im Original)

20 Rainer Maria Rilke verfaßte die Duineser Elegien im Schloß Duino, das noch heute jenem Clan gehört. (Fußnote im Original)

von mir, die am Gespräch als Sekretärin teilnahm, äußerte Verwunderung: ›Sie freuen sich über den Tod eines Menschen?‹ ›Nein‹, gab die betagte Forscherin zur Antwort, ›ich freue mich nicht für ihn, ich freue mich für mich‹. Diese *emotional response* habe ich auch bei mir selber feststellen können.

Noch eine Warnung: Wenn sich wirklich einmal junge Forscher zu einer Vertiefung des *topic* entlang meiner Hypothesen veranlassen ließen, könnten sie davon überrascht werden, daß der verstorbene Jägerfürst vom Papst selig gesprochen wird und dies könnte sie verwirren oder gar von ihrem *research*-Vorhaben abbringen.

Darum bitte ich Sie zu bedenken: der Synkretismus von heidnischen und christlichen Institutionen ist in der heutigen Welt ubiquitär. Und er ist niemals einseitig. eF-JotteS hat mit der katholischen Missionierung mehr als nur Frieden geschlossen; und die katholische Kirche hat seine Stammespolitik und -bräuche voll anerkannt und mit den Totenritualien unterstützt. Wenn Sie meinen, daß solch synkretische gegenseitige Durchdringung zweier religiöser Systeme noch nicht zur christlichen Seligsprechung und Apotheose führen müsse, stimme ich zu. Daß es aber dazu kommen *kann*, dafür haben wir gerade hier in Berkeley, wo, wie Sie wissen, nicht erst seit den Sechzigerjahren meine universitäre Heimat ist, ein Beispiel erlebt. Der Missionar, der seinerzeit die Indios dieser Gegend zum alleinseligmachenden Glauben bekehrt und gleichzeitig zu willigen Arbeitssklaven der neuen besseren Herrn gemacht hat, was er vor allem mit ungezählten Auspeitschungen, wenn nötig bis zum Tode, bewirkt hat, ist kürzlich vom Papst selig gesprochen worden. Der heilige Vater konnte sich darauf stützen, daß ein Denkmal des frommen Eiferers noch alljährlich von einer Viertelmillion dankbarer freiheitsliebender amerikanischer Bürger besucht wird und daß die Bekehrten ohnehin längst alle die ihnen verschaffte ewige Seligkeit genießen, in die sie rasch eingegangen sind, sobald ihr Entwicklungsbeitrag zur amerikanischen Kultur

Kaliforniens geleistet war. Wenn Seligsprechung also wirklich passieren sollte, wäre das – im Hinblick auf prognostische Überlegungen für das Volk der Ba-juva und alle benachbarten Völker – niemals ein Grund zum Abbruch, vielmehr ein solcher zur Beschleunigung der Untersuchung und zur Publikation der zu erwartenden Aufklärungen.

In der Hoffnung, den von Ihnen angeregten ethnopsychoanalytischen Beitrag geleistet zu haben,

mit den besten kollegialen Grüßen

Paul Parin, M.D.

Fancy Professor. Department for Cultural Anthropology; The Berkeley University; Berkeley, California, USA[21]

Expertise über Fancy Professor P.P.s auto-ironische Phantasien über die real-existing Ba-juva

Dieser Text ist ein Experiment. In ihm soll der ironisierende »Ariadnefaden« weitergesponnen werden, den P.P. als *Fancy Professor* mit seinem »Ethnopsychogramm von eF-JotteS« aufgenommen hat. U.R. übernimmt hier die Rolle eines ›*Fancy Reviewer*‹: ausgehend von einer »Rezension« seiner »Fallstudie« mit fließendem Übergang zu einigen für ihn charakteristischen ethnopsychoanalytischen Positionen. Grundlage dieser persiflierenden Rückschau ist indes das authentische Material aus dem wissenschaftlichen bzw. publizistischen Werk P.Ps. Mit der Wahl der verschrobenen, von Fremdwörtern durchsetzten Sprache, verbindet der *fancy reviewer* Reminiszenzen an eigene Erfahrungen mit der Verbildung

21 P.P.: Verehrter Kollege, In: *F.J. Strauß. Der Charakter und die Maske; Der Progressive und der Konservative; Der Weltmann und der Hinterwäldler.* Frankfurt, 1989.

von Sprache durch gesellschaftswissenschaftliche Studien und – durch manch eine Koryphäe der Literaturkritik.

Jahrzehntelange Erfahrungen in der ethnopsychoanalytischen Feldforschung im Kulturvergleich lassen auch diese, expressis verbis nicht durch empirische Auswertungen gestützte Studie P.Ps. als ein weiteres Beispiel seiner wissenschaftlichen und schriftstellerischen Vielfalt erscheinen. Obwohl in sehr komprimierter Form dargeboten, gelingt diesem Autor höchst anschaulich die Typisierung der ›basis personality structure‹ einer ansonsten wenig zugänglichen Spezies eines patrilinear traditionsgeleiteten Bergvolkes unserer soziokulturellen Breiten mit einer auffallend aggressiv-expansiven Oligarchie.

Das Forschungsinteresse gilt auch hier eindeutig den bewußten und unbewußten Antagonismen in der Kultur der Ba-juva.

Was macht diese, nach eigenem Bekunden des Verfassers so untypische, Studie so bemerkenswert?

Trotz der ausdrücklichen libidinösen Abstinenz und intellektuellen Distanz gegenüber dem exponierten Forschungsgegenstand eF-JotteS, gelingt es P.P. trefflich, am Exempel der Ba-juva seine grundlegenden kulturkritischen Positionen transparent zu machen: Infragestellen der wichtigsten mikro- und makrosoziologischen Institutionen wie Eltern-Kind-Beziehung, Geschlechter-Hierarchie, Militär, Kirche, Staat, (trans-)nationales Kapital usw., also die dialektisch-materialistische Ausleuchtung der Verbindungen zwischen den ökonomischen und den politischen Machtverhältnissen. Jedenfalls hat dieser stierhafte, präpotente Ba-juva-Stammesfürst zumindest posthum Phantasien unseres hochverehrten Forscherkollegen freigesetzt, die diesen geradezu herausgefordert haben, die implizit gebotene Distinguiertheit des »privaten« politischen Gegners aufzukündigen und seiner akademischen Gemeinde einen Winkelzug seiner emotionalen Prädisposition erkennen zu geben: eben jene mit der emeritierten Frau Kollegin geteilte »klammheimliche Freude« am Tod des Stammesfürsten.

Dies gibt zweifellos zu denken und zu weiteren Spekulationen über das Profil seiner, P.Ps. eigenen »basic personality structure« im allgemeinen und über deren (Sozialisations-)Resultat, die politische Gesinnung im besonderen, Anlaß.

Nicht daß sich unser altehrwürdiger Professor damit begnügen würde, wie das Generationen völkerkundlicher Experten vor ihm getan haben, sich auf die Untersuchung der *Institutionen* eines fremden Stammes bzw. Volkes zu beschränken! Nein – unser *Fancy-Professor* zieht *Informatoren* für seine ethnopsychoanalytischen Imaginationen hinzu, die nichts Besseres im Sinn haben, als sich *VON UNTEN* unters Volk zu mischen und einzelne Menschen zu beobachten.[22] Beileibe nicht nur und auch keineswegs in erkenntlich voyeuristischer Manier deren Kopulationsrituale, sondern vielmehr deren Verhalten zueinander – oder genauer: gegeneinander.

Da werden schlichtweg die Menschen eines zu Forschungszwecken auserkorenen Kulturkreises als »Subjekte, als in ihrer Psychologie und Biographie eigenständige Personen« betrachtet und – obendrein mit antizipierend feministischem Unterton – gedeutet. Reichlich unverhohlen kommt geradezu ein lustbetontes Erkenntnisinteresse »am Unbeachteten, am Unterdrückten, an Bereichen, die in der herrschenden Kultur keinen Raum haben«, zum Ausdruck. »Seinszusammenhänge, die aufs engste mit Macht und Gewalt verbunden sind«. Nun gerät unser Autor erst recht in sein Element. Mit subversiver Lust verschreibt er sich vollends der *Psychoanalyse als Fortsetzung der Guerilla mit anderen Mitteln*, denn

22 vgl. Vorbereitung und Ziel der Untersuchung, in: *Die Weißen denken zuviel*, S. 23 ff., sowie die beiden Aufsätze von P. P. Medicozentrismus, in: *Subjekt im Widerspruch*, S. 61 ff. und Ethnologie und Psychiatrie, in: *Der Widerspruch im Subjekt*, S. 233 ff.

auch dieses Ergebnis seines außerordentlichen kulturanthropologischen Forschungsansatzes muß ihm und seiner dito hochverehrten kongenialen Gattin Goldy die wissenschaftliche Nachwelt zugute halten:

»Die Unsichtbarkeit der Frau, die die Ethnologie übel auszeichnete, hat einer neuen Aufmerksamkeit für das Leben der Frauen fremder Völker Platz gemacht!«[23]

Alsdann, wie manch kritische Gegenstimme zuweilen moniert, macht er es sich womöglich etwas zu leicht, indem er

»die Vielfalt der Test-Befunde …, die sich zu einem Bild vereinigen, das nicht lückenlos oder fest umrissen, in einigen Linien aber desto überraschender und schärfer gezeichnet ist, als ethnopsychoanalytischen Befund gelten läßt, da er ohnehin nicht glaubt, daß es heute eine gültige Massen-oder Völkerpsychologie gibt, die es erlaubt, ein Volk als Gesamtheit direkt zu untersuchen.«[24]

Natürlich imponiert dem Forscher das *Behagen in der Kultur* der Dogon:

»Die Geschlossenheit jener Kultur spiegelt sich in den Worten Dommos: »Hier ist jedermann zufrieden. Alle sind zufrieden, so wie es ist. … Wenn man gut arbeiten und ernten kann, hat man genug zu essen. Dann gibt es Feste, und man geht in die anderen Dörfer. Dort gibt es zu trinken, und man spricht lange mit allen Leuten, und dann geht man wieder nach Hause.«[25]

23 P. P., Vorwort zur 3. Auflage von *Die Weißen denken zuviel*, Hamburg, 1993, S.17.
24 Vorbereitung und Ziel der Untersuchung, in: *Die Weißen denken zuviel*, S.34.
25 Die Dogon, in: *Die Weißen denken zuviel*, S.45.

Natürlich gibt es ihm nicht nur zu denken, sondern erscheint ihm als Titel eines seiner beiden hervorragenden wissenschaftlichen Oeuvres bestens geeignet, wenn er bei eben jenem westafrikanischen Volksstamm die Lebensweisheit eines Dorfchefs wie einen Spiegel vorgehalten bekommt – just zu jener Zeit, als sich zum Beispiel in der klotzenden, hemdsärmeligen häuslebauenden Bundesrepublik Deutschland das Wirtschaftswunder Bahn brach:

»Die Weißen denken zuviel, und dann machen sie viele Sachen, und je mehr sie machen, desto mehr denken sie. Und dann verdienen sie viel Geld, und wenn sie viel Geld haben, machen sie sich Sorgen, daß das Geld verloren gehen könnte, und sie keines mehr haben. Dann denken sie noch mehr und machen noch mehr Geld und haben nie genug. Dann sind sie nicht mehr ruhig. So kommt es, daß sie nicht glücklich sind.«[26]

Was will uns dieser Pionier der Ethnopsychoanalyse mit seinem Konglomerat impliziter und expliziter Verknüpfungen und Parallelen solch unterschiedlicher psychologischer, historischer und geografischer Ebenen in seinem Werk über die Ba-juva sagen?

Wie verschafft er sich, als Kulturfremder seinen Probanden Nähernder, überhaupt jene in extenso erwiderte Vertrauensbasis, zum Beispiel bei den Dogon und Agni?[27] Deren Bereitschaft, dem Seelenforscher Rede und Antwort zu stehen, ist ja wohl kaum aufgrund eines psychosozial empfundenen Leidensdrucks entstanden, wie dies – vom Ausbildungswunsch einmal abstrahiert – der übliche Ausgangspunkt für das Zustandekommen einer psychoanalytischen Beziehung ist.

26 ebenda.

27 vgl.: Die psychoanalytischen Gespräche, sowie: Folgerungen und psychoanalytische Betrachtungen, in: a.a.O., S. 109 ff, 531 ff.

Die Antwort erscheint so simpel wie entwaffnend:

Es ist »die Neugier, als Antrieb zum Erzählen, als Motivation für die Darstellung des eigenen Lebens«. Der Analyseprozeß bliebe im Endeffekt der gleiche, erhalte nur andere Vorzeichen: Während in der psychoanalytischen Übertragung zwischen Couch und Stuhl familiäre Rollen und Interaktionsmuster aufgearbeitet würden, die beim Analytiker, der ja nicht Teil dieser spezifischen Familienkonstellation seines Analysanden sei, Irritationen bzw. Gegenübertragungen auslösten, würden in der ethnopsychoanalytischen Feldforschung kulturelle Rollen und Interaktionsmuster zutage gefördert, die beim Analytiker Irritationen hervorrufen müßten. Unser verehrter Kollege P.P. folgt dabei nichts geringerem als dem Ziel, »über den Bezug zum Unbewußten des Gesprächspartners die kulturelle Dynamik seines Handelns zu verstehen und bewußt werden zu lassen. ... Der Sinn der Untersuchung ist der, Afrikaner so zu uns sprechen zu lassen, wie sie selber fühlen und denken, und sie dabei zu verstehen.«

Afrikaner hat P.P. persönlich im heimischen Umfeld analysiert und höchst aufschlußreich entdeckt, wie sie fühlen und denken. Für Rückschlüsse über die Bajuwaren lagen ihm zwar recht fundierte, aber eben doch nur Informationen aus zweiter Hand vor.

Offenkundig gestaltet sich die Beschaffung empirischen Materials über dieses zuweilen unberechenbare, starrköpfige Bergvolk sogar weit problematischer, als wir es von P.P. aus dessen Forschungsberichten über die als eher renitent und tendenziell dekadent geschilderten Agni erfahren können. Doch auch dafür findet sich im Oeuvre unseres verehrten Kollegen eine plausible Erklärung. Zugleich Bestätigung des für manch völkerkundliche Schule provokanten zivilisationskritischen Denkansatzes unseres Altmeisters, wonach unsere Zivilisation lediglich ein Spezialfall unter vielen anderen sei:

»Unsere soziale Organisation gehorcht im Grunde denselben Gesetzen wie die eines exotischen Stammes. Unsere Produktionsmittel dienen nicht jedem gleichermaßen, denn sie sind im Besitz einer Machtstruktur, die den sozialen Ort der Klassen, Schichten und Individuen bestimmt. Der abendländische Mensch lebt in einem komplexeren sozialen Beziehungsnetz als der Mensch, den er primitiv nennt, seine Abhängigkeiten und Verpflichtungen sind drückender und schränken ihn stärker ein.«[28]

An anderer Stelle und in einem anderen Zusammenhang ausführlicher dargestellt, führt uns P.P. zu einem weiteren Spezifikum differenzierter ethnopsychoanalytischer Betrachtungen. Auch wenn sich eine Einflußnahme auf einen bekannten, nach herkömmlichen Wert- und Normauffassungen psychisch auffälligen Filmschaffenden nicht nachweisen läßt, soll dennoch der Titel eines von dessen Kunstwerken ins mutmaßlich manch Abwehrreaktionen erzeugende Bewußtsein gerückt werden: *»Nicht der Homosexuelle ist pervers, sondern die Situation, in der er lebt!«* [29]

Ja, es ist fraglos nicht nur der vordergründige Entdeckungseifer bei der Suche nach Spuren wechselseitiger Beeinflussung von Individuum und Gesellschaft, der P.P. in die linke Ecke rücken läßt: (Weiter spezifizierte Studien unter dieser Prämisse gelten dem *subjektiven Faktor* und den objektiv gegebenen ökonomischen und politischen Seinsverhältnissen sowie den *Anpassungsmechanismen* des Einzelnen an die strukturelle Gewalt der sozialen Verhältnisse).

Es ist nicht minder sein zunftwidriges, in den Augen manch gestandener internationaler Kolleginnen und Kollegen seiner Kaste (insonderheit Mediziner und Psychiater) durchaus hochver-

28 Ethnologie und Psychiatrie, in: *Der Widerspruch im Subjekt*, S. 244.

29 Diese Anspielung bezieht sich auf den als exzentrischer Satiriker geltenden Filmregisseur Holger Mischwitz, bekannt unter dem Pseudonym Rosa von Praunheim und dessen Fernsehfilm aus dem Jahr 1970.

räterisches Beharren auf der Unnormalität des Normalen, der hoch, um nicht zu sagen: überspannten Toleranzschwelle gegenüber den Grenzmarken zwischen dem Gesunden und dem Kranken, kurzum, seine durchaus zu vermutende latente »klammheimliche Freude« an allem Devianten.

Offenkundig unbeeindruckt von der HERRschenden medizinischen und (ethno-)psychoanalytischen Lehrmeinung nimmt unser hochverehrter P.P. an, daß es keine gültigen psychologischen Kriterien für Normalität oder pathologisches beziehungsweise abweichendes Verhalten gibt.

Die Ausrichtung auf ein solches, weit verbreitetes, Denken nennt er unverblümt *Medicozentrismus*.[30] Psychische Krankheit und Gesundheit seien lediglich sozial bestimmte Normen, von denen wir Analytiker uns fernhalten müßten, um den Gesetzen der individuellen Psyche gerecht zu werden.

Was ist wohl die Konklusion aus diesem, selbst den Altmeister der Ethnopsychoanalyse Georges Devereux in Zweifel ziehenden Denkansatz?

Ethnologen, die in der Feldforschung psychoanalytische Methoden angewandt hätten, hätten sich grundsätzlich von diesem althergebrachten medizinisch-diagnostischen System erst einmal befreien müssen. Da sie zumeist »normale« Personen untersucht haben, wären sonst alle tatsächlichen Abweichungen von den kulturellen und sozialen Normen, die in unserer Gesellschaft gelten, als krankhaft zu diagnostizieren gewesen.

Mit anderen Worten: Medicozentrismus in der Ethnopsychoanalyse hätte zur Folge, daß alle »normalen« Menschen aus anderen Kulturen als der des Untersuchers als psychisch krank anzusehen wären. Und das könne ja wohl nicht angehen!

P.P. habe jedoch die Erfahrung gemacht, daß

30 s. Literaturhinweis unter (22).

»die herkömmliche Denkweise und medizinisch orientierte oder getarnte Ideologie der Analytiker ... die wissenschaftliche Erkenntnis, daß es im Seelenleben die Abgrenzung einer Norm von einer Abnormität nicht geben kann, zunichte machen. ...«

Deshalb schlägt er im Zuge eines nicht anders als revolutionär zu bezeichnenden »coming-out« vor,

»alle Vorstellungen von Normalität und Pathologie, die aus der Medizin und dem Alltagsbewußtsein stammen und uns auch von den Analysanden suggeriert werden, wie Vorurteile zu behandeln, die einer analytischen Aufklärung bedürfen: Gesundheit heißt niemals, frei von den Konflikten der Vergangenheit zu sein, sondern Konflikte, die entstehen, nach den Bedingungen und Möglichkeiten der Gegenwart zu lösen und sich auf die Zukunft hin offen zu halten.«[31]

Ein anderer Fragenkomplex, der P.P. während der letzten Jahre verstärkt in den öffentlichen Diskurs hat einbeziehen lassen, wird uns im folgenden beschäftigen.

Das *wahre* Exotische, so belehrt uns das Gesamtwerk des verehrten Kollegen, ist nicht der »Buschneger«. Ist nicht der *Hyänenmann* in Harrar,[32] ist nicht das malaysische *Adat*,[33] sind nicht die Ba-juva. Das alles mag fremd, zuweilen befremdlich sein. Abenteuerlich und spannend sind derartige Begegnungen immer.

Das *wahre* Exotische für einen (Ethno)psychoanalytiker Parinscher Prägung ist – das Utopische: der produktive, konstruktive Interessenausgleich zwischen den äußeren und den inneren Verhältnissen.

31 Medicozentrismus, a.a.O., S.71.

32 Realexistierender Tourismus, in: *Eine Sonnenuhr* ..., S.122ff.

33 Erzählung des Großvaters, ebenda, S.165ff.

Es ist Krieg – und wer geht hin?

Das Utopische: der produktive und konstruktive Interessenausgleich zwischen den äußeren und den inneren Verhältnissen?

Nicht erst der politische Ausverkauf Jugoslawiens und dessen gewaltsamer Zusammenbruch drängten Paul Parin, den Ursachen für einen derartigen Interessenkonflikt auf den Grund zu gehen. Für die Fortschreibung von Faschismusanalysen und von Imperialismuskritik boten die Jahrzehnte nach 1945, die Atomwaffenpolitik, die Entwicklung in der Dritten Welt und in Osteuropa, die Entwicklung auf dem Weltmarkt, reichlich empirisches Material, das Paul Parin nicht nur in zahlreichen politischen Essays, sondern auch in seinen literarischen Erzählungen aufgriff.

Mit Jugoslawien ist er indes seit seiner Geburt sowohl besonders vertraut als auch, im Gegensatz zur Schweiz, emotional sehr verbunden. Natürlich wird Parin von Freunden, von Medien und von verschiedenen gesellschaftlichen Interessengruppen zur Entwicklung in den letzten Jahren vor allem als Psychoanalytiker angesprochen. Schließlich weist er bereits im frühen Stadium des Krieges darauf hin, daß die ›gängigen Erklärungsmuster für die grausamen Kriegshandlungen im ehemaligen Jugoslawien zu kurz greifen‹, wie die Berliner Wochenzeitung *Freitag* einen seiner Artikel im Untertitel benennt.[1] Aber es wäre ein großer Fehlschluß, zu meinen, die Psychoanalyse sei imstande, eine kausale Erklärung für solche kollektiven Phänomene abzugeben, nur weil

»die Konfliktparteien, Kroaten und Serben, in irrationale, von Haß und anderen Gefühlsregungen bestimmte Kriegshandlungen verwickelt sind, ihre Politiker nicht auf vernünftige Kompromisse eingehen und kaum mehr realisierbare Ziele anstreben. ...

Es ist zwar kein Zweifel,daß jede politische Bewegung und erst recht jeder kriegerische oder sonstwie gewalttätige Konflikt von der Psychologie der handelnden Parteien mitbestimmt wird und daß solche Vorgänge ihrerseits bei Individuen, in Gruppen, Völkern, Nationen und organisierten Institutionen seelische Reaktionen hervorrufen, die man psychologisch erfassen kann. Als Ursache kann die Psychologie der Kontrahenten jedoch niemals bezeichnet werden.[2]«

Und so liefert Paul Parin, wenn auch entlang psychologischer Deutungen, mit Blick auf die Auflösung der jugoslawischen Gesellschaft überwiegend soziologische und ideologiekritische Argumente: zu politischen Legitimationsstrategien für den Aggressionskrieg, für das Fehlen eines »oppositionellen Gegengewichts gegen die immer unglaubwürdigere herrschende Schicht«, für die »politische Anomie, einhergehend mit einer individuellen Regression«. So verständnisfördernd eine solche Auseinandersetzung mit der Machtdynamik eines Milošević und Tudjman ist und – so berechtigt der Ansatz, deren beider Führungsstil auf faschistische

1 Historische Defizite als Kriegsgrund? Die gängigen Erklärungsmuster in: FREITAG, Nr. 13, 20. März 1992, S.7.

2 ebenda.

Elemente hin zu überprüfen – es bleiben Fragen offen. Fragen nach den »Rezipienten« (oder Opfern) solcher höchst fragwürdiger politischer Angebote, mangelndes Selbstgefühl, das Bedürfnis nach Identität, das Vakuum sozialer und moralischer Werte durch Aggression gegen einen *konstruierten* Feind zu kompensieren.

Diese Frage, unter anderem an die Psychoanalyse, stellt sich mir konkret am Beispiel Jugoslawiens. Aber, beim Nachdenken über die Mechanismen der Gewalt provoziert die Psychoanalyse weitergehende Fragen über das aktuelle historische Fallbeispiel hinaus. Fragen in Richtung einer diffus erscheinenden menschlichen Grauzone, die für viele »Spiel«arten von Gewalt den Weg bereitet, Fragen, die auch die »Psychologie des kannibalischen Wohlbefindens« einbeziehen[3]:

– Aus welchen Gründen handeln Menschen gegen ihre eigenen Interessen?

– Unter welchen Umständen verhalten sie sich irrational und kontraproduktiv?

– Warum streiken Lohnabhängige nicht oder nur wenig effektiv, wenn ihre Existenz bedroht ist? Warum gehen ihre gewerkschaftlichen Vertreter zum Beispiel ein »Bündnis für Arbeit« mit ihrem Klassenfeind ein?

– Was bewirkt, daß Traditionen in einem Fall ökonomischen Interessen widerstehen, und was bewirkt, daß Traditionen diesen ein andermal weichen und sich ihnen unterwerfen?

– Was bewirkt, daß Völker unter ähnlichen historischen Bedingungen ihre Geschichte so verschieden gestalten?

– Warum »fressen Revolutionen ihre Kinder«?

Warum bringen Menschen, selbst bei fundierter Einsicht in die Mechanismen von Herrschaft und Unterdrückung, es nicht zuwege,

3 s. gleichnamigen Artikel von Bertold Rothschild im Sonderheft des JOURNAL des Psychoanalytischen Seminars Zürich vom April 1996.

ihr Verhalten danach auszurichten, daß sie nicht die Leidtragenden bleiben – oder, im Idealfall, nicht länger die Leid Verursachenden?

Warum Krieg? Warum Mord, Raub, Neid, Haß?

Warum ist es nicht damit getan, daß sich Philosophen, Soziologen, Anthropologen, Psychologen, ... den Kopf zerbrechen über menschliche Irrtümer und Illusionen und zur Aufklärung darüber beitragen?

Fragen an Paul Parin.

Der »subjektive Faktor« – ein methodischer Exkurs

Was im Innern der Menschen vorgeht, spielt in jedem gesellschaftlichen Gefüge eine maßgebliche Rolle. Und doch wird dieser Aspekt nach Ansicht von Paul Parin immer noch viel zu wenig beachtet. Zu oft sei es der »gesunde Menschenverstand«, der eine Generallinie im menschlichen Verhalten vorgebe. Wer davon abweicht, verhält sich »nicht mehr normal«. Mordende, sengende und vergewaltigende Soldaten wie zum Beispiel im bosnischen Krieg verhalten sich dann wie »Bestien« in einem »archaischen Stammeskrieg«. Parins Kritik an derart wirklichkeitsverschleiernden Deutungen zielt aber nicht nur auf solch »landläufige«, zum großen Teil auch von den Massenmedien kolportierte Erklärungsmuster sondern vielmehr noch auf Defizite oder Ignoranz in den verschiedenen Gesellschaftstheorien. Was er als ungenügend berücksichtigt kritisiert, ist das menschliche Subjekt, beziehungsweise das Ineinanderwirken gesellschaftlicher Verhältnisse und seelischer Prozesse.

Eben darum kreisen Parins ethnopsychoanalytische Arbeiten in Westafrika und die beiden späteren Studien *Der Widerspruch im Subjekt* und *Subjekt im Widerspruch.*

Ethnopsychoanalytisches Vorgehen heißt für Paul Parin, Fragen, wie sie mir als so »schicksalhaft für das Fortbestehen der Menschheit« erscheinen, mit den Methoden der Ethnologie und der Freudschen Psychoanalyse zu stellen. Grundlegend ist die dialektisch-materialistische Auffassung von der Gesellschaft und der Geschichte. Das Studium des »subjektiven Faktors« ist für Parin stets ein interdisziplinäres Anliegen. Es ziele darauf ab, zu zeigen, »wie weit und wodurch rationales Denken verhindert oder eingeschränkt und verfälscht wird, welche Kräfte in der Psyche des Menschen als vergesellschaftetem Wesen jeweils wirksam sind, um die ›Einbildung‹ insbesondere über gesellschaftliche Probleme zu erzeugen und zu festigen.«[4]

Daß es bei solchen Fragen nach dem menschlichen Potential im Spannungsfeld zwischen Triebstruktur und Vernunft nicht darum geht, das Individuum den äußeren, gesellschaftlichen Verhältnissen gegenüberzustellen, hat nicht erst die Psychoanalyse als eine grundlegende Prämisse ihrer Wissenschaft aufgestellt. Die maßgeblichen Argumente für seinen Standpunkt, daß die bedeutendsten Konflikte in jeder Gesellschaft von den Produktionsverhältnissen ausgehen, bezieht Paul Parin von Karl Marx.

»Konflikte zwischen den Interessen des Individuums und jenen der Gesellschaft, die wir im psychischen Entwicklungsprozeß in bezug auf die Beziehungspersonen und die Erziehungsmodalitäten würdigen, wirken – wie es die marxistische Gesellschaftstheorie und einige ethnologische Theorien feststellen – zeitlebens auf das Individuum ein.«[5]

Tatsächlich, so Paul Parin, wissen wir über die Warenproduktion immer noch ungleich mehr als über die, die die Waren produzieren

4 Bemerkungen zum subjektiven Faktor, in: *Links*, Nr. 200, 1986, S. 40.
5 ebenda.

und konsumieren. Diese Subjekte würden oft als bekannt vorausgesetzt oder jedenfalls eines systematischen Studiums nicht für würdig gehalten.

Um jedoch die geschichtlichen Veränderungen und immer neuen Herausforderungen für Mensch und Gesellschaft zu verstehen, habe es sich selbst in der Philosophie von Marx und der seiner Zeitgenossen als ungenügend herausgestellt, das Seelenleben identisch mit dem Bewußtsein zu setzen:

»Heute genügt es, dies niederzuschreiben,um zu erkennen, daß eine noch so richtige Einsicht in gesellschaftliche Verhältnisse nie oder fast nie zu einer adäquaten Praxis führen konnte, da das Verhalten Einzelner oder von Gruppen nur in seltenen Ausnahmefällen allein von bewußten rationalen Überlegungen im Rahmen der Klasseninteressen bestimmt wird, und daß es viel eher von unlenkbaren Triebbedürfnissen als von lenkbaren Willensimpulsen bestimmt wird.«[6]

Das Verständnis jener Zeit vom ›subjektiven Faktor‹ greife Paul Parin zufolge zu kurz, wenn »unbewußte Tendenzen, gesellschaftliche Bewußtslosigkeit, Verfälschungen oder Verzerrungen gesellschaftlicher Verhältnisse, kurz, Ideologien, mit ihrer ganzen emotionellen Triebkraft als Reflexe von Kämpfen im Gehirn«[7] interpretiert werden. Dagegen sei es das Verdienst besonders der Freudschen Psychoanalyse, der Lehre von den Verdrängungen und der Erforschung der Ich-Instanzen, diese in der Psyche wirkenden Gesetzmäßigkeiten aufzudecken:

6 Der subjektive Faktor, unveröffentlichtes Manuskript; obengenannte Quelle, die Sozialistische Zeitung *Links* , enthält eine stark verkürzte Fassung.

7 ebenda.

»Was als innerer Konflikt beschrieben wird, hat andere Kraftquellen, eine andere Dynamik und somit eine andere Auswirkung auf gesellschaftliches Verhalten angenommen, als es die Ausgangslage und die Kräfteverteilung im Klassenkampf erwarten ließe. Auch die ›Zufälligkeiten‹, von denen Marx spricht, sind es nicht mehr. Wir können Zusammenhänge zwischen gesellschaftlichen Verhältnissen und politischem Verhalten aufzeigen und dürfen sie keineswegs länger vernachlässigen«.

Aber auch die Frage nach den Anteilen von Anlage und Erworbenem im Seelenleben, die Freud noch beschäftigt habe, sei nach heutigem Kenntnisstand falsch gestellt: »Ebenso unsinnig ist es, unabhängig von der Untersuchung der seelischen Entwicklung etwa nach der Art menschlicher Aggressionen zu fragen, oder wie Wilhelm Reich es noch tat, von einer biologischen Befreiung des Sexuallebens eine gleichsam biologische Gesundung des Einzelnen oder der Gesellschaft zu erwarten.«[8]

Parin stellt fest und kritisiert, daß das sozialistische Denken bis in die heutige Zeit neuere Einsichten über diesen Wesenskern sozialer Dynamik nicht oder nur ungenügend integriert hat.

»Dabei haben verschiedene politische Vorgänge, insbesondere beim Aufstieg des Faschismus, bei den Befreiungskämpfen in der dritten Welt seit dem II. Weltkrieg und bei den Kämpfen, eine sozialistische Gesellschaftsordnung in bisher unerprobten Formen einzuführen, gezeigt, daß die Unkenntnis oder Nichtbeachtung der besonderen Gegebenheiten und Dynamik des gesellschaftlichen Subjekts sich bitter rächt. Viel mehr als die Theorie drängt die politische Praxis dazu, den Menschen, seine Psychologie, die Regeln und Gesetzmäßigkeiten seines Fühlens, Denkens und Ver-

8 ebenda.

haltens in die sozialistische Aufklärung und in unser politisches Handeln einzubeziehen.«[9]

Geschichtliche Veränderungen und Innovationen drängten aber notwendig nach einer Erweiterung und Öffnung bestehender Theorien und nach einem neuen Denken. Allein der Verweis auf die neuen Kommunikationsmedien im Dienste der national übergreifenden Imperialismen werfe die Frage nach den Mechanismen der Machtausübung und der »hierarchisch organisierten Ohnmacht in bisher nicht vorhandener Dimension« auf.

Als wichtigster Grund, das Studium des subjektiven Faktors zu erneuern und wissenschaftlich von verschiedenen Blickwinkeln zu beleuchten, erscheinen Parin jedoch die Lehren aus der jüngsten Geschichte, die zum Niedergang des sozialistischen Gegenentwurfs, zu politischer Apathie und weitreichender Anomie vor allem in den sogenannten Transformationsgesellschaften geführt haben:

»Nationale Identität und Volkstraditionen scheinen stärkere Kräfte gegen imperiale Unterdrückung zu mobilisieren als die wirtschaftliche Ausbeutung (Ziegler). Das ›ethnische Bewußtsein‹ erweist sich oft als wirksamster Faktor, stärker als das Klassenbewußtsein. Der Kampf für die Freiheit wird weltweit nicht so geführt, wie es die ›wahren Interessen‹ verlangen.

Scheinbar irrationale psychologische Faktoren etablieren Herrschaftsverhältnisse. Die Machtfrage in der politischen Praxis ist neu gestellt.«[10]

9 ebenda.
10 ebenda.

»Wo Es war, soll Ich sein«? – Gegenoffensiven

> Es scheint, die Völker gehorchen ihren Leidenschaften derzeit weit mehr als ihren Interessen. Sie bedienen sich höchstens der Interessen, um die Leidenschaften zu *rationalisieren*; sie schieben ihre Interessen vor, um die Befriedigung ihrer Leidenschaften begründen zu können. Warum die Völkerindividuen einander eigentlich geringschätzen, hassen, verabscheuen, und zwar auch in Friedenszeiten, und jede Nation die andere, das ist freilich rätselhaft.

Yasar Kemal, Tschingis Aitmatov, Ken Saro-Wiwa, Aleksandar Tišma, … Paul Parin? Kurdistan, Ex-UdSSR, Afrika, Ex-Jugoslawien …?

Nein. Um auf diese Gedanken zu kommen, mit dieser eingestandenen Ratlosigkeit, bedurfte es keines neuen Krieges.

Diese Sätze hat bereits Sigmund Freud geschrieben. 1915 – im zweiten Jahr des Ersten Weltkrieges, in einem Essay mit dem Titel: »Zeitgemäßes über Krieg und Tod«.

Auch ohne spezifisch ethno-psychoanalytisches Interesse findet sich immer wieder und mit wachsender Bedrohung für die gesamte Menschheit genügend empirisches Material, das diese Frage nach den Bedingungen, die einen Krieg überhaupt erst möglich machen, aufwirft. Auch jene Erklärungsmuster greifen zu kurz, wonach ein Krieg immer nur im Interesse einer herrschenden oder nach Herrschaft strebenden Klasse liegt, die die Macht hat, ihn auch zu führen. Und dies kann nicht nur heißen: das Waffenmonopol, das Kapital dazu zu haben, beziehungsweise den Zugriff auf das Volkseinkommen, die Infrastruktur, die Befehlsgewalt. Es gibt psychische Kräfte, die, in der Regel Männer, freiwillig zur Übernahme und Identifikation mit der Rolle des Kriegers bringen, was es politischen und militärischen Führern überhaupt erst möglich macht, Heere zu mobilisieren.

Auch die jüngsten Erfahrungen in Jugoslawien, zum Beispiel, haben gezeigt, daß der Mann auf der Straße immer für den Frieden ist. Zweifellos sind auch viele Männer mit einem Paß, der sie als Angehörige der kriegstreibenden Nation ausweist, desertiert. Aber trotz der Lippenbekenntnisse für den Frieden hat es doch auch gleichzeitig die Einstellung in Serbien, Montenegro, Bosnien und Kroatien gegeben, die jede Initiative oder Bewegung für Friedenserhaltung und Dialog mit *dem Feind* als antipatriotisch, verweichlicht, gleichgesetzt mit verweiblicht, dem Westen hörig, ja als Verräter am eigenen Volk diffamierten. Selbst Oppositionsparteien, die sich gegen den Kriegskurs ihrer eigenen Regierung ausgesprochen haben, haben es dennoch versäumt, sich aktiv für den Frieden einzusetzen. Die schwer durchschaubaren Motive, die die Herrschenden und einen großen Teil der von ihnen Beherrschten davon abhielten, etwas für den Frieden zu tun, waren vielleicht, unerkannt oder uneingestanden, auch bei diesen Oppositionellen wirksam.

Und auch dafür bietet der Krieg in Bosnien ein anschauliches Beispiel: Es haben nicht nur viele durch Passivität, Wahlverhalten bzw. Verblendung durch die massenmediale Propaganda den Krieg möglich gemacht. Viele haben sich, im Gegenteil, für den Krieg begeistern und zum Morden und Vergewaltigen hinreißen lassen. So wie dieser Krieg geführt wurde, von Granatwerferstellungen gegen die eingeschlossene Zivilbevölkerung von Sarajevo und Srebrenica, gegen die weibliche Bevölkerung, gegen die Intellektuellen und die gebildete Schicht bestimmter Städte und Gemeinden, geführt von Scharfschützen, verhieß das Soldatendasein mehr als einen Ausbruch aus der Monotonie des Zivilistenalltags. Der im Zivilleben gebremste, deplacierte Rambo-Typus wird, als Gefolgsmann des Generals Mladić des Kapetan Dragan oder des Todesschwadronenführers Raznjatović-Arkan, geradezu ermutigt zum Quälen und Töten. Das Über-Ich des Bürgers einer humanen Gesellschaft wird quasi auf Regierungsgeheiß außer Kraft gesetzt. Die im Zivilleben unterdrückten aggressiven Triebe und narzißtischen Wünsche dürfen, ja sollen im Schlag gegen *den Feind* zum Zuge kommen.

Wenn die Psychoanalyse einerseits ein Instrument der Aufklärung und Emanzipation ist (Freud: »Wo Es war, soll Ich werden«), andererseits den Menschen als handelndes Subjekt betrachtet, so muß die Frage nach Krieg und Frieden auch den Menschen einschließen, wo er irrational und den Interessen seines sozialen Umfeldes objektiv zuwider handelt. Das soziale Umfeld – die Nachbarschaft, das Dorf, die *Nation* ..., hat keinen ›Gewinn‹ von einem individuellen Tötungsakt. Es interessiert nicht, in welchem Maße dieser den Täter befriedigt oder erschüttert.

Diese Überlegungen, unter dem Eindruck des Krieges im ehemaligen Jugoslawien, aus einem langen Interview dazu mit Paul Parin im Herbst 1993[11] und aus der Aneignung philosophischer, politischer und psychoanalytischer Schriften zum Thema Krieg und Frieden entstanden, sind Grundlage eines schriftlichen Gedankenaustausches mit Parin, der diesem Buch Anfang 1996 vorausging.

11 *Frankfurter Rundschau*, Nr. 36, 12. 2. 1994, Dokumentation.

»Gibt es einen Weg, die Menschen vom Verhängnis des Krieges zu befreien?«[12]

Fragen von U.R. an P.P., Zürich, im Januar 1996

> »Faul daran ist, vom Standpunkt einer höheren Moral, zu forschen, statt zu handeln, die Veränderung der Geschichte gegen die Entzifferung von Geschichten einzutauschen, in ferne Länder zu reisen, statt sich im eigenen daran zu machen. Offenbar opfert man seine utopischen Gelüste ebensowenig leicht der Moral ›tu, was man von dir erwartet‹ wie der Vernunft ›Sieh ein, es ist nun einmal so, auch du wirst daran nichts ändern; es ist die menschliche Natur.'
> Mit schuldbewußter Feder, mit klammheimlicher Freude, dem Ziel, das unerreichbar bleiben muß, ein Zoll weit nähergerückt zu sein, auf meinem Umweg, der länger ist, dafür aber in die gewünschte Richtung führt, kann ich schreiben:
> Es ist nicht die Natur des Menschen. Die Gesellschaft macht beides, den Fortschritt und seine Hemmung. Die Widersprüche der Gesellschaft sind im Menschen drin. Darum muß er sich verändern, ob er will oder nicht...«[13]

U. R.: Im öffentlichen Diskurs über Krieg und Zerstörung ist viel vom »Haß« zwischen Völkern, Nationen, Rassen als auslösendes Moment die Rede. Ich habe dazu noch einmal Ihr Plädoyer für den jugoslawischen Schriftsteller Ivo Andrić gelesen, wo es u.a. auch um jenen *Brief aus dem Jahr 1920* geht, der das Problem des Hasses in Bosnien zum Gegenstand hat.[14]

12 Albert Einstein: Brief an Sigmund Freud. Caputh, bei Potsdam, 30.Juli 1932 aus: *Warum Krieg?*, Diogenes, Zürich, 1972.

13 Der Knopf an der Uniform des Genossen. Ein ethnopsychoanalytischer Exkurs über die Veränderbarkeit des Menschen, in: *Kursbuch 53*, Lust an der Zukunft, 1978.

14 Kontroverse um Ivo Andrić, in: *Literatur und Kritik*, September 1994.

Ihr Bemühen für ein sorgfältigeres Auslegen von Andrićs Schriften und vor allem darum, diesen Autor nicht für ideologisch verbrämte politische Partikularinteressen zu instrumentalisieren, verstehe ich. Unklar bleibt mir, wie Sie das Zustandekommen, die Verbreitung bzw. Vervielfältigung, das historische Überdauern von Haß, die mentale kollektive oder individuelle Empfänglichkeit dafür oder auch die Resistenz dagegen einschätzen: aus psychoanalytischer Sicht, aus Ihren Erfahrungen im Vergleich mit verschiedenen Kulturen, aus Ihren Beobachtungen in Europa allgemein, im ehemaligen Jugoslawien im Besonderen.

P. P.: Man kann unsere gesamte Geschichte, angefangen vom alten Testament, als eine Reihe von Greueltaten lesen. Die Fähigkeit zur Aggression (Haß), ebenso zum Gegenteil (Eros) ist vorhanden. Da ist nicht das eine, der Haß, latent verborgen, auch nicht »abnormal«. Haß ist *immer* blind, kann sich durchaus gegen die eigene Person richten. Die Frage müßte lauten: Unter welchen Umständen läßt sich kollektiver Haß erzeugen. Ich möchte in diesem Zusammenhang auf meinen Aufsatz »Alles was recht ist« verweisen. Da heißt es unter anderem:

»Von den vielen Fragen, die eine so gefährliche und unsinnige Politik aufwirft, will ich eine herausgreifen: Wie ist es möglich, daß eine Nation mit ihrer Regierung von einer anderen so angesehen wird wie ein potentieller Verbrecher, an dem unerbittlich Vergeltung geübt werden muß, sobald er eine böse Tat begeht? Es ist eine alltägliche Erfahrung, daß das, was psychologisch nützt, oft objektiv schädlich ist. Das ist kein Gesetz, aber eine Regel. Alles, was dem Individuum ermöglicht, Ängste zu vermeiden oder zu beruhigen, was Sicherheit zu bringen scheint und unerträgliche Gefühle der Ohnmacht zum Schweigen bringt, erzeugt oft Blindheit gegenüber wirklichen Gefahren. Ähnliches beobachten wir im Leben der Nationen. Daß diese Eigenart unserer Psyche durch politische oder ökonomische Interessen ausgebeutet werden kann, ist evident. In bezug auf die Angst, die erst einmal ein Signal für Gefahr ist, haben wir schon individuell die Möglichkeit, unbewußt einen Anlaß für Angst gegen einen anderen auszutauschen. Wir sprechen von einem Verschiebungsersatz. Wenn es gelingt, einen Anlaß für Angst, die unerträglich ist, illusionär gegen einen anderen auszutauschen, gegen den es eher ein Mittel gibt oder zu geben scheint, tritt Entlastung ein. Im Leben der Nationen spielt dies eine große Rolle. Gefühlen der Unsicherheit, des Unbehagens, der sozialen Bedrohung und besonders den schwer erträglichen Gefühlen, ohnmächtig höheren Mächten ausgeliefert zu sein, kann so begegnet werden, daß ein Gegner ausgemacht wird, der allein für die betreffenden Bedrohungen verantwortlich ist. Der Kampf und womöglich der Sieg verheißt Rettung. Die große Mehrheit der Völker des Westens verdankt in den letzten Jahren ihr psychisches Gleichgewicht solchen geteilten Rettungsphantasien. Auf der einen Seite werden – nicht zuletzt durch die Effizienz der Medien – enorme Ängste und andere Mißgefühle mobilisiert: … Als Verschiebungsersatz wird zweierlei angeboten. Erstens ein möglichst unbekannter ferner Gegner, von dem alles Böse ausgeht, gegen den man alle vorhandenen Kräfte und aggressiven Gefühle richten muß und darf. Daneben müssen, zweitens, bekannte, mehr oder weniger schwache und ungefährliche Gegner ausgemacht werden, gegen die Kämpfe nicht aussichtslos, Siege möglich sind. Da es sich herausstellt, daß so ein Sieg keine dauernde Erleichterung bringt, wird der Besiegte oder als unschädlich anerkannte Feind sogleich durch einen anderen ersetzt, was bei der vielfach bedrohlichen Lage nicht schwer ist.«[15]

15 in: *Noch ein Leben*, S. 103, 104.

U. R.: Ich möchte meine Frage nach der psychischen Energie des Hasses nicht so uferlos und abstrakt im Raum schweben lassen, sondern einige Gedanken zitieren, die jeweils recht fragwürdige Aspekte dieses Phänomens enthalten:

»An Haß hat es vermutlich niemals in der Welt gefehlt; aber nun wuchs er zu einem entscheidenden politischen Faktor in allen öffentlichen Angelegenheiten heran. ... Der Haß konnte sich auf niemand und nichts wirklich konzentrieren; er fand niemanden vor, den er verantwortlich machen konnte – nicht die Regierung und nicht die Bourgeoisie und nicht die jeweiligen Mächte des Auslandes. So drang er in alle Poren des täglichen Lebens und konnte sich nach allen Richtungen verbreiten, konnte die phantastischsten, unvorhersehbarsten Formen annehmen. ... Hier war jeder gegen jeden und vor allem gegen seine Nachbarn. ... Was aber die modernen Massen von dem Mob vergangener Zeiten unterscheidet, ist die Selbstlosigkeit und Desinteressiertheit am eigenen Wohlergehen. ... Selbstlosigkeit, nicht als Güte, sondern als Gefühl, daß es auf einen selbst nicht ankommt, daß das eigene Selbst jederzeit und überall durch ein anderes ersetzt werden kann. ... Dies Phänomen eines radikalen Selbstverlusts, diese zynische oder gelangweilte Gleichgültigkeit, mit der die Massen dem eigenen Tod begegneten, war ganz unerwartet. ... Sie leiden an einem radikalen Schwund des gesunden Menschenverstandes und seiner Urteilskraft sowie an einem nicht minder radikalen Versagen der elementarsten Selbsterhaltungstriebe.«[16]

P. P.: Hannah Arendt scheint mir hier *Haß* zu hypostasieren, ihn quasi als ontologische Gegebenheit anzusehen, die sich irgendwie äußert, durchsetzt. Es sind die Verhältnisse, die gesellschaftliche, historische Ereignisse hervorbringen, die sich u.a. in psychischen

16 Hannah Arendt, *Elemente und Ursprünge totaler Herrschaft*, 1955.

Phänomenen, auch Affekten wie Haß, äußern. Ich denke da »materialistisch«.

Zu dieser Stelle von Hannah Arendt: Eigene bittere Erfahrungen, besonders, wenn das Individuum sich dabei ohnmächtig fühlt, erzeugen Wut, bei Steigerung und Dauer Haß. Das gleiche gilt für vermittelte Wahrheiten, z. B. rassistische und ähnliche Propaganda, mit der man sich identifiziert (d. h., daß sie hereingenommen, in das Ich eingebaut, zu einer eigenen Erfahrung gemacht werden).

Schwund des gesunden Menschenverstandens, radikaler Selbstverlust, Versagen der ... Selbsterhaltungstriebe sind obligate Folgen einer Person, die sich z. B. mit einer rassistischen Ideologie identifiziert, ihr Ich »angepaßt« hat, einer guten oder schlechten Sache: Märtyrer, bis zum Untergang der Nibelungen im Dritten Reich.

Sobald ich als Serbe gewiß bin, daß *die Muslime* mich ausrotten werden (Genozid), *wenn ich sie nicht ausrotte*, bleibt nur ihr oder mein Untergang.

Die »Selbsterhaltung« ist etwas biologisches. Psychologisch ist sie auf ›reality testing‹ angewiesen. Gerade das ist im Zustand der »Projektiven Identifikation« verloren gegangen. Die Deutschen sollten sich vom bolschewistisch-plutokratischen Weltjudentum tödlich bedroht fühlen. Demnach: Alle Juden weg, sie oder wir!

Treffend wurde einmal von Rajko Djurić[17] gesagt, Slobodan Milošević habe es (zum Nationalisten gewandelt) verstanden, »den Haß zur Institution zu machen«.

U. R.: Bogdan Bogdanović[18] hat sich mit Blick auf seine jugo-

17 Rajko Djuric, Schriftsteller und Philosoph aus Belgrad, ehemaliger Leiter der Kulturredaktion der *Politika*, lebt in Berlin im Exil.

18 Architekt und Essayist, Schöpfer bedeutender Mahnmale gegen den Haß zwischen den Völkern (seines Landes), ehemaliger Bürgermeister von Belgrad bis zur Machtübernahme von S.Milošević.

slawische Heimat tief betroffen geäußert von der systematischen Zerstörung des *Urbanen* – als Zielobjekt des Hasses:

»Im Verlauf der Jahre habe ich die These ausgearbeitet, daß eine der Triebkräfte des Aufstiegs und Falls von Zivilisationen die ewige ... Geschichte vom unablässigen Kampf zwischen Stadtliebe und Stadthaß sei, in jedem Augenblick der Geschichte, in jeder Nation, in jeder Kultur, in jedem Menschen. ... Städtehasser und Städtezerstörer sind nicht mehr nur Bücherphänomene; sie sind lebende Phantome; sie sind unter uns. Es bleibt zu überlegen: aus welchen Tiefen der gestörten Volksseele sie ausgeschlüpft und wohin sie aufgebrochen sind? Auf welchen verworrenen Kommunikationssträngen beruhen ihre Vorstellungen? Von welchen und von was für Bildern sind sie besessen ...?. Ein Primitiver kann sich nur schwer damit abfinden, daß irgendetwas ›vor ihm‹ da war; seine Ätiologie ist einfach, exklusiv ... Heute kann nur die Rede sein von zügellosen Revindikationen des niedrigsten mentalen Habitus. Es scheint, daß ich in den panischen Seelen der Städtezerstörer den bösartigen Widerstand gegen alles spüre, was urban ist, also gegen ein komplexes semantisches Gebilde aus Geist, Moral, Sprechweise, Geschmack und Stil. ... Wir leben in einer Zeit der Vorherrschaft der Wissenschaft. Alles um uns und in uns läßt sich wissenschaftlich erklären. Ist es möglich, daß wir noch keinen Versuch einer wahren Erklärung für Vukovar, Foča, Mostar, Sarajevo haben ... Für das Eigentliche der Katastrophe, für die Motive, für die Ätiologie des Bösen? Die Phänomene sind so geartet, daß sie Ethno-Soziologen, Ethno-Psychologen, Ethno-Psychoanalytiker beunruhigen müßten. Vermutlich wäre auch jene geringe Anzahl unserer veralteten einheimischen Anthropo-Geographen verunsichert, die nach dem Beispiel ihres großen Lehrers Jovan Cvijić noch immer stolz sind auf die Vorzüge des sogenannten dinarischen Menschen. Was sagten sie wohl heute zu dieser Hysterie unsozialisierter Bergbewohner, die die Städte von außen und von innen zerstören und dazu noch ihren Rassensuprемat verkünden?«[19]

P. P.: Auch Bogdan Bogdanović »hypostasiert« idealistisch. Nicht aus der Volksseele schlüpft etwas aus: *das Böse* ist manichäisch oder religiös gesagt. Ich schätze seine Ausdrucksweise zwar sehr, aber: *Das Urbane* ist nicht nur *ein komplexes semantisches Gebilde*; es ist auch »Besitz«. Unter dem Schirm der Föderativen Volksrepublik Jugoslawien hat sich ein *urbaner* Mittelstand herausgebildet. Gerade seine »Kultur« ist »Besitz«. Es ließe sich vieles bei B.B. reduzieren auf die Revolte der ländlichen *have nots* gegen die *haves*, die Städter.

U. R.: Was ist überhaupt: Haß? Ist Haß immer der Grund dafür, daß Menschen anderen Menschen etwas Schlimmes antun, wo Außenstehende oft kaum nachvollziehen können, warum sie dies tun?

Ist Haß eine kulturell und historisch konstante emotionale Kategorie oder wovon sind sein Subjekt, das Ausmaß, die Zielrichtung des Hasses usw. abhängig? Ich denke z. B. an das Phänomen vom »schwindenden Klassenhaß«. Stimmt das überhaupt? Wie ist das mit dem alltäglichen Rassenhaß, dem alltäglichen immensen Haß auf Frauen?

Kann jeder Mensch hassen? Hassen Männer anders als Frauen?

Ist Haß womöglich die (kollektive) Libido der 90er Jahre – nach *love and peace* der 70er?

Ich scheue nicht die Frage: Ist Haß unbedingt destruktiv, immer negativ? Ist Haß notwendig immer rassistisch, nationalistisch, sexistisch usw.?

P. P.: »Zulassen« von Haß heißt natürlich nicht einfach ausleben oder gar auf irgendeine irgendwie abgrenzbare Gruppe zu richten, etwa »ich hasse alle Serben, Deutsche, Proletarier, Kapitalisten, Radfahrer« usw.

19 B. B.: *Die Stadt und der Tod*, Klagenfurt, 1993.

Zu solchen Verallgemeinerungen weiß ich selbst nichts zu sagen; was nicht heißt, daß man sie nicht machen kann oder soll.

Ich habe den Eindruck, daß die Erziehung der Kinder bei den Inuit in Kanada eine optimale Dämpfung aller aggressiven Regungen gegen Menschen mit sich bringt; nicht aber gegen Tiere! Anderseits scheint es mir, als ob in der traditionellen Erziehung in mehr oder weniger »altmodischen« Familien in vielen Teilen Jugoslawiens, insbesondere in Montenegro, Serbien, aber auch Kroatien (Ausnahmen: Dalmatien, Slowenien) die Eltern gleichsam »nicht wissen«, daß man Kinder lehren muß, ihre Affekte auch zu dämpfen, und zwar sowohl freudige, liebevoll erotische als auch aggressive. Das mag sich je nach den Umständen als besondere Herzlichkeit oder als Neigung zu grausamen Handlungen auswirken. (Diese letzte Überlegung kann ich nicht beweisen; es ist nur eine Vermutung). Doch wenn es so ist, könnten Kinder, die keine Dämpfung der Affekte, bzw. keine zureichende, in ihr Ich aufgenommen haben, leichter von Wut zu noch destruktiveren und vor allem anhaltenden Haß übergehen.«

U. R.: Das Thema heute ist mehr eine gedankliche Fortschreibung des *Haß*-Briefes:

»Warum Krieg« oder: Kann es aus psychologischer/psychoanalytischer Sicht überhaupt eine dauerhafte Friedensoption geben und wenn ja, welche (individuellen und gesellschaftlichen) Mindestbedingungen müßten dafür erfüllt sein?

P. P.: Die Frage nach einer »Friedensoption« kann nicht psycho-logisch, -analytisch beantwortet werden. *Dem Menschen* ist (allein oder in einer Gemeinschaft) das eine und das andere möglich. Es hängt von den ›Verhältnissen‹ ab: ›Wir wären gut, anstatt roh, doch die Verhältnisse, sie sind nicht so.‹ Bertold Brecht.«

U. R.: Gibt es einen Weg, die Menschen von dem Verhängnis des Krieges zu befreien?

P. P.: Denkbar ist es schon, eine Gemeinschaft gegen Machtspiele gleichsam zu immunisieren. D.h. wenn es gelänge, die Mehrzahl so zu erziehen, daß sie ein *gutes Ich* (im Unterschied vom *starken Ich*) hätten, darum keine Feindbilder, keine Sündenböcke etc. mehr nötig hätten.

U. R.: Wie kann es dazu kommen, daß eine Gesellschaft es zuläßt, ihre eigenen Lebensinteressen durch einen Krieg zu sabotieren?

P. P.: Zuerst muß wohl die Gesellschaft kaputt sein: Anomie, wirtschaftlicher Niedergang (deklassierte Kleinbürger in Deutschland 1933; drohender Verlust des städtischen Mittelstandes in Jugoslawien), Partei korrupt (Nomenklatura), Werte aufgelöst (Perestrojka); no future !? Nicht gegen die Interessen *der* Gesellschaft, *für* die Interessen einer Clique, eines Führers.

U. R.: Welchen Anteil hat die Erziehung daran, daß angesichts der Eskalation eines politischen Konflikts die psychischen Energien, die nach einem Ausleben der zerstörerischen Triebe streben, die Oberhand gewinnen?

P. P.: Die kultureigene Erziehung und Sozialisation hat sicherlich einen Anteil. Wird das Selbstgefühl der Knaben *und* Mädchen von den Müttern gleichermaßen gehegt und gestärkt, ist Gewalt und Krieg weniger leicht herbeizuführen als dort, wo die Buben die phallisch-rivalisierende Tendenz, oder anal-aggressive Faktoren als alleinige Quelle von sozialem »Erfolg« angelegt ist. (Italiener waren auch in faschistischen Kriegen immer »schlechte Soldaten«, Preußen und Montenegriner waren angeblich immer kampfesmutig).

U. R.: Wie ist das mit dem ›Affekthaushalt‹ der Menschen in unserem Kulturraum: haben sich die Menschen im Laufe der Zeit in ihrem Aggressionsverhalten verändert? Zum Beispiel löst doch das Streben nach einer ›Zivilgesellschaft‹ mit ihrem ›humanistischen Code‹ einen starken moralischen Sanktionsdruck aus.

P. P.: Schwer zu sagen: Ich habe den Eindruck, daß sich in der entfremdeten und gleichzeitig verstärkt kontrollierten und durchorganisierten spätkapitalistischen Industriegesellschaft *beides* verstärkt hat: der ›moralische Sanktionsdruck‹ und das Leiden daran, d. h. die Revolte dagegen.

Wenn die »Zivilgesellschaft«, das heißt nicht nur ihr »Code« sondern auch ihre verbindenden Institutionen (Parteien, Vereinigungen familiärer und transfamiliärer Art) intakt sind, sind nicht nur für Hemmung sondern auch für »zielgehemmte Triebabfuhr« relativ günstige Bedingungen vorhanden.

U. R.: Kann man von einem unterschiedlichen Aggressionsverhalten bei Männern und Frauen sprechen? Gibt es das: typisch männliche und typisch weibliche Aggressivität? Wie ist das entsprechend mit dem »Todestrieb«?

P. P.: Ja; es hängt davon ab, wie die weibliche bzw. männliche Sozialisation verläuft. Es hängt davon ab, wie die gesellschaftliche Rolle von männlich und weiblich von der Mutter vermittelt wird. Diese *gender identity* wird meist vom ersten oder zweiten Lebensjahr an in den »epigenetischen Krisen« verstärkt. Zum Beispiel Mütter, die es gerne sehen, wenn der kleine Bub sich groß aufspielt, und die gleichzeitig darauf sehen, daß das kleine Mädchen immer schön brav, sanft, still ist. Wichtig ist die Adoleszenz, die Zeit, in der traditionelle Initiationen bzw. »moderne« (Militär, Sportvereine etc.) wirksam in das Seelenleben einschreiben, wie männliche oder weibliche Aggression zu sein hat.

Eine »natürliche« (= biologisch festgelegte) geschlechtsgebundene Aggression gibt es nicht. Ich erinnere nicht nur an die Amazonen.

Berühmtes Beispiel: Ibo-riots.

Als Nigeria erst kurz unter britischer Herrschaft war, kam es zu Unruhen, die blutig niedergeschlagen wurden. Diese hießen auf englisch Ibo-riots, in der Sprache der Ibo »Krieg der Frauen«. Im »alten« Ibo-Land gab es *symmetry* von männlichen und weiblichen

Institutionen, folglich einen König und eine Königin, die *nicht* ein Paar waren. Männer waren u.a. für Krieg, Repräsentation, Erbfolge verantwortlich, die Frauen u.a. für Handel und Markt. Als die Kolonialmacht die Markttaxen erhöhte, gab es an allen Märkten Demonstrationen nur von Frauen. Auf die weitere Repression hin zogen revoltierende Frauen gegen die englischen Kasernen und wurden schließlich zusammengeschossen. Nachher hat die britische Regierung eine Untersuchungskommission geschickt. Die kam zum Schluß: Ausschließlich Frauen zogen los! Da das jedoch nicht möglich ist, da *Frauen* das nicht können, müsse man annehmen, daß *die Männer* sie heimlich aufgehetzt hatten, wofür allerdings keine Beweise gefunden wurden. (Diese Rollenzuteilung ist weit über das viktorianische Zeitalter hinaus gültig geblieben).

Freuds »Todestrieb« ist in meinen Augen keine Erweiterung seiner Triebtheorie sondern liegt auf einer anderen Argumentationsebene: eine biologisch-naturphilosophische Spekulation. Festhalten möchte ich, daß sowohl Libido als auch Aggression ubiquitär angelegt sind. Das »Ziel« finden beide erst mit der Ichbildung; Tod ist kein inhärentes Triebziel.

U. R.: Was ist dran an Ernst Jüngers »Männerphantasien« von der »Wollust des Blutes, die über dem Krieg hängt«, Krieg auch als willkommenes Angebot, der Langeweile des uniformen Alltags zu entkommen?

Wo bleiben dann – psychologisch – die Frauen? Wie kompensieren sie denn diese »Langeweile« oder haben sie etwa keine »destruktive Lust«?

P. P.: Ernst Jünger ist es gelungen, aus anal-und phallisch-sadistischen Fantasien schöne Literatur zu machen. Pervers darf man das nur nennen, wenn man hinzufügt, wie viele ›normale‹ Männer und Leser dieselbe Wollust genießen, von Kohl bis Mitterand usw.

Psychologisch ist das gut zu verstehen, »befreiende« phallische Aggression gegenüber »langweiliger« analer Retentivität, die schließlich, wenn die Kampfeswut nicht mehr möglich ist, im Sammeln und Aufspießen von Insekten ihren sublimierten aber noch deutlich zwanghaften Ausweg findet. (Übrigens hat die kitschige aber begabte Tamaro – *Wohin dein Herz dich führt* – einen Insektensammler eingeführt, um einen Mann zu schildern, der zu Einfühlung und zum Austausch von erotischen Gefühlen unfähig ist.).

»Einige Deutungen zur ›Massenpsychologie des Faschismus‹«

Auszüge aus einem Vortrag von Paul Parin über die »Ethnisierung der Politik. Ex-Jugoslawien: vom National-Kommunismus zum ›National-Sozialismus‹«.

Psychoanalytisches Seminar Zürich, 3.11. 1995, Hamburger Institut für Sozialforschung, 29.2.1996;

Grundlegende Unterschiede der Innen-und Außenpolitik der beiden Staaten, Kroatien und Serbien, kann ich nicht feststellen. ... Der Aufstieg der beiden Führer und ihrer ultranationalen Parteien (SDS bzw. HDZ) brauchte die andere Seite nicht nur als Feindbild. In beiden Republiken konnte die Festigung des Regimes im Inneren und seine Legitimation nach außen nur mit kriegerischer Aggression gegen einen realen Feind erzielt werden. Damit erklärt sich das Paradoxon, daß sich die beiden Staaten seit der Eroberung von Slawonien durch die für Serbien kämpfenden Truppen (Juli 1991) immer wieder blutige Eroberungs-und Vertreibungskriege liefern und sich gleichzeitig über die Aufteilung der Beute, des Territoriums von Bosnien-Hercegovina, im stillen Einverständnis oder im sogenannten »Geheimabkommen« (von Karadjordjevo 1991) geeinigt hatten. Als politische Option ist das Paradoxon gegeneinander kriegführender Verbündeter noch im

Hintergrund der Bemühungen um eine pax americana auszumachen.

Nach den Erfahrungen im heute zerfallenen Jugoslawien ist die Ideologie das wesentliche an einer faschistischen Bewegung. Sie ist nicht nur das Instrument demagogischer Politiker, um ihre Herrschaft zu etablieren. Wenn es gelingt, in einem Volk, einer Ethnie oder anderen Gruppe genügend Anhänger auf eine faschistische Ideologie einzustimmen, und ein polizeilicher oder anderer staatsterroristischer Apparat dafür sorgt, jede Opposition zu lähmen, ist die Umgestaltung der Gesellschaft bereits im Gang.

Die eigene Ethnie ist die allein vorzügliche, jedoch tödlich bedroht von inneren oder äußeren Feinden und muß um jeden Preis verteidigt werden; wenn es sein muß – bis zum eigenen Untergang. Das Feindbild ist auswechselbar, betrifft immer genuin minderwertige, aber desto gefährlichere »andere«. Die Ideologie hat verfolgungswahnartige, paranoide Züge. *Man hat sich gegen uns verschworen.* Sie motiviert das Volk zum Kampf, zur rücksichtslosen Unterdrückung bis zur Vernichtung seiner Feinde und legitimiert jeden Terror. Gleichgültig, welche staatlichen Institutionen am Werk sind, muß Krieg geführt werden, mit oder ohne erklärtes Kriegsrecht. Gleichgültig ob Militärdiktatur, Einparteienstaat oder »Fassadendemokratie«, die Gesellschaft ist den Machthabern hörig und ausgeliefert, jeder einzelne und als Kollektiv rechtlich und wirtschaftlich von ihm abhängig. Die Klassengesellschaft ist zu einer Kampfgemeinschaft transformiert; der Umbau des Staates ist im Gang.

Die Spannungen zwischen den Völkern der Föderation wurden von tiefgreifenden sozialen Umschichtungen gespeist. Die Industrialisierung hatte die Zuwanderung in die Stadt und die Auflösung der Familienstrukturen zur Folge, während die traditionelle Großfamilie *(zadruga, expanded family)* sich auf dem Land erhalten hatte. Das vergrößerte den Abstand der ländlichen Produzenten zu den Städtern, besonders zu einer Jugend, die trotz ihrer guten Ausbildung keine Zukunft vor sich hatte, es sei denn als Gastarbeiter im westlichen Europa. Unter dem Schirm der expandierenden Parteibürokratie hatte sich ein städtischer Mittelstand entwickelt. Wenn eine solche ›gehobene‹ Schicht den Verlust ihrer Privilegien befürchten muß, ist sie nationalistischen Verheißungen zugänglich. Sie ›hat etwas zu verlieren‹, ist in ihrem Statusbewußtsein verletzlich und ist verführbar. Denn sie kann hoffen, im erneuerten Nationalstaat durch ihre Fähigkeiten (Bildung, Sprache) den früheren bevorzugten Platz in der Gesellschaft wiederzufinden.

In einer lang anhaltenden Krise und Anomie der Gesellschaft ist der Rückgriff auf religiöse und nationale Traditionen immer naheliegend. Das Bedürfnis, einen Ausweg aus der Krise und sozialen Anomie zu finden, führt zu einer kollektiven Regression, im psychologischen Sinn, nur wenn sich ein zielbewußter und begabter Politiker findet, der Macht anstrebt und sich auf eine bewaffnete Organisation stützt. Gerade das ist hier geschehen. Zehn Jahre waren seit der Zerschlagung der »Rebellion« im Kosovo (1981) vergangen, bis Slobodan Milošević den Krieg entfesselte (1991).

Viel spricht dafür, daß das faschistische Ich jede sadistische und anale Befriedigung für sich beansprucht. Die Feinde müssen erniedrigt, symbolisch »kastriert« werden. Der »anale Phallus«, wie ihn Bela Grünberger dem Mann als einem Produkt der autoritären Familienstruktur zugeschrieben hat, muß den verachteten und schwachen Feinden geraubt werden.

Bereits in Friedenszeiten ist das Ich des »normalen« Mannes einer betont autoritär-patriarchalisch-kämpferischen Ethnie, wie es die Serben und Montenegriner sind, nicht so unabhängig und autonom, wie es bewußt dargestellt wird. Die Tradition eines männlich-aggressiven kämpferischen Volkes und das aus der Erziehung der Knaben resultierende Über-Ich des »mutigen Kriegers« stimmen überein. Der Anpassungsmechanismus, den wir als Clangewissen[20] beschrieben haben, bewirkt, daß ein »normales« Ich von einer männlich-aggressiven Kampfbereitschaft charakterisiert ist. Der Soldat ist ein »richtiger« Mann. Während Freud festgestellt hat, daß das individuelle Überich in einer organisierten Masse (z. B. dem Heer) dem Führer delegiert wird, meinen wir, daß Angehörige solcherart »heroischer« Ethnien auch ein *Ich* aufweisen, das bereits vor jeder Einbindung in eine Kampfgemeinschaft zu aggressiver und analsadistischer Triebabfuhr neigt.

Am stärksten entlastend dürfte der projektive Anteil der Abwehr gewirkt haben: wir sind die Guten, denen Gott und der Führer helfen werden, endlich alle Bösen zu vertreiben oder zu vernichten. Das so erzeugte »falsche Bewußtsein« war für viele bestimmend, so daß sie zum Kampf gegen das jeweilig politisch nötige Feindbild, aber auch zum Ertragen sonst unerträglicher Opfer an Hunger, an Leib und Leben motiviert wurden. Sobald der Krieg entfesselt war, nahm die Projektion den dauerhaften und wahnhaften, kaum korrigierbaren Charakter kollektiver »projektiver Identifikation« an. Endlich waren Objekte da, auf die das Bild des Feindes projiziert werden konnte, und damit jenen Realitätswert bekam, der eine wahnhafte Identifikation auszeichnet.

Ich will einige Deutungen zur *Massenpsychologie des Faschismus* versuchen, die sich mir aufdrängen.

Obwohl ich keinen nationalistischen Serben und keine Serbin untersucht habe, scheinen mir dynamisch und ökonomisch orientierte psychoanalytische Deutungen mehr zu erklären als genetische Spekulationen oder Symboldeutungen des Unbewußten einer wie immer angenommenen ethnischen Seele. Einfacher ausgedrückt: Was haben die Leute vom Faschismus?

Seit Freuds *Massenpsychologie und Ich-Analyse* wissen wir, daß das Ich in einer (organisierten) Masse regrediert, sich mit dem Führer

20 *Widerspruch im Subjekt*, 3. Aufl., 1978, S. 92–95 und S. 153–174.

und seiner Doktrin identifiziert und damit die Forderungen und Gebote des Über Ich vorübergehend loswird. Der Führer wird zum Über-Vater. In den patriarchalen Familien Serbiens und Montenegros ist der Vater für die Söhne eine übermächtige Figur, die jedoch auch nach dem Durchlaufen des ödipalen Konflikts wegen seiner Härte gegen die Söhne mit sehr ambivalenten Gefühlen besetzt bleibt. Dem Führer als Vaterfigur und seinen Vertretern in der Hierarchie kommen die Liebesgefühle zu, während der Haß auf die Feinde der Volksgemeinschaft und des Führers projiziert wird.

In der Regression werden erwachsene Menschen unselbständig wie Kinder. Bei ihnen ist »falsches Bewußtsein« produziert worden. Sie haben auch die erwachsene Wahrnehmung der sozialen Wirklichkeit aufgegeben; sie wird durch die Identifikation mit der nationalen Idee und dem Führer verdunkelt. Verleugnung und Verdrängung sind nicht mehr nötig. Sobald sich das Ich der herrschenden Meinung, der Meinung der Herrschenden, angeschlossen hat, ist das Ich entlastet. Außenstehende stellen fest: *Sie glauben allen Lügen*. Die Betroffenen wissen: *Die Wahrheit ist das, was ich glaube.*

In der Regression werden orale Wünsche wiederbelebt, die eine Befriedigung zu finden scheinen: im Mutterschoß der Volksgemeinschaft, die sichert, stillt und Stillung aller Bedürfnisse verspricht.

Denen, die mit der Bewegung identifiziert sind, jedem Einzelnen und der Gemeinschaft, wird eine narzißtische Erhöhung (narcisstic elation) zuteil. Größenphantasien, die aus der Frühkindheit herstammen, haben während der Latenz und in der Pubertät eine feste Gestalt angenommen. Sie konnten während der frustrierenden Lebenserfahrung nicht gelebt werden, werden aber nicht ganz aufgegeben. Sofern das ideologische Angebot dem entspricht, was in der Erziehung als »gut und groß« dargestellt worden ist, kann jede narzißtische Kränkung, jede Erniedrigung des Selbstgefühls mühelos kompensiert werden. Spezifisch Ethnisches kommt zum Zug. ...

Während das individuelle Gewissen an Führer und Nation delegiert worden ist und individuelle Schuldgefühle wegen irgendwelcher Untaten nicht mehr auftreten, erspart die narzißtische Erhöhung auch das Gefühl der Scham ...

Wer immer in einer sozialen Krise ohnmächtig war und sie ratlos, passiv leidend erlebt hat, dessen Ich wird gewaltig entlastet, wenn er aktiv sein darf, ja muß. Der Rat wird ihm gegeben, Aktivität vorgeschrieben. Die reale Ohnmacht wird in der Identifikation mit Führer und Bewegung nicht mehr wahrgenommen. Wenn die Autorität des Führers aus irgendeinem Grund zerbricht, ist allerdings die frühere Angst wieder da, das eben noch mächtige Ich wieder ohnmächtig.

Andererseits kann das faschistische Ich seine Stärke steigern, wenn eine Person aggressive Taten begeht; je grausamer desto stärker fühlt man sich. Das dürfte in der Phantasie für Männer und Frauen gelten und Realerfahrung der Männer in den kämpfenden Truppen sein. M.a.W.: der Faschismus bringt es mit sich, daß der sexuelle Phallus durch einen »analen Kampfphallus« ersetzt oder ergänzt wird. ...

Die Taktik der Kriegspropaganda, die Menschen integrierter Dorfgemeinschaften nach Religion und Herkunft zu trennen, erzeugt besondere Wut. Gegen Verräter einer Gemeinschaft richtet sich nicht nur der Zorn auf den Feind. Wer sich als Verräter gegen die schützende mütterliche Gemeinschaft zu erweisen scheint, zerstört den Schutz und die Geborgenheit und legiert die Aggression des Krieges mit der Wut frühkindlicher Enttäuschung: analphallische Aggression legiert mit oralem destruktiven Haß. Nach diesem Rezept wird unversöhnlicher Haß erzeugt, die Soldaten werden zu unerhörten Grausamkeiten motiviert, die der »ethnischen Säuberung« mittels Terror dienen.

Hoffnung – aktiv werdende Unzufriedenheit

Über die Veränderbarkeit des Menschen
Fragen an Paul Parin Zürich, im April 1996

U. R. Kindheit und Jugend in einer idyllischen Gegend, materiell bestens versorgt, eine vorzügliche Bildung, ein Beruf aus Überzeugung und Neigung, eine Lebensgefährtin, die Ihnen in allen Höhe- und Tiefpunkten Ihres Lebens solidarisch und treu zur Seite gestanden hat bis heute, abenteuerliche Reisen, beruflicher Erfolg, dem sich hohe Anerkennung Ihrer schriftstellerischen Leistungen in der Spätphase Ihres Schaffens beiseitestellt – ein beneidenswertes Leben.
Worum ich Sie am meisten beneide, das haben Sie selbst, in glaubwürdigem Überschwang Ihrer Gefühle, zum Ausdruck gebracht. Ich meine Ihre Erfahrungen als Arzt bei den jugoslawischen Partisanen:

> »Meine Revolution habe ich mitgebracht. Sie ist nicht in Nikšić entstanden, nicht in Petrograd aufgebrochen, wird nicht an einem Tag und an einem Ort stehenbleiben. Als Revolte, der Knecht verjagt den Herrn, dem geht es schlecht, das hör ich gern, ist sie das Leben selbst, die Triebgrundlage, die sich auf-

bäumt. Einmal findet das Es sein Symbol, das wirkt weiter, eine Naturtatsache, solange es Unterdrückung gibt. Keine Rede davon, daß ich mich ins Volk verlieren, mit den Massen verschmelzen, mit ihnen zusammen kämpfen, lachen, weinen könnte.«[1]

Alles mag verkommen, untergehen, sich selber zerstören – die revolutionäre Bewegung bleibt bestehen. An einem Ort ist sie sicher, am Ort der Utopie. Utopien leben von ihr, grünen, welken und verdorren. Der Drang nach Freiheit bringt neue Utopien hervor, solange es Unterdrückung gibt.

Nie wird jemand gegen die Utopie recht behalten. Wer kann ihre Bewegung aufhalten? Wer immer sie ins Prokrustesbett seiner Zeit, seiner Kultur, seiner Urteile, Vorurteile, Meinungen, Absichten, Interessen spannt, dem ist sie bereits entglitten.«[2]

Neid – falls diese Bezeichnung überhaupt zutrifft – insofern, als solche Erfahrungen kollektiven revolutionären Aufbruchs, brüderlicher internationaler Solidarität, festen, aufrichtigen Glaubens an die Veränderbarkeit des Menschen, an eine wahrhaft humanistische Gesellschaft gleicher und selbstbestimmter Menschen, nur wenigen Menschen zuteil werden und – wie ich meine, dazu immer seltener Grund gegeben scheint. Neid, weil seither eine Generation durchaus solche Sehnsüchte offen reklamierte, diese aber auf dem ›Marsch durch die Institutionen‹ versandeten, durch die ›repressive Toleranz‹ unserer (west-und nordeuropäischen) Demokratien glattgeschliffen oder in Richtungskämpfen unter seinesgleichen gelähmt wurden.

Nun muß man ja nur Ihre Bilanz aus dem Jugoslawien während der antifaschistischen revolutionären Bewegung und nach deren Sieg

1 *Es ist Krieg* ..., S. 105.
2 *Es ist Krieg* ..., S. 107, 108.

weiterlesen oder zum Beispiel Ihren Essay über den *Knopf an der Uniform des Genossen*[3], um alsbald wieder aus den virtuellen utopischen Höhen auf die »Niederungen« des realen Alltags zurückzufallen.
Was umso mehr die Frage provoziert, ob nicht doch, rückblickend auf die letzten Jahrzehnte nach 1945, Lehren aus der Vergangenheit gezogen worden sind?
Ob sich nicht doch etwas bewegt hat im Bewußtsein, in der politischen Qualität, so daß man resummieren könnte: diese Umbrüche und Aufbrüche sind nicht umsonst gewesen. …

P. P.: Ich möchte darauf von zwei historischen Momenten ausgehend antworten: Einmal denke ich an die Zeit des spanischen Bürgerkriegs, wo es dringend nötig war, etwas gegen den heraufkomenden Nationalsozialismus und Faschismus zu unternehmen. Ich hoffte damals, daß die spanische Regierung mit Unterstützung der Sowjetunion schließlich diesen Aufstand der Generäle besiegen würde, den ihrerseits die deutsche Legion Condor und die italienischen Faschisten unterstützten. Als dann aber das erste Schiff mit Waffennachschub aus dem Schwarzen Meer, also aus der Sowjetunion, nach Spanien umkehrte und ich gesehen habe, daß aus weltpolitischen Gründen die Sowjetunion, also Stalin, Spanien, also auch die kommunistische Widerstandsbewegung, fallenließ, war das sicher eine Enttäuschung, Jahre bevor der Krieg mit einer vollständigen Niederlage der Republik zu Ende ging.
Zweitens: Als 1989/90 die realexistierenden Sozialismen zusammengebrochen sind, war das für viele ein Schock. Ein tiefer Fall in politische Orientierungslosigkeit. Für mich dagegen waren diese Gesellschaften längst erledigt als Modelle für eine sozialistische

3 Der Knopf an der Uniform des Genossen. Ein ethnopsychoanalytischer Exkurs über die Veränderbarkeit des Menschen, in: *Kursbuch*, 53, Lust an der Zukunft, 1978.

Utopie. Damit hatte weder das Regime in der DDR noch in Rumänien irgendetwas zu tun. Das waren nichts anderes als bürokratische Diktaturen geworden mit einer starken Geheimpolizei. Von einer sozialistischen Utopie war überhaupt nichts mehr zu spüren, außer vielleicht bei irgendwelchen Sonntagsreden, die aber nicht ehrlicher waren als bei der Schweizer Eidgenossenschaft. In meinem Buch *Es ist Krieg …*, habe ich dann ja schon 1989/90 an einer Stelle niedergeschrieben: »Sozialismus ist möglich als eine menschliche Möglichkeit.« Jedenfalls als die Möglichkeit, ein besseres Zusammenleben aufrechtzuerhalten. Das läßt sich nicht lehrbuchhaft definieren, aber so umschreiben, daß es doch in bestimmten Momenten, in bestimmten Gemeinschaften, so aussieht, als ob die Menschen ihr Leben besser organisieren könnten, als es im Kapitalismus und gar erst im Spätkapitalismus/ Spätimperialismus möglich ist. Ich will das mit einem Bild sagen, das von Gojko Nikoliš stammt, einem Freund aus unserer Zeit bei den Partisanen in Jugoslawien. Dieser jetzt verstorbene Arzt und Sozialist hat einmal auf die Frage eines Journalisten, »Wird diese Utopie nicht untergehen?« geantwortet:: ›Der menschliche Geist wird sich nie zufrieden geben. Stellen Sie sich vor, dort auf dem See ist ein Taucher. Wenn Sie auf einen Taucher schießen, ist er weg. Es scheint, daß er nicht mehr auftaucht, aber da hinten wird er plötzlich wieder auftauchen.‹ So verhält es sich auch mit dem menschlichen Geist. Solange die Verhältnisse schlecht sind und man sich bessere vorstellen kann, wird der Wunsch des Menschen, es besser zu machen, nie untergehen. Das ist vielleicht etwas weit hergeholt, aber so ähnlich verhält es sich mit unserer Utopie: Selbst angesichts des unglücklichen Verlaufs der jugoslawischen Freiheitsbewegung und des Selbstverwaltungssozialismus ist uns nicht der Gedanke gekommen: das ist also nicht möglich, das ist gestorben, sondern wir halten uns immer wieder vor Augen: Solange es Unterdrückung und Ausbeutung gibt, Herren und Knechte, wird es auch immer wieder Menschen, Generationen geben, die das ändern werden oder ändern wollen. Daß die Revolutionen dann meist schon selbst den Keim des Zerfalls in sich tragen, habe ich dann allerdings auch einsehen müssen mit der Zeit. Ich erinnere an meine Schlußsätze in dem Essay über den *Knopf an der Uniform des Genossen*, den übrigens der Schriftsteller Peter Paul Zahl, damals als politischer Häftling im Gefängnis einsitzend, zu lesen bekam, worauf sich eine Freundschaft bis heute begründet:[4]

> »Utopien bieten kein Ziel. Sie sind wie Satelliten, die wir selber in Umlauf gebracht haben. Manchmal stürzt einer ab und verglüht. Andere kreisen weiter. Stillstehen können sie nicht. Das ist ihr Gesetz.«

Dabei kam uns die Idee von Marx, ausschließlich die ökonomischen Verhältnisse beziehungsweise Interessen als Basis zu nehmen, schon seit Jahrzehnten falsch vor, weil die Psychologie der Macht und der Machthaber sich nicht deckt. Wenn man das Streben nach Macht und die Kämpfe um Macht, wie es klassischerweise heißt, dem Überbau, zurechnet, der nur eine lockere dialektische Beziehung zur Basis habe, und nicht als eigene politische Kräfte, dann wird man auch der Dynamik der Revolution und der Konterrevolution nie gerecht werden.

U. R.: Welche Rolle spielt die Psychoanalyse bei diesem Aspekt der Veränderbarkeit des Menschen?

P.P.: Während einer Psychoanalyse ist es ganz sicher so, daß sich nicht nur die offensichtlich gestörten Verhaltensweisen und Gefühlsknoten vom Menschen lösen, sondern es vollzieht sich ohnehin eine weitgehende Änderung des Charakters. Aber – entgegen einer weit verbreiteten Auffassung der Psychoanalytiker – verän-

4 a.a.O.

dern erstens nicht nur die frühen Kindheitserlebnisse einen Menschen sondern auch spätere Einflüsse. Wirksam wird in dieser Hinsicht zum Beispiel, in welcher Schicht, Klasse, in welchem Milieu, unter welchen Umständen man lebt. Letzten Endes bestimmen also doch die Klassenverhältnisse viel mehr, wie ein Mensch denkt und fühlt als allgemein anthropologische Dinge.
In welche Richtung diese Veränderung geht?
Sicher auf eine andere Ebene, die das Charakteristische des Menschen ausmacht. Ob diese Ebene indes ein Fortschritt ist im Sinne einer wünschbaren Veränderbarkeit, das ist eine ganz andere Frage. Darin ist ja auch die Frage enthalten: wie weit haben wir uns verändert? Ich erinnere nur an die Geschichte von Bert Brecht vom Herrn Keuner. Herr Keuner wird angesprochen: »Du hast dich ja gar nicht verändert!« Und Herr Keuner sagt: »Steht es so schlimm mit mir?« Also wir haben uns sicher auch verändert.

Einwurf G.P.: »Das ist wie eine Spirale. Aber diese Spirale geht nicht so hinauf nach oben, sondern sie liegt. Das Fortschrittliche, das, was uns weitertreibt, das bleibt bestehen. Zum Beispiel diese Art von solidarischer Gemeinschaft, diese Brüdergemeinden, die sterben nie aus. Oder solche Situationen, wo Menschen über das Menschenmögliche hinausgehen, das wird es immer wieder geben.«

P. P.: Persönlich möchte ich sagen, daß ich mich mit der Psychoanalyse in einzelnen Haltungen Mitmenschen gegenüber sehr verändert habe. Darüber habe ich ja schon gesprochen, daß ich früher mit männlichen Autoritätspersonen keinerlei warme freundschaftliche Beziehungen hab pflegen können. Das hat sich in der Psychoanalyse beziehungsweise durch sie geändert. So hat sich auch mein Freundeskreis insoweit verändert, daß ich auch ältere Autoritätspersonen als Freunde haben konnte. Das ist nur ein Beispiel. Goldy hat immer gesagt, sie habe sich in der Analyse nicht verändert. Dazu habe ich aber eine andere Meinung. Ich weiß, daß sie in vieler Hinsicht toleranter geworden ist, nicht nur als Fachfrau. Auch sonst ist ihre Akzeptanz, mit was für Menschen man verkehren kann, eindeutig höher geworden. Sie war sonst immer absoluter in ihrer Zuneigung und Abneigung und in ihrer geistigen Haltung zu anderen Meinungen.

U. R. Hat die Politik aus den politischen Katastrophen der Vergangenheit gelernt?

P. P. Die politischen Kasten haben gelernt, daß es seit dem zweiten Weltkrieg nicht ankommt auf das Schicksal großer Menschenmassen. Das war in der bürgerlichen Zeit immer eine bedeutende Größe in der Politik. Seit dem Holocaust und Hiroshima wissen es Politiker oder scheinen es zu wissen, daß man darauf keine Rücksicht nehmen muß, daß Gefühle des Mitleids nicht gelten, was individuelle Gefühle des Mitleids für ein verstümmeltes Kind nicht ausschließt. Das bleibt unverändert gleich groß, besonders wenn es der eigenen Nation angehört. Das Lernen aus den Katastrophen der letzten Zeit ist ein negatives Lernen gewesen: es kommt auf der sich mehr und mehr vernetzenden Welt einfach nicht mehr auf das eine oder andere Desaster an. Weiter hat man gelernt, und gerade die fortschrittlichsten Kreise, auch Wissenschaftler, daß (moral-)philosophische Kategorien die menschlichen Verhältnisse nicht zu regeln vermögen.
Ich meine damit nicht zuletzt, daß alle großen Ideologien sich nicht dazu eignen, unmittelbar in politisches Tun umgesetzt zu werden. Und auch auf eine so theoretische Frage: *Ist der Mensch veränderbar?* sage ich: *In bezug auf was veränderbar?*
Es sind ganz sicher nicht bloß Lernprozesse nötig.
Es ist ganz sicher, daß das, was man als Information, als Aufklärung, bezeichnet, allgemein entweder nur sehr wenig Positives bewirkt oder sogar die Menschen von ihren eigentlichen Interessen ablenkt.

U. R.: Und welchen Einfluß messen Sie kritischen Intellektuellen wie Sie selbst es sind und Schriftstellern bei?

P. P.: In vielen Ländern gibt es Aufklärung durch erzählende Literatur. Die Intellektuellen, die Schriftsteller und Dichter, sind dem sozialen und politischen Handeln zumeist weit voraus. Aber sie haben selten unmittelbare Wirkungen erzeugt. Ich bin zuwenig Historiker, um das für die Vergangenheit so apodiktisch beurteilen zu können. Aber meine Erfahrungen sind so: Jede Art von Belletristik oder von philosophischen Publikationen verändert den Menschen sehr wenig. Diese Frage stellt sich manchem Schriftsteller: soll ich überhaupt noch schreiben? Bewirken tu ich ohnehin nichts! Das Ergebnis ist schlicht: Es gibt die einen, die wollen lesen, und es gibt die anderen, die wollen schreiben. Also tun beide, was sie wollen.
In bezug auf die weitere Entwicklung in Jugoslawien?
Da ich selbst nichts machen kann als zu schreiben, setze ich vor allem auf Vernetzungen unter Intellektuellen, die weiterhin für den Dialog sind, ungeachtet ihrer nationalen Herkunft. Dazu zählen sicher auch solche, die draußen sind im Exil und die mit dieser Einstellung etwas machen wollen. Als Gegengewicht wäre es so etwas wie es die deutsche Kultur im Exil war. Das waren ja nicht nur Juden. Bertolt Brecht war kein Jude, aber er tat gekämpft, und er hat das berühmte Wort gesagt, ich glaub', wie er in Finnland war, als man zu ihm gesagt hat, ob er nicht kämpfen wolle als Widerstandskämpfer: »Haben Sie noch nicht verstanden: die Schreibmaschine ist mein Gewehr.«

U. R.: Wie verhält sich das Ihren Erfahrungen zufolge mit Emanzipationsbewegungen, nehmen wir als Beispiele die Studentenbewegung, die Frauenbewegung? Stichwort: Verweiblichung der Kultur, wobei ich nicht nur an die Ästhetik denke, sondern auch an die Politik, an zwischenmenschliche Umgangsformen. …

Gibt es dabei Phänomene wie in der Wirtschaft, einmal als Zeiten einer Hausse: Markantes Jahr: 1968, und dann wieder gefolgt von der Welle einer Baisse, wo alles nur abzuschlaffen scheint, »Null-Bock-auf-nix«, »no future«?.

P. P.: Ich glaube, daß in naher Zukunft als einzige politische Kraft, der ich etwas zutraue, die Frauenbewegung zu anderen politischen und sozialen Qualitäten beitragen wird. Eine Randbemerkung: eine bekannte kroatische Schriftstellerin hat einmal geschrieben: »Wir haben unsere Zukunft für ein paar italienische Schuhe verkauft«. Sie meinte, in der Konsumgesellschaft des Tito-Jugoslawien hätte man sich nicht mehr genügend für Politik interessiert. Daß das Interesse ganzer Generationen an Politik zurückgeht, ist zwar bedauerlich, aber das sehe ich denn auch als eine Wellenbewegung. Die hat nach meinem Verständnis einen Hauptgrund: Politische Teilnahmslosigkeit entsteht durch Machtlosigkeit, beziehungsweise durch das Gefühl, machtlos zu sein. Nicht nur in demokratischen, sondern in allen stabilen oder relativ stabilen Gesellschaften geht in der Breite besonders der heranwachsenden Generationen das Interesse, an der Politik teilzunehmen, stark zurück. Es äußert sich noch, sagen wir, in ökologischen Fragen oder in familienpsychologischen Fragen: wer mit wem zusammenlebt, im Sexualleben oder so. Aber wo man keinerlei Teilhabe an der Macht hat und es nicht wegen äußerster existentieller Bedrohung nötig ist, geht das Interesse zurück. Am leichtesten ist das an den Wahlergebnissen, an der Wahlbeteiligung abzulesen. Die Jugend hat einfach nichts mehr anzumelden: Es sind relativ stabile Verhältnisse, sie haben keine starken Parteien, die weniger Arbeitslosigkeit versprechen können; alle finden, man müsse diese vernetzte Marktwirtschaft so weiter machen, es ginge ja nicht so schlecht damit.
Das bedingt ein Desinteresse. Aber, daß Machtlosigkeit abstumpfen läßt, ist nicht mit diesen Beobachtungen ausgeschöpft. Be-

kannt ist, daß das sogenannte Lumpenproletariat, wie Marx es bezeichnet hat, politisch nicht mobilisierbar ist. Ebensowenig mobilisierbar sind die Menschen mit ihrem relativ gesicherten Leben in den großen Industriegesellschaften, trotz der anwachsenden Armut, Obdachlosigkeit, des zunehmenden Sozialabbaus. Es gibt die Revoltenbewegungen in den Vorstädten der industriellen Ballungszentren in Frankreich, in den USA; aber die Machtlosigkeit wirkt so, als ob wir eine Gesellschaft von Lumpenproletariern hätten, die für nichts anderes als fürs Überleben zu interessieren seien. ....Ich bin andererseits keineswegs davon überzeugt, daß die gleiche Generation, die jetzt so desinteressiert scheint, auch so bleiben muß.
Ich möchte noch einmal darauf zurückkommen, was ich in meinem Buch: *Es ist Krieg und wir gehen hin* geschrieben habe[5]:

> »Wenn wieder einmal alles kaputt ist, wofür wir gekämpft haben, kommen wir uns überflüssig vor. Das ist jedem der unseren schon mehrmals passiert. Es gibt einen Trost für die, denen es um ein besseres Leben der Menschen geht: Wirklich überflüssig sind sie nicht, die Arbeit wird ihnen nicht ausgehen. Man braucht sie und wird sie bald wieder brauchen. Der ›Neue Mensch‹, auf den es doch ankommt, wird nicht so bald entstehen und schon gar nicht ohne uns. ›Hoffnung – aktiv werdende Unzufriedenheit‹ (Ernst Bloch). Oder sind die, die nicht aufgeben, die auf ihre Utopie gar nicht verzichten können, sind vielleicht sie alle – ohne daß sie es wissen – bereits die Neuen Menschen?«

5 *Es ist Krieg* ..., S. 233,234.

Wachs und Gold

»... Die amharische Sprache hat sich dem Gebrauch des Volkes angepaßt, das seit fast zweitausend Jahren nichts gegen die drückende Feudalherrschaft unternehmen, die Unteren nichts gegen die Oberen ausrichten konnten. So hat sich ihre Sprache zu dem entwickelt, was man *Wachs und Gold* genannt hat. In der Technik *Verlorenes Wachs* formt man ein Figürchen aus Bienenwachs, preßt die Tonform drum herum, gießt das flüssige Gold durch eine Öffnung hinein. Das schmelzende Wachs verliert sich, wird vom Ton aufgesogen, an seiner Stelle entsteht die Figur aus reinem Gold. Die gewöhnliche Rede ist Wachs. Jeder kann die Figur sehen, verstehen. Die kluge Rede jedoch enthält Gold, den wahren Sinn, den Hintersinn, der aber erst entsteht, wenn sich das Wort in ein kluges Ohr ergossen hat. Lobgesänge, gedichtet zu Ehren der äthiopischen Herrscher im 15. Jahrhundert, kann man so lesen, daß im goldenen Hintersinn bitterer Hohn über die Sittenlosigkeit und Unfähigkeit greifbar wird, wie eine Figur aus purem Gold. Bis heute gab die sozialistische Ordnung keinen Anlaß, solche Sprachgewohnheiten zu ändern.«[1]

1 Realexistierender Tourismus. Bericht von einer kapriziösen Ferienreise; in: *Eine Sonnenuhr* ..., S. 127.

Als ich Paul Parin sagte, ich wolle mit diesem Zitat dieses Schlußkapitel einleiten, in dem ich noch einmal gesondert seinen Schreibstil unter die Lupe nehmen wollte, reagierte er eher unwirsch. Das könne nur zu Mißverständnissen führen; man müsse ja annehmen, er würde am liebsten um den »heißen Brei herumstreifen« wenn er etwas ausdrücken wolle. Wenn etwas seinen Stil charakterisiere, dann sei dies geradliniges Denken und Schreiben: eindeutig, klar, ohne Umschweife oder gar Mystifikationen. Richtig – aber so verstanden will ich diese kleine Geschichte über *Wachs und Gold* auch nicht mit seinem Erzählstil in Verbindung bringen. Nichts und niemand steht Paul Parin, im Gegensatz zu dem Volk der äthiopischen Amharen, im Wege, die Gedanken so frei und unverblümt, wie sie ihm einfallen, auch niederzuschreiben. Aber der Weg »vom Gedanken zur Tat« (also zur Prosa), ist ein anderer als die Prosa selbst, deren Reiz gerade in der Mannigfaltigkeit ihrer Erzählschichten liegt, die manchmal wie Gesteinsschichten gegeneinander verschoben liegen.

Wie ich erzähle

»Ich erzähle von den Schafen der Frau Ilona Golden (sie hieß in Wirklichkeit anders, aber so ähnlich). Goldy sagt, das solltest du einmal aufschreiben. Da fällt mir grade noch etwas ein, ich erzähle es und sage, das gehört dazu. Oh ja, sagt sie. Dadurch angeregt erzähle ich noch etwas. Auch das soll hinein, meint sie. Endlich sage ich: halt, das wird mir zu lang. Das gehört in eine andere Geschichte. Dann dreht und brodelt und ordnet sich die Geschichte in meinem Kopf. So manches drängt sich dazwischen, Wut, Hilflosigkeit, ›Gedanken eines entsetzten Zuschauers‹ zu den Nachrichten vom Krieg in Europa, von Kriegen, Terror, Ausbeutung und Elend in aller Welt. ... Dann setze ich mich hin und schreibe (...)

Sind 2, 3 oder 5 oder 6 Seiten geschrieben, frag ich: darf ich dir den Start vorlesen? Goldy ist immer dafür zu haben.«[2]

Das Material für seine Erzählungen weist überwiegend in positiv besetzte Lebenszeiten zurück. Die letzten Jahre setzen wohl offensichtlich nicht so viel frei für Geschichten mit einem realen Erlebnishintergrund.

»Das ist eine richtige Beobachtung, auf die ich von zwei Seiten eingehen will. Erstens: wie ich zurückliegende einschneidende Erlebnisse wie vor allem den Nationalsozialismus, dessen Ende, die Entdeckung der Dritten Welt usw. begründe, in halb literarisch, halb wissenschaftlich fundierten Essays, ist ein anderer Gesichtspunkt, als wie ich erzähle. Ich möchte da nur auf das neue Buch von Lars Gustafson: *Palast der Erinnerung* verweisen. Auch für mich sind Erinnerungen wie ein großer Palast, den man bevölkert, mit Personen und Gegenständen, die einem in seinem Leben etwas bedeutet haben. Was ich schreibe, ist nicht immer eindeutig frühere Wirklichkeit, sondern es sind Erinnerungen. Ich schreibe so, wie sich mir mit der Zeit diese Erinnerungen konstelliert haben. Die Zeit ist zu erraten, ist aber absichtlich verwischt. Und ich kann verraten, wenn sich mir jetzt Geschichten in Umrissen formieren, die ich einmal schreiben möchte, dann bezieht es sich genau auf diese Zeit, die hier vermißt wurde. Ich hab einen Arbeitstitel dafür: Êtres de crépuscule«, »Wesen der Dämmerung«. Das ist nicht ein Titel von mir sondern von Roger Caillois, den wir bald nach dem Krieg in einem Aufsatz gefunden haben über diese ehemaligen antifaschistischen Kämpfer, die dann alsbald im politischen und sozialen Sinne überflüssig geworden waren, weil andere Kräfte das

2 Wie ich erzähle, in: *Karakul*, S. 153, 154.

durchgeführt haben, was wir eigentlich wollten, unsere Utopie. Wie Caillois schrieb, sind es die Kohorten der Bürokratie und die Militärs, die die Sache, unsere Sache in die Hand genommen und – verraten haben.«

Der Erzähler Paul Parin

Die gewöhnliche Rede ist Wachs. Erlesenes, geschmeidiges Material aus einem phantasiereichen Wortschatz. *Jeder kann die Figur sehen, verstehen.* Ihr Gesicht, den Körper, den Raum, in dem sie sich bewegt: verhalten-unsicher oder unnahbar-stolz oder herrisch-dominant. ... Licht und Schattenkonturen mitbedacht und festgehalten wie ein ausdauernder Dokumentar-Fotograph. Vorder-und Hintergrundschärfe abgestimmt. Wichtige und scheinbar weniger wichtige Details (des familiären, gesellschaftlichen und politischen) Umfeldes gut komponiert.

Oder ausbrechend aus Perspektiven und Farbspektren und chronologischen Bedeutungszusammenhängen wie Pinselstriche eines expressionistischen Malers. Wortgemälde, die den Duft von Ahornwäldern und das Summen von Insekten ins Zimmer holen.

Frau Ilona setzt sich an den Küchentisch. Es ist lange her seit den Malstunden im Lyzeum des Fräulein Hella von Bruck. Aber sie weiß noch, wie man malt:

»Ein Schatten ist nie grau oder schwarz,
immer violett; damit der Himmel weit wird,
ein wenig Ultramarin drauf;
der Baum ist im Wasser gespiegelt genau so wie am Ufer,
doch die Pinselstriche gehen waagerecht,
von links nach rechts.

Den purpurnen Herbstwald Kanadas haben die Goldens nie gesehen. Als sie in Toronto ankamen, waren die Blätter abgefallen.
Sie entscheidet sich für Karmin an den Baumkronen,
weiter unten gemischt mit Siena.«[3]

Bilder-Gedichte in der Prosa Paul Parins. Getarnt im Fluß des Blocksatzes seiner gesammelten, niedergeschriebenen Erzählungen lassen sie sich an vielen Stellen seines schriftstellerischen Werkes entdecken.

Oder seine so verhaltene Kunst der komprimierten Darstellung:

Stenogramm eines Lebensbogens:

»Gvič spielte mit Murmeln, die er mitgebracht hatte. Seine große Schwester war dunkel, ihre Stimme war samtrauh, und gar erst die Bewegungen: so elegant, daß mir meine eigene schöne Schwester plump und verklemmt vorkam. Kein Wunder, daß ich mich viele Jahre später in die ›große Schwester‹ verliebt habe. Als ich soweit war, hatte Jera bereits die Absicht, ihren Kari zu heiraten. Nach einem Winter mit einigen glücklichen Tagen wurden wir Freunde für immer, bis endlich auch sie alt wurde und starb.«[4]

Sowohl der (Seelen-)Forscher und Gesellschaftskritiker als auch der Erzähler bleibt dem Erlebten verhaftet. Er zeichnet es auf und ›konserviert‹ das fernab oder lange zuvor Geschehene wie eine schnell verderbliche Frucht. Indem er es zugleich kritisch aufarbeitet, bewahrt er es nicht nur vor dem Vergessen, sondern ebenso davor, daß es je nach Zeitgeist-Geschmack umgedeutet und damit

3 *Karakul*; Frau Ilona Golden, eine (autodidaktische) Künstlerin; S. 149.
4 Ein Dämon mit Namen Schizophrenie, S. 83., ebenda

verbogen werden kann. Was vor der politischen, kulturellen, zwischenmenschlichen und naturräumlichen Zerstörung nicht bewahrt werden konnte, dem bewahrt Parin die Erinnerung, das Andenken, den Respekt vor den Verlierern und vor den Opfern.

Wichtig ist, sich loszumachen von dem, was man notiert hat.

Wann gilt jemand als ein Schriftsteller?
Parin war bereits nach Jugoslawien eingerückt, um als Arzt die Partisanenarmee Titos zu unterstützen, als sein Vater die Veröffentlichung seines ersten Buches besorgte: *Die Abdominaltuberkulose im Kindesalter nach den Fällen der Zürcher Kinderklinik aus den Jahren 1911 bis 1941*. Es handelte sich um Parins Dissertation. Ein erster in Fachkreisen höchst interessiert aufgenommener »Erlebnisbericht« folgte 1948: *Die Kriegsneurose der Jugoslawen*. Ab Mitte der fünfziger Jahre erscheinen in Zusammenarbeit mit Fritz Morgenthaler »Charakteranalytische Deutungsversuche am Verhalten ›primitiver‹ Afrikaner«. Einen ersten breiteren publizistischen Erfolg verbuchte der 1963 erschienene Band *Die Weißen denken zuviel. Psychoanalytische Studien bei den Dogon in Westafrika*.

»Die Weißen denken zuviel, daran haben wir alle drei gearbeitet, die Goldy, der Fritz und ich. Jeder trug seinen Schwerpunkt selber zusammen. Das wurde diskutiert und zu Papier gebracht, auch wenn ich einen großen Anteil an der Formulierung hatte. Wir schrieben einfach so unterschiedlich, daß einer letztlich die Schlußredaktion machen mußte. Morgenthaler und Goldy meinten, ich könne am besten formulieren. Am meisten hat ihnen dann gefallen, wenn ich etwas eher essayistisch verfaßt habe, weil es ihrer Ansicht nach so leichter zugänglich sei, so zum Beispiel das Schlußkapitel in dem Buch *Fürchte deinen Nächsten wie dich selbst*.

Die Voraussetzung für die Verbreitung des Buches war, daß wir unseren wissenschaftlichen Bericht so schreiben wollten, daß ihn Leser ohne psychoanalytische Kenntnisse verstehen könnten. Denn wir sahen voraus, daß unsere Fachkollegen nicht eben gerne lesen würden, wie wir ihren und unseren – bequemen Lehnstuhl hinter der Couch verlassen und gegen einen flachen Stein im Schatten eines Brotfruchtbaumes oder in einer Felshöhle eingetauscht hatten. ... Jeder Versuch wissenschaftlicher Ethnologie ist dem berühmten amerikanischen Ethnologen Clifford Geertz zufolge erzählende Literatur, der *anthropologist* (gemeint ist der Ethnologe) sei unweigerlich ›Schriftsteller‹. Auch wenn wir nicht oder nicht ganz seiner Ansicht sind, geht sie uns etwas an.«[5]

Im geistigen Vorfeld der antiautoritären Studentenbewegung Ende der sechziger Jahre entstand damit geradezu ein ›Kultbuch‹ für linke Intellektuelle.

Die kluge Rede jedoch enthält Gold, den wahren Sinn, den Hintersinn, der aber erst entsteht, wenn sich das Wort in ein kluges Ohr ergossen hat.

»Der Text gibt immer wieder Anlaß, eurozentrische Vorurteile zu diskutieren. ... Man kann aus den afrikanischen ›Analysen‹ lernen, daß es auf den Prozeß, auf die Entwicklung eines vertieften Dialogs ankommt und nicht auf formale Kriterien.«[6]

1960. Im Land der Dogon, Mali, Westafrika. Das Forscherteam Parin, Parin-Mattèy und Morgenthaler wartet auf eine Gelegenheit, das Vertrauen der Eingeborenen für psychoanalytische Gespräche zu gewinnen und vor allem einen Dolmetscher dafür zu finden:

5 *Die Weißen denken zuviel*, Vorwort zur 4. Auflage.
6 ebenda

»Wir sitzen im Schatten eines Baumes und rasten. Vor uns liegen eingezäunte, gepflegte Gärten am Ufer eines kleinen Flusses. Auf einem benachbarten Hügel kann man ein Dorf erkennen. ... Vom Dorf her kommt eiligen Schrittes ein jüngerer Mann. Er lacht über das ganze Gesicht und gibt jedem von uns die Hand. Dann sagt er: ›Ich bin Dommo, Dommo Wolomo. Wolomo ist jedermanns Name in unserem Dorf. Das Dorf heißt Andiumbolo. ... Haben Sie es schon gesehen? – Ich war sechs Jahre lang in Algerien im Militärdienst. Damals war Krieg. Ich bin der einzige im Dorf, der französisch spricht.‹ ... Ich erkläre ihm, daß wir aus der Schweiz gekommen sind, einem Land, das neben Frankreich liegt.

Dommo: ›Sie kommen aus Frankreich, das ist sehr gut.‹

Ich: ›Nein, nicht aus Frankreich, aus einem kleinen Land, das neben Frankreich liegt, aus der Schweiz.‹

Dommo versteht, was ich meine, und erzählt es den anderen. ...

Dommo: ›Ich war auch in der Schweiz.‹ Ich: ›Das wäre erstaunlich.‹

Dommo: ›Ich war in Algerien. Das liegt neben Frankreich.‹[7]

Das Dogon-Land ist nicht nur geographisch weit entfernt von Frankreich und der Schweiz. Wären einzig wissenschaftlicher Erkenntnishunger und Forscherehrgeiz federführend bei der Erarbeitung dieses Buches gewesen, hätte es sicher ›gereicht‹, es nüchterner und akademischer zu verfassen. So aber ist, fast wie nebenbei, auch eine Hommage an jenes Volk der Dogon dabei herausgekommen.

»Das Jenseits braucht keinen Ausgleich mehr zu bringen
für die Unordnung auf dieser Welt.

7 Die psychoanalytischen Gespräche, S. 110.

Bosheit und Güte finden ihren Lohn schon hier.
Das Paradies der Dogon, in dem die Verstorbenen wohnen,
sieht aus wie das Dogonland selbst.
Die Dörfer sind wie die, in denen die Lebenden wohnen.
Die Reichen sind reich, die Armen arm.
Alle leben mit den Ihren und
pflanzen Hirse und Zwiebeln,
wie sie es taten, als sie noch auf der Erde waren.
Im trockenen Busch stehen die gleichen Bäume.
Aber die Früchte der Bäume haben
schönere Farben, die heller leuchten.
Das ist so, damit die Seligen erkennen können,
daß sie im Paradies sind,
und nicht mehr im Dogonland.«[8]

Die siebziger und achtziger Jahre spiegeln auch in der Liste der Veröffentlichungen gesellschaftliche Turbulenzen und Verwerfungen, auf die Paul Parin mit spitzzüngiger, kampfbereiter Parteinahme reagiert, gegen »die Umformung ... des *Ich* zum Befehlsempfänger und -geber, zum infantilisierten Träger einer Machthierarchie«:

Die hoffnungsvolle Kindheit und das gefährliche Leben des Kleinbürgers, Der Widerspruch im Subjekt, Subjekt im Widerspruch, Zunehmende Intoleranz in der Bundesrepublik, Warum die Psychoanalytiker so ungern zu brennenden Zeitproblemen Stellung nehmen, Das Ich und die Anpassungsmechanismen.

Unter dem Einfluß des Krieges in Jugoslawien drängen Tod und Zerstörung, Aggressivität, Haß und Vergeltung nicht nur den Ethnopsychoanalytiker und politischen Essayisten zum gedanklichen Innehalten und zu Interpretationsversuchen.

8 a.a.O., S. 108.

»Wenn ich an die Zeit in der Partisanenarmee 1944/45 zurückdenke, an Tausende verwundeter Soldaten ... in den Militärkrankenhäusern in Montenegro und Serbien, kann ich mich an keinen einzigen Fall von auffälliger Aggressivität erinnern. Vielleicht waren damals im dritten und vierten Jahr der besonders brutalen Okkupation durch die Deutschen alle Aggressionen auf die Besatzungsmacht kanalisiert. Im Jahr 1953 ... war für uns als Reisende weder in Kroatien noch in Serbien und Montenegro etwas von Haß oder Aggression auf ›die Deutschen‹ zu bemerken. Damals wagte ich es in Amsterdam nicht, auf der Straße oder in einer Kneipe deutsch zu sprechen.

Auf späteren Reisen sind mir in vielen Teilen Jugoslawiens die besondere Kontaktfreude, emotionale und erotische Direktheit und Offenheit bei Serben und Montenegrinern ... aufgefallen. Ich habe dies darauf zurückgeführt, daß die Dämpfung von Affekten und die Eindämmung von Gefühlen gegenüber anderen Personen kein Ziel der traditionellen Erziehung zu sein schien. Ohne es zu wissen, ob es stichhaltig ist, habe ich daran gedacht, daß die Offenheit und Roheit grausamer Handlungen auf die gleiche kulturspezifische Sozialisation zurückgehen. Das ist eine psychologische Spekulation, längst keine Hypothese. Jedenfalls bestimmen besonders grausame Taten die Bilder der staatlichen Propaganda im Fernsehen – und vielleicht auch unseren Eindruck einer Disposition zur Aggressivität der südslawischen Völker.[9]«

Erinnerungen an den faschistischen Terror in dem Gebiet, in dem er aufgewachsen ist, dem Länderdreieck Jugoslawien, Italien und Österreich, und die Nähe hunderttausendfacher menschlicher Tra-

9 »Grausame Kriege« und »gesittete Welt«. Über Kriegsgründe als Naturtatsachen und die Legitimation der Untätigkeit des Westens. In: *Daß wir in Bosnien zur Welt gehören ...*, S.222.

gödien im bosnisch-serbisch-kroatischen Krieg sowie die Erfahrung des weltweiten politischen Versagens in der Verteidigung von Menschen- und Völkerrechten diktieren auch dem Erzähler Parin veränderte Formen und Sprachmittel für die Darstellung von Episoden. Der zuvor eher geradlinig beschwingte, opulente Duktus erhält immer öfter Verwerfungen, wird bisweilen hektisch. Zeitebenen schieben sich übereinander, geraten ins Stocken, werden von Rückblenden, Perspektivwechseln und Einschüben gestört; Länder, Kontinente überlagern sich: *Eine Sonnenuhr für beide Hemisphären*. Slowenien, Polen, Kanada, Afrika, Indonesien. »Parallele Linien treffen sich im Unendlichen« – Parin findet in seiner eindringlichen, immer lebendigen Sprache zunehmend Muße und Raum für philosophische Tiefgänge und persönliche Innenansichten.

»Wie wäre es, wenn die Proteste, die revolutionären und utopischen Phantasien, die unsere Jugend so reichlich, vielfältig und oft auch widersprüchlich hervorbringt, ernst genommen würden, als das, was sie sind, als spielerisch-ungeordnete Versuche, die Gesellschaft zu verbessern, als bricolage, nach dem Ausdruck von Claude Lévy-Strauss, und sich dann das Establishment mit seinen Mitteln und seiner historischen Erfahrung jenen Impulsen der jungen Generation anschließen und ihrer Neugier und Phantasie folgen würde; wenn sich das Gewicht des Bestehenden von der Energie der Jungen in Bewegung setzen ließe?«[10]

10 ›Kurzer Besuch bei nahen Verwandten‹, in: *Eine Sonnenuhr* ..., S. 120.

Paul Parin mit
dem Vater und Jagd-
hund Fex, 1929

Bei den Internationalen Brigaden im Spanischen Bürgerkrieg, 1937. Von links: „Liselott" (= Goldy Matthéy-Guenet), 2.: ?, 3. „Gudula" (= Gundl Herrnstadt-Steinmetz). Liselott Leiterin des Zentralen Labors und Röntgenassistentin in Albacete.

Stab des Spitals in Badija, 1944
(bei Korčula); von links:
Paul Parin, der Sanitäts-
referent, Goldy, Dr. med.
Guido Piderman, Kommandant
Radoš mit kleinem Kurier.

Bei dieser Bildunterschrift verwechselt Parin »links und rechts«.

Goldy Matthèy-Guenet
bei der Jugoslawischen Volks-
Befreiungs-Armee 1944/45

Paul Parin vor dem Zentral-
spital des II. Revolutionären
montenegrinischen Armeekorps.
Im Hintergrund der Medizin-
student Miša.

Paul Parin, zu Besuch in Novi Kloštar August 1945 mit der 80-jährigen Kinderfrau „Teimein"

Goldy und Paul
1946, in Zürich

Paul Parin im Gespräch mit Abinu in der Höhle von Bongo, Dorf Sanga, Dogonland, Mali 1960.

Goldy, mit 'Tai',
der jungen Diana-
Meerkatze. Elfen-
beinküste. 1957

Fritz Morgenthaler verbindet einem Nomaden in der Mauretanischen Wüste das Auge. 1971

Ruth und Fritz Morgenthaler
Im Palast des Prinzen von
Oualata in Mauretanien
1957.

Goldy und Paul, beim Fischen
in der Soča (Slowenien) 1985

Literaturverzeichnis

Psychoanalyse/Ethnopsychoanalyse

Parin, P.: Die Kriegsneurose der Jugoslawen, in: *Schweizer Archiv für Neurologie und Psychiatrie*, 61, 1948;

Parin, P.: Gegenübertragung bei verschiedenen Abwehrformen, Sonderdruck aus dem *Jahrbuch der Psychoanalyse*, Band 1, Westdeutscher Verlag, Köln und Opladen, 1960;

Parin, P., Morgenthaler, F., Parin-Matthèy, G.: *Die Weißen denken zuviel*. Psychoanalytische Untersuchungen bei den Dogon in Westafrika.; 4. Auflage, Europäische Verlagsanstalt, Hamburg, 1993; (Erstausgabe 1963)

Parin, P., Morgenthaler, F., Parin-Matthèy, G.: *Fürchte deinen Nächsten wie dich selbst*. Psychoanalyse und Gesellschaft am Modell der Agni in Westafrika. Suhrkamp, Frankfurt, 1971;

Parin, P.: Die hoffnungsvolle Kindheit und das gefährliche Leben des Kleinbürgers. Eine ethnopsychoanalytische Betrachtung, in: *Kursbuch 45*: *Wir Kleinbürger*, 1976;

Parin, P.: Der Knopf an der Uniform des Genossen. Ein ethnopsychoanalytischer Exkurs über die Veränderbarkeit des Menschen, in: *Kursbuch 53*: *Utopien II, Lust an der Zukunft*, 1978;

Parin, P.: *Der Widerspruch im Subjekt*, Europäische Verlagsanstalt, Hamburg, 1992; (Erstausgabe 1978)

Parin, P.: Wenn Menschen gegen ihr eigenes Interesse handeln, in: *Vorwärts*, Nr. 31, 28. Juli 1983;
Parin, P.: *Zuviele Teufel im Land*; Europäische Verlagsanstalt, Hamburg, 1993; (Erstausgabe 1985)
Parin, P., Parin-Matthèy, G.: *Subjekt im Widerspruch*, Athenäum, Frankfurt, 1988; (Erstausgabe 1986)
Parin, P.: Abstinenz? in: Brede, K., Fehlhaber, H. u.a. (Hrsg.): *Befreiung zum Widerstand.* Aufsätze zu Feminismus, Psychoanalyse und Politik, Fischer, Frankfurt, 1987;
Parin, P.: Die Angst der Mächtigen vor öffentlicher Trauer, Dokumentation, *Frankfurter Rundschau*, Nr. 85, 12. April 1989;
Parin, P.: Verehrter Kollege, in: Heinrichs, H.-J. (Hrsg.): *F. J. Strauß. Der Charakter und die Maske; Der Progressive und der Konservative; Der Weltmann und der Hinterwäldler*; Athenäum, Frankfurt, 1989;
Parin, P.: Fritz Morgenthaler, in: Lautmann, R. (Hrsg.): *Homosexualität.* Handbuch der Theorie-und Forschungsgeschichte, Campus, Frankfurt/New York, 1993;
Parin, P.: Die Gewalt des Vorurteils – Vorurteile der Gewalt, in: *Ost-West-Gegeninformation*, Graz, Oktober 1994;
Parin, P.: *Heimat, eine Plombe.* Vortrag auf dem Symposion der Erich-Fried-Gesellschaft »Wieviel Heimat braucht der Mensch« am 16. November 1994 in Wien. Abdruck in: *Die Zeit*, Nr. 52, 23. Dezember, 1994. Nachdruck: Europäische Verlagsanstalt, Reden, Band 21, mit einem Essay von Peter Paul Zahl, Hamburg, 1996;
Parin, P., Erdheim, M., Waldeck, R. u.a. (Hrsg.): *Körper, Krankheit und Kultur, Ethnopsychoanalyse 3*, Brandes & Apsel, Frankfurt, 1995;
Parin, P.: Weise Pharma-Greise, in: *Supplement Weltwoche*, Zürich, März, 1995;
Parin-Matthèy, G.: Subkulturelle Chance, in: *When I'm forty-four. Kursbuch Älterwerden*, Antje Kunstmann Verlag, München, 1993; (Erstveröffentlichung unter dem Titel: Alt sein, in: Brede, K., Fehlhaber, H, u.a.(Hrsg.), a.a.O.

Parin, P.: *Othello, der Mohr von Venedig.* Lesung StadtTheater Bern, 11. Mai 1996;

Slowenien/Jugoslawien/Krieg

Parin, P.: *Es ist Krieg und wir gehen hin.* Bei den jugoslawischen Partisanen, Rowohlt Berlin, 1991;
Parin, P.: *Untrügliche Zeichen von Veränderung: Jahre in Slowenien*; veränderte Neuauflage, Europäische Verlagsanstalt Hamburg, 1992 (Erstauflage: München, 1980);
Parin, P.: Historische Defizite als Kriegsgrund? Die gängigen Erklärungsmuster für die grausamen Kriegshandlungen im ehemaligen Jugoslawien greifen zu kurz, in: *Freitag*, Nr. 13, 20. März, 1992
Parin, P.: Vorwort zu: Becker, D.: *Ohne Hass keine Versöhnung*, Kore, Freiburg, 1992;
Parin, P.: Vorwort zu: Heider, U.: *Die Narren der Freiheit. Anarchisten in den USA*, Karin Kramer Verlag, Berlin, 1992;
Parin, P.: Desintegration Jugoslawiens – Integration Europas. Gedanken eines entsetzten Zuschauers, in: Gaisbacher, J. (Hrsg.): *Krieg in Europa.* Analysen aus dem ehemaligen Jugoslawien, Edition Sandkorn, Graz, 1992;
Parin, P.: *Jugoslawische Verhältnisse.* Essay. Unveröffentlichtes Manuskript, Lesung Probebühne Burgtheater, Wien, 19. September 1993;
Parin, P.: Requiem auf eine konkrete Utopie, Interview mit Ursula Rütten; Dokumentation, *Frankfurter Rundschau*, Nr. 36, 12. Februar 1994;
Parin, P.: Das Lügenarsenal des Westens. Die Produktion falschen Bewußtseins zum Zweck der Legitimierung von Politik, in: Stefanov, N., Werz, M.: *Bosnien und Europa*, Fischer, Frankfurt, 1994;
Parin, P.: ›Grausame Kriege‹ und ›gesittete Welt‹. Über Kriegsgründe als Naturtatsachen und die Legitimation der Untätigkeit des

Westens, in: Vollmer, J. (Hrsg.): *Für ein multikulturelles Zusammenleben*, Benziger, Solothurn und Düsseldorf, 1995;
Parin, P.: *Ethnisierung der Politik.* Ex-Jugoslawien: vom National-Kommunismus zum »National-Sozialismus«. Vortrag: PSZ, 3. November 1995, Hamburger Institut für Sozialforschung, 29. Februar 1996;

Erzählungen

Parin, P.: *Noch ein Leben.* Eine Erzählung. Zwei Versuche, Kore, Freiburg, 1990;
Parin, P.: *Es ist Krieg und wir gehen hin.* Bei den jugoslawischen Partisanen, Rowohlt Berlin, 1991;
Parin, P.: *Untrügliche Zeichen von Veränderung*: Jahre in Slowenien; veränderte Neuauflage, Europäische Verlagsanstalt, Hamburg, 1992 (Erstauflage: München, 1980);
Parin, P.: *Karakul.* Erzählungen, Europäische Verlagsanstalt, Hamburg, 1993;
Parin, P.: *Eine Sonnenuhr für beide Hemisphären und andere Erzählungen.* Europäische Verlagsanstalt, Hamburg, 1995;

Sekundärliteratur

Passett, P., Modena, E. (Hrsg.): *Krieg und Frieden aus psychoanalytischer Sicht*, Stroemfeld/Roter Stern, Basel/Frankfurt, 1983;
Herrschaft, Anpassung, Widerstand. Ethnopsychoanalyse 2, Goldy Parin-Matthèy zum 80. Geburtstag und Paul Parin zum 75. Geburtstag gewidmet, Brandes & Apsel, Frankfurt, 1991;
Reichmayr, J.: *Einführung in die Ethnopsychoanalyse.* Geschichte, Theorien und Methoden, Fischer, Frankfurt, 1995;

Richter, H.- E.: *Bedenken gegen Anpassung.* Psychoanalyse und Politik, Hoffmann und Campe, Hamburg, 1995.

von
GE
Tunis
Algier
Rabat
TUNESIEN
Tripo
MAROKKO
El Goléa
ALGERIEN
WEST SAHARA
MAURETANIEN
Tanezrouft
Hoggar
S A H A R A
In Guezzam
MALI
Azbine
Nouakchott
NIGER
Timbuktu
Kaedi
Selibaby
Gao
Menaka
Senegal
Dakar
SENEGAL
Nioro
Niger
DOGON
Tahoua
Kayes
GAMBIA
Bamako
Niamey
Tschadsee
Ouagadougou
GUINEA BISSAO
GUINEA
BURKINA FASO
BENIN
Niger
Conacry
Natitingu
ELFENBEIN
KÜSTE
NIGERIA
Freetown
SIERRA LEONE
GHANA
Lomé
Portonovo
Man
AGNI
Lagos
Monrovia
Daloa
Accra
LIBERIA
Tabou
TOGO
Abidjan
KAMERU
Yao
ÄQUATORIAL GUINEA
Libreville
ÄQUATOR
GABON
Bra